MEIKE DANNENBERG

Die Ärztin – Gefährliche Nachtschicht

Über die Autorin

Meike Dannenberg, geb. 1974 in Bremen, arbeitet seit dem Studium der Angewandten Kulturwissenschaften als freie Journalistin für verschiedene Medien. Seit 2010 ist sie Redakteurin und seit 2011 verantwortliche Ressortleiterin Krimi beim BÜCHERmagazin. Sie wurde zwei Mal für den Avj-Medienpreis nominiert und lebt mit ihrer Familie in Bremen.

MEIKE DANNENBERG

DIE ÄRZTIN

THRILLER

GEFÄHRLICHE NACHTSCHICHT

Lübbe

MIX
Papier | Fördert gute Waldnutzung
FSC® C014496

Dieser Roman wurde gefördert durch:

Der Senator für Kultur
Freie Hansestadt Bremen

Originalausgabe

Bei Fragen zur Produktsicherheit wenden Sie sich bitte an:
produktsicherheit@bastei-luebbe.de

Umschlaggestaltung: zero-media.net, München
Umschlagmotiv: © Arcangel Images/Bjanka Kadic | © FinePic®, München
Satz: Dörlemann Satz, Lemförde
Gesetzt aus der Minion Pro Condensed
Druck und Verarbeitung: GGP Media GmbH, Pößneck

4 5 3
Printed in Germany
ISBN 978-3-404-19332-5

Sie finden uns im Internet unter luebbe.de
Bitte beachten Sie auch: lesejury.de

JUNI

ER

Von hier aus hatte er freien Blick auf das kleine Mädchen im Garten, während die dichten Büsche ihn selbst vor ihren Blicken verbargen. Aber sie hatte ohnehin anderes zu tun, als auf ihre Umgebung zu achten. Sie kletterte immer wieder aus ihrem Planschbecken, sammelte auf dem Rasen bunte Schwimmtiere ein und warf eines nach dem anderen ins Wasser.

»Schwimm, Delfi! Los Kroko!«, hörte er ihre helle Stimme. Ein Schauer lief ihm über den Rücken.

Er hatte gewusst, dass sie sich auf die Suche nach Spielzeug machen würde, das sie mit in ihr Bad nehmen konnte. Welches Kind tat das nicht? Zwischen Schwimmnudel und Kescher, auf halbem Weg zur Scheune, hatte er ihr etwas hingelegt. Er hielt ganz still, als sie langsam in diese Richtung streunte. Sie bückte sich zu der Schwimmnudel. Fast war er versucht zu schreien: Das nicht, du blödes Balg! Scharf sog er Luft in die Nase ein und presste die Lippen aufeinander. Triumphierend sah er, wie sie doch nach dem roten Gerät griff und entschlossen auf das Planschbecken zuging. Das Stromkabel schlurrte im Gras hinter ihr her. Sie war bestimmt schon sechs und hatte verstanden, was sie damit machen konnte. Schlaues Kind!

Vorsichtig beugte er sich vor.

Panische Schreie einer Frau gellten durch den Garten – »Stopp, Emma! Stopp!«

Unwillkürlich ballte er seine Hände zu Fäusten, als Emmas Mutter um die Hausecke sprintete. Ihre Schreie, gepaart mit ihrem schneeweißen Gesicht, ließen ihn frohlocken.

Das wird dir eine Lehre sein, Schlampe!

Rückwärts kroch er aus seinem Versteck hinaus. Man konnte sich nur beglückwünschen, wenn man so vorausschauend planen konnte wie er. Die Angst um ihre Kinder würde sie bis ins Mark lähmen.

EVA

Eva stand an der hölzernen Arbeitsfläche vor dem offenen Küchenfenster und schnitt Obst für das Frühstück. Die Luft war geschwängert von Tau. Letzte Nacht war überraschend ein Sommergewitter heruntergekommen. Sie war aufgestanden und hatte vom Fenster des Schlafzimmers aus die zuckenden Blitze am tiefschwarzen Himmel betrachtet. Jetzt war es wieder hell und heiß, und auf der ungemähten feuchten Wiese hinter dem Haus spielte Emma im Planschbecken. Nur noch drei Wochen bis zu den Sommerferien.

Emma stand bis zum Bauchnabel im Wasser und plapperte vor sich hin. Wie so oft sprach sie mit den geflügelten Insekten, die von der Wasseroberfläche angezogen wurden, erzählte ihnen und der Welt Geschichten, die in ihrem sechsjährigen Gehirn wuchsen wie Bohnenranken. Eva lächelte und viertelte die Erdbeeren.

Eva nahm die Sahne aus dem Kühlschrank und warf einen Blick nach draußen. Das Planschbecken war leer. Unruhe mischte sich in ihre Bewegungen. Sie beugte sich vor und spähte aus dem Fenster.

Keine Emma. Ihr Herz schlug schneller.

Aber, nein, da kam ihre Kleine. Sie trug etwas im Arm. Eva nahm einen Stapel Teller aus dem Regal, während sie weiterhin ihre Tochter beobachtete.

Was war das für ein rotes Plastikteil, das sie mit sich schleppte? Erst als Emma ihr den Rücken kehrte und auf das Planschbecken zuging, sah Eva das Stromkabel, das sie hinter sich durch das halbhohe Gras zog, gleich hatte sie das Becken erreicht. Panisch beugte sich Eva aus dem Fenster und schrie: »Stopp, Emma! Stopp!«

Doch Emma hörte sie nicht oder wollte sie nicht hören. Sie

machte sich bereit, über den Rand des Beckens zu klettern, die Arme zu öffnen und ihren Plan in die Tat umzusetzen, die elektrische Luftpumpe im Wasser zu versenken. Eva schrie ein weiteres Mal, noch schriller jetzt. Emma hielt inne, drehte sich um.

»Bleib so stehen, Emma, nicht bewegen!«

Eva sprintete barfuß über die bunten Zementkacheln des Küchenbodens, schlitterte durch die offene Terrassentür und raste um die Hausecke. Sekunden später war sie bei Emma, die sie verdutzt ansah.

Eva griff nach der elektrischen Luftpumpe. »Nie, nie Strom mit Wasser zusammenbringen!« In ihrem Kopf rotierte der nicht umgesetzte Vorsatz: Sicherheitsschalter für die Steckdosen am Schuppen besorgen.

»Ich wollte Blubberblasen machen, Mami.«

Die dunklen Locken hingen Emma nass ins Gesicht, ihre braunen Augen hatten das Strahlen eines Kindes, das vollkommen zufrieden mit sich und der Welt war, nur ihr Mund verzog sich zu einem erschrockenen Flunsch. »Papa hat das auch gemacht!«

Eva folgte mit den Augen dem Kabel, das wie eine rote Schlange im Gras lag. Der Stecker war schon eingesteckt. Verlängerungsschnur und Luftpumpe lagerten normalerweise in einem Kabuff in der Scheune, bei den aufblasbaren Matratzen, für die sie sie gekauft hatten, hinter einer verschlossenen Tür, dort, wo sie auch Sense und Säge aufbewahrten.

Eva war flau im Magen, und sie schüttelte den Kopf. »Papa hat den Blasebalg benutzt. Nicht die elektrische Pumpe.«

Eva ließ die Pumpe fallen und schloss Emma in die Arme, fühlte die feuchte Kälte, als ihre nassen Haare Wasserflecken auf ihrer Bluse hinterließen. Emma schmiegte sich kurz an sie, dann machte sie sich los und krähte: »Schau mal, Mami!«

Mit einem Bauchklatscher warf sie sich in das Becken, dass es nur so spritzte. Eva sah ihr zu und versuchte, sich zu beruhigen. Nur langsam kehrte die Welt zurück, mit summenden Bienen und

Schmetterlingen, die über dem wilden Majoran und den duftenden Lavendelblüten taumelten, mit kristallblauem Himmel und Federwölkchen. Als Jacob und sie sich vor einem Jahr entschlossen hatten, in den Naturpark Wildeshauser Geest zu ziehen, hatte Eva sich gesorgt, Cafés, Restaurants und das Gedränge der Stadt zu vermissen. Doch das Gegenteil war der Fall. Normalerweise. In diesem Augenblick kam sie sich zwischen den weit verstreuten Fachwerkhäusern, Weiden, Feldern und knorrigen Bäumen ausgeliefert vor. Das alte Bauernhaus hatten sie zwar inzwischen einigermaßen modernisiert, und dahinter stand eine geräumige Scheune mit einer Tischtennisplatte, aber es galt noch zahlreiche Bauvorhaben im und am Haus umzusetzen. Was lauerten hier noch für Gefahren für die Kinder? Irgendwann, wenn alles fertig war, würden Jacob und sie die Arbeit im Krankenhaus hinter sich lassen können und eine Praxis auf dem Land eröffnen. Aber solange sie beide abwechselnd nach Bremen pendelten und dort zwischen den Schichten in ihrer Zweitwohnung schliefen, war es schwer, das alles zu schaffen.

Als Emma wieder versunken ihre Kreise im Wasser drehte, verstaute Eva Kabeltrommel und Luftpumpe in dem Verschlag, schloss ab und hängte den Schlüssel zurück unter die Dachtraufe der Scheune, weit entfernt von Emmas kleinen Fingern.

Ihr Blick fiel auf den Pfad, der von der Scheune in den Wald führte. Deutlich zeichneten sich Fußspuren im Morast ab. Große Männerfüße. Verblüfft hielt sie inne.

Jacob war seit dem Gewitter noch nicht draußen gewesen, Levin schlief noch, und auch Nellys Teenagerfüße waren schmaler. Hatte die Kabeltrommel überhaupt seit gestern schon auf der Wiese gestanden? Sie sah Jacob vor sich, wie er gestern Abend die Hecke gestutzt hatte. Und deutlich erinnerte sie sich, wie er die Trommel über den Rasen zurück in den Schuppen getragen hatte.

Die Zeit stand für einen Moment still, als Eva begriff. Sie fuhr zu Emma herum. Wie eine kleine Robbe, unempfindlich gegen die Kälte, dümpelte sie im flachen Wasser.

Sie hatte geglaubt, er würde sie in Frieden lassen. Sie war doch vor dem Polizeipräsidium im Auto sitzen geblieben. Ihr Herz raste panisch. Mit den Augen suchte Eva den Waldrand ab.

Die Kabeltrommel mit der elektrischen Luftpumpe war eine Antwort. *Seine* Antwort. Weil sie beinahe zur Polizei gegangen wäre. Eine unmissverständliche Warnung.

Beim nächsten Mal kommst du nicht so glimpflich davon.

JULI

TAG EINS

EVA

Am grauen Saum des Himmels kroch sanftes Rot herauf, doch in den Häuserfluchten saßen noch die schwarzen Schatten der Nacht. Eva war als Einzige an diesem Sonntagmorgen in den Sommerferien um sechs in der kopfsteingepflasterten Straße schon vor der Tür. Sie nestelte an ihrem Fahrradschloss, das wie immer klemmte, wenn sie es einige Tage nicht benutzt hatte. Das Geräusch der Metallkette, die gegen das schmiedeeiserne Gitter klirrte, ließ sie zusammenzucken. Sie hob den Kopf und lauschte. Ein paar frühe Vögel zwitscherten. In den Vorgärten wucherten Frauenmantel, Sonnenblumen und Stockrosen, Gehwegplatten hoben sich unter den knorrigen Wurzeln der Alleebäume. Eva legte ihre Strickjacke in den Fahrradkorb und ruckelte am Schloss. Als sie gestern Abend zu ihrem ersten Arbeitstag nach der Urlaubswoche in Bremen angekommen war, hatte sie sich am Ostertorsteinweg den Weg durch lärmende Feiernde bahnen müssen. Sie hatte ein Glas Wein auf ihrem Balkon im Hochparterre mit Andrea aus dem ersten Stock getrunken, inmitten der plötzlich ungewohnten Lebendigkeit des Viertels. Und trotz des lauen Abends und Andreas funkelnder Laune war Eva beklommen zumute gewesen. Gegen drei Uhr hatte jemand eine Flasche auf dem Gehweg zerschmissen und sie aus dem ohnehin schon leichten Schlaf gerissen.

Die letzte Woche in der Geest hatte sich dagegen wie ein sommerlicher Traum angefühlt. Das Blau des weiten Himmels über dem norddeutsch platten Land spannte sich von Horizont zu Horizont, bei Sonnenaufgang war es von durchsichtiger Frische, in der Dämmerstunde verlieh sein Kobaltton den blauen und violetten

Stauden im Garten eine surreale Note. Sie, Jacob und die Kinder hatten jeden Morgen an der Tafel im Schatten der Kastanie gefrühstückt. Danach hatten sie Ausflüge gemacht, waren über Sandwege an reetgedeckten Fachwerkhäusern vorbei zu den Steinkreisen in der Heide geradelt oder zum See.

Sie hatte so getan, als hätte es diesen Albtraum nie gegeben. Doch kaum war sie wieder hier, spürte Eva erneut Spannung in ihren Schultern und unangenehmes Kribbeln in der Magengegend. Warum ging das verdammte Schloss nicht auf? Sie schaute die Straße hinunter. Es war nach wie vor menschenleer, der kühle Morgen Vorbote eines weiteren heißen Sommertages. Einige Fassaden zwischen den gedeckten Blau- und Grautönen waren grellbunt gestrichen, der Stuck komplementär abgesetzt. Im Viertel gab es überall farbige Mosaike, selbstgepinselte Sinnsprüche und skurrile Skulpturen. Ein bisschen Villa Kunterbunt für alle. Das war Bremen, hier war das Unangepasste gerade passend. Bisher gerade richtig für Eva, doch heute schienen die hohen Fensterflügel der stuckverzierten Reihenhäuser zu ihr herüberzusehen. Das Schloss öffnete sich mit einem Klicken, eilig schwang sie sich in den Sattel.

An der Hauptstraße fegten Kehrmaschinen zerbrochene Flaschen, Pappbecher und Zigarettenkippen zusammen. Eva vermied das Gleisbett der Straßenbahn, in dem sich Fahrradreifen leicht verfingen. Verletzungen durch solche Unfälle hatte sie schon zur Genüge gesehen. Sie liebte das Viertel, mit dem Kino, dessen Plakate in Öl gemalt wurden, mit den Kunsthandwerkerläden und schattigen Hinterhöfen, in denen man feine Rotweine trinken konnte. Aber hier war auch der Rotlichtbezirk, Kneipen, aus denen Rockmusik dröhnte und Besoffene auf den Gehsteig torkelten. Drogendealer standen vor der leer stehenden Sparkassenfiliale Spalier, und gelegentlich verschwand ein Aufgebot der Polizei in einem Hauseingang zwischen Bioläden, Wollgeschäften und Boutiquen. Bremen war eine Großstadt und doch wieder nicht, Kreuzberg, Charlottenburg und Neukölln teilten sich hier eine Straße.

Dagegen würde in zwei Stunden zu Hause der Wecker klingeln, damit Levin rechtzeitig zu seinem Ferien-Fußballspiel kam. Jacob würde ihn und Emma wecken und Levin wie ein Felsbrocken im Bett liegen, als müsse man ihn aus einem Kokon herausmeißeln, den er jede Nacht neu spann. Emma dagegen hasste es zu hetzen. Sie war eine pflichtbewusste Erstklässlerin und auch in den Ferien immer viel zu früh wach. Für ihren mürrischen Bruder hatte sie morgens nur ein Augenrollen übrig und mümmelte vermutlich ihr Müsli, während Levin hoffentlich duschte, Jacob Brote schmierte und sie zusammen mit Nüssen und Obst in Picknickdosen steckte, die sie nach dem Abpfiff brauchen würden.

Sie sollte sich nicht sorgen. Levin würde beim Anblick der Brotdosen die Mundwinkel spöttisch nach unten ziehen und murren: »Wir können doch Pizza essen, Paps.« Und am Ende aß er das Picknick fast allein und eine ganze Pizza obendrein, während Emma wählerisch in Süßigkeiten und Obst pickte.

Eva hielt an einer roten Ampel. Und Nelly? Sie würde spät aufstehen und erst allein bleiben, was sie neuerdings toll fand, und die Zeit mit einer ausgedehnten Badesession und Haarpflege füllen. Später würde sie sich verabreden, wenn sie eine Freundin fand, die in den Ferien zu Hause war. Klar, sie war fünfzehn, es war ihr gutes Recht, sich abzusondern. Auch oder gerade weil Eva sie mit Argusaugen im Blick behielt. Irgendwann würde sie ihr das erklären müssen. Wütend trat Eva in die Pedale, in der Hoffnung die Unruhe auszuschwitzen, die ihr die Stadt bereitete.

Gegenüber der Notaufnahme parkte ein Streifenwagen. Das war zwar nicht ungewöhnlich, kam aber auch nicht jeden Tag vor. Und Eva hätte gern gerade jetzt auf den Anblick der Polizisten verzichtet und den langen Atem der dunklen Seite der Nacht, den sie mit sich brachten. Hinter der Glastür des Haupteinganges kamen ihr zwei Beamte mit angespannten Gesichtern entgegen. Gesine am Empfang hob die Hand. Evas Herz wurde schwer, ihr Adrenalinpegel stieg. Sie wusste, was das bedeutete.

»Dr. Mares! Sie müssen …«

Eva nickte. »Notaufnahme?«

Statt wie sonst zuerst mit dem Fahrstuhl in den vierten Stock zur gynäkologischen Abteilung zu fahren, bog Eva in den Gang mit den Erstversorgungsräumen. Weiße Wände, große Schiebetüren aus Metall, grelles Licht. Sophie kam ihr mit schnellen Schritten entgegen, die Medizinisch-Technische Assistentin deutete hinter sich. »Schockraum drei.«

Im Inneren des Erstversorgungsraumes herrschte hektische Betriebsamkeit. Dr. Rainer Wenner, der Unfallarzt, führte einen Ultraschall am Abdomen einer jungen Frau durch, während Anästhesist Sahid Al-Enezi versuchte, einen Zugang in ihren Handrücken zu legen. Der Kopf der Patientin rollte hin und her. Ihr dunkles Haar hing in langen Strähnen über ihr Gesicht, dennoch sah Eva dunkelblaue Hämatome, verkrustetes Blut und Würgemale. Sie schien nackt unter dem dünnen Tuch, das über ihren Körper gebreitet war.

Rainer bemerkte Evas Anwesenheit zuerst. »Selin Bayar, neunzehn Jahre, vergewaltigt, stumpfe Gewalteinwirkung, lebensgefährliche Blutungen im Bauchraum. Ich mache sie gleich auf.«

Ein Déjà-vu. Evas Hände und Füße wurden kalt.

Selin wehrte sich gegen den Stich der Braunüle, blinzelte und ruderte mit den Armen. Eva sprang vor, griff nach der freien Hand der jungen Frau und drückte ihre Finger. »Schhh, Sie sind im Krankenhaus, alles wird gut.«

Sie hielt Selins Hand, strich ihr mit der anderen sanft über die weiche Haut der Wange, der einzige Bereich des Gesichts, der unversehrt schien. Der Widerstand des Mädchens erlahmte.

»Danke, Eva.« Rainer fuhr wieder mit dem Ultraschallkopf über den Bauch der jungen Frau und starrte auf den Monitor. Seine Stirn war gefurcht. Zwei Pfleger standen bereit, um sie in den OP zu bringen.

Eva hielt die kühle Hand fest, obwohl sie jetzt schlaff in ihrer lag und Selins Lider nicht mehr flatterten. Das Sedativum wirkte. Sie schaute zu Rainer. »Was siehst du?«

»Viel Blut, Milz, Leber vielleicht.« Sein Blick huschte zu dem Unterleib der Patientin. »Und das, was wir noch nicht wissen. Die Kripo hat über die Staatsanwaltschaft eine Anordnung zur Spurensicherung eingeholt.«

»Ich mache mich fertig.«

Eva warf noch einen Blick auf Selins Gesicht und strich ihr das feuchte Haar aus der Stirn. Dann legte sie ihre Hand vorsichtig neben den schmalen Körper auf den Untersuchungstisch. Evas Finger zitterten.

Im Fahrstuhl sammelte sich Schweiß an ihrem Haaransatz und im Nacken. Es war zu früh, Rückschlüsse zu ziehen. Sie mussten dem Mädchen das Leben retten, feststellen, wie schwer es verletzt war. Sie würde Abstriche und Proben nehmen, alles steril verpacken. Schnell und effizient, dann konnte sie Selin weitere intime Untersuchungen bei Bewusstsein ersparen. Im vierten Stock kam ihr Margarete, die Stationsleiterin, entgegen.

»Hol mir doch bitte ein Sexpack und bring die mobile Ultraschalleinheit in OP 4.« Evas Stimme war rau. In Margaretes Augen erkannte sie den Widerschein ihrer eigenen Angst, und kurz waren sie Verschworene. Dann drehte Margarete sich mit steinernem Gesicht um und eilte davon.

Während Eva sich hastig OP-Kleidung anzog, zwang sie sich, ruhig zu atmen, und versuchte, auf Betriebstemperatur zu kommen. Noch immer fröstelte sie, obwohl es in der Umkleide stickig warm war. Unter Ärzten hieß es, im OP müsse man kaltblütig sein. Niemandem nutze es, wenn Hände zitterten, die ein Kleinkind aufschnitten oder einen Säugling zur Welt brachten. Hände, die verhindern mussten, dass aus der Liege eine Bahre wurde.

Sie hatte trainiert, ihre Gefühle abzuschalten, doch nun stiegen ihre Gedanken und Erinnerungen auf wie aufgescheuchte Vögel. Eva schloss die Augen, ballte die Hände zu Fäusten, löste sie wieder.

Als sie in den OP trat, war sie hellwach und konzentriert, es existierte nichts mehr außerhalb dieses Raumes.

Sophie legte ein Tuch über Selins Unterleib. Als Eva Platz nahm, sah sie Fesselspuren an den Knöcheln des Mädchens. Sie blinzelte und zählte bis drei, bevor sie mit der Untersuchung begann. Es gab blaue Flecken und Schnitte an den Oberschenkeln, Schwellungen und Rötungen, Haarrisse und Hämatome. Aber zum Glück keine weiteren Blutungen. Sophie fotografierte. Auch sie wirkte mitgenommen.

Die Untersuchung schmerzte Eva. Ihre Stimme, mit der sie monoton in das Mikro an ihrem Revers sprach, wurde zunehmend heiserer, so dass sie sich fortwährend räuspern musste. Während sie am unteren Ende des OP-Tisches arbeitete, stillte Rainer Wenner ebenso fokussiert die Blutung im Bauchraum. Eva sah, dass seine Kiefermuskulatur spannte. Das Mädchen war noch nicht über den Berg. Sie schluckte. Selin war nur vier Jahre älter als Nelly, fast noch ein Kind. Ein Scheißkerl hatte sie zerstören wollen, unterjochen, quälen. Womöglich töten.

Eva nahm mit Tupfern Proben, kämmte mit dem sterilen Kamm aus dem Sexpack die Haare aus. Sie legte die Probenröhrchen eins nach dem anderen auf den Edelstahltisch, wo Sophie sie mit Klebeetiketten versah und in den Beweisbeutel steckte. Das Paket war bald prall gefüllt. Eva betete, dass in einem Röhrchen DNA des Täters sein würde. Sperma war mit bloßem Auge zu erkennen, ebenso Hautschuppen unter den Fingernägeln. Aber bisher hatte sie nichts dergleichen gesehen. Es lief ihr kalt den Rücken hinunter. Begann alles von vorn? Allein der Gedanke war wie ein Tritt in die Magengrube.

Sie setzte ihre Unterschrift auf das Etikett, das das Paket versiegelte, und Sophie ging, um es der wartenden Polizei zu übergeben. Rainer trat zurück, zog mit einem schnappenden Geräusch die blutigen Handschuhe von seinen Fingern und nahm die Maske ab. Er lächelte Eva knapp zu und verließ den OP. Sahid drehte sich von ihr weg, überprüfte die Kurve des EKG und die Sauerstoffsättigung. Niemand achtete auf sie. Eva zögerte. Nur zur Sicherheit, dachte sie, nur zur Sicherheit. Es ging hier auch um ihre Kinder, und gleich war der Moment vorbei. Sie nahm drei weitere Röhrchen von der Edelstahlfläche des Tisches, zog die Tupfer heraus, nahm eine weitere Probe von der Haut der jungen Frau, strich über ihre Schenkel, zupfte ein Haar mit Wurzel aus. Dann verschloss sie die Reagenzröhrchen, steckte sie in ihre Hosentasche und trug Salbe auf Selins Wunden auf.

Keinen Augenblick zu früh. Sahid zog die Elektroden von Selins Brustkorb und hängte einen Beutel mit Kochsalzlösung an das Bett, das zwei Pfleger hereinbrachten. Eva zog die Handschuhe ab, nickte den drei Männern zu und verließ den Raum, während Selin umgebettet und in den Aufwachraum gebracht wurde. Im Vorraum warf sie ihre Kleidung in den Wäscheeimer und nahm einen frischen Kittel aus dem Schrank. Die drei Röhrchen behielt sie, verdeckt von ihren Fingern, in der Hand und ließ sie dann in die Tasche gleiten.

Eva hatte gewusst, dass dem blinden Fokus auf die Untersuchung, den sie sich aufgezwungen hatte, eine Welle von Gefühlen folgen würde. Aber sie hatte nicht mit dem Zittern gerechnet, das ihren Körper erfasste, kaum, dass sie den Gang betreten hatte.

Sie fuhr mit dem Fahrstuhl ins Erdgeschoss, trat auf den Hof und sog die frische Luft durch die Nase ein, um den Geruch von Desinfektionsmitteln und Angst loszuwerden. Dann ging sie auf die nächstgelegene Toilette und schloss sich ein. Was war mit Selin geschehen? Sie versuchte, die aufkeimende Panik in den Griff zu bekommen.

Was, wenn sie eine Mitschuld trug an dem, was ihr passiert war?

ER

Als er sie mit wehendem Ärztekittel durch die Lobby des Krankenhauses eilen und in einem Gang verschwinden sah, ließ er einen Moment den *Kurier* sinken. Sie hatte gestresst gewirkt. Er kaute auf seiner Unterlippe. Gut so.

Die Atmosphäre war ruhig, aber geschäftig. Patienten mit leichten Beschwerden warteten, Angehörige schauten auf ihre Handys, erste Besucher kamen herein.

Nein, sie hatte ihn sicher nicht gesehen.

Es war unfassbar, was die Menschen alles nicht mitbekamen, selbst, wenn es sich direkt vor ihrer Nase abspielte. Unglaublich! Erneut hielt er sich die Zeitung vors Gesicht, tat, als ob er lese, während er den Gang neben dem Empfang im Auge behielt.

Sie blieb verschwunden. Hatte sie wirklich gedacht, alles sei vorbei?

Eine Frau kreuzte sein Blickfeld. Sie hatte es eilig. Groß, hager, kurze borstige Haare, dunkle Kleidung. Er sah ihr nach, wie sie an den Glaskasten trat und der Mitarbeiterin ein aufgeklapptes Lederetui vor die Nase hielt.

Er zog spöttisch die Mundwinkel nach unten. Die würde undercover keine fünf Minuten überleben; dass sie Polizistin war, roch man drei Meilen gegen den Wind. Er schielte an der Zeitung vorbei, gefesselt von dem Gesichtsausdruck der jungen Krankenhausangestellten, der Erschrecken und Beflissenheit ausdrückte. Ihr Finger zeigte in den Gang, in den Eva Mares verschwunden war.

Die Polizistin steckte den Ausweis ein und wandte sich in die gewiesene Richtung.

Er schnaubte. Eine kantige Bohnenstange, die Männer jagte. Die hatte doch keine Chance. Eva Mares hingegen konnte ihm gefährlich werden.

Die Wut war wie ein elektrischer Impuls. Er schlug die Zeitung zusammen, legte sie auf die Plastikschale des Besucherstuhls und stand auf. Alles wegen einer dummen Annahme, die sich als falsch erwiesen hatte. Wo er doch sonst nie Fehler machte. Jetzt ging es darum, dass sie weiterhin Angst hatte, je mehr, desto besser.

EVA

Eva lehnte an den kühlen Kacheln neben den Waschbecken. Das Nervenflattern ließ etwas nach. Sie tastete nach den Proben in ihrer Kitteltasche. Sie fühlten sich kalt an, ekelerregend, als sei eine brutale Verderbtheit in ihnen eingesperrt, die wie ein Flaschengeist hervorspringen könnte, wenn sie sie öffnete. Sie ließ sie los und kühlte ihre Hände unter dem Wasserstrahl, tupfte Stirn und Wangen ab und betrachtete ihr Spiegelbild. Ihre Wimperntusche war verschmiert, ihr Gesicht blass und ihre Pupillen geweitet.

Wir suchen nach Mustern, dachte Eva. Wir wollen Ereignisse in Beziehung setzen, weil wir die Zufälligkeit der Welt nicht ertragen. Es kann alles ganz anders sein, als es jetzt scheint. Beruhige dich!

Doch was zunahm, war das Gefühl, ein vergiftetes Geheimnis zu hüten. Aber sie war Ärztin, und als solche musste sie sich verhalten. Und als Mutter. Es war nicht ihr Geheimnis. Oder zumindest nicht ausschließlich.

Sie sog Luft tief durch die Nase ein und entließ sie langsam durch den Mund. Was blieb, war das ungute Gefühl, sich selbst zu belügen.

Als Eva auf den Flur trat, sah sie eine hagere Frau im dunklen Sommermantel mit ausholendem Schritt auf sich zukommen. Ein Muskel in ihrem unteren Rücken versteifte sich, als sie vor ihr stehenblieb und nach einem Blick auf ihr Namensschild sagte: »Frauke Herrschmann, K 32. Können wir uns irgendwo in Ruhe unterhalten?«

»Natürlich«, Eva nickte, »gehen wir in mein Büro.«

Die heimlich genommenen Proben schienen ein Loch durch den Kittelstoff zu brennen, als sie mit der Polizistin im Fahrstuhl in den vierten Stock fuhr und die Bürotür aufschloss. Das Zimmer der diensthabenden Stationsärzte war ein schlichter Raum mit weißen Möbeln, der an ein Behandlungszimmer grenzte. Eva trat hinter den Schreibtisch und bot der Kommissarin einen Besucherstuhl an, dann setzte sie sich selbst.

Ihre Besucherin hatte diesen forschenden Blick einer Polizistin im Dienst, misstrauisch, irgendwie allwissend. Eva sah durch die halboffene Tür des Behandlungszimmers die Beinstützen des gynäkologischen Stuhls und schluckte. Alles hatte genau in diesem Raum begonnen.

»Möchten Sie einen Kaffee?«

FRAUKE

»Nein, danke.«

Frauke hätte den Kaffee gerne genommen, aber ihr Bedürfnis nach Koffein musste warten. Am Tatort lief bereits die Spurensicherung. Allerdings war auch Selin Bayars Körper ein Tatort, vielleicht sogar der wichtigste. Sie hatte das Mädchen vorhin nur kurz gesehen, bevor sie in den Krankenwagen gehoben worden war. Frauke war einiges gewohnt, aber Selins Anblick hatte ihr Mitgefühl geweckt. Und sie außerordentlich wütend gemacht. Was Dr. Mares ihr sagen würde, konnte für die Ermittlungen entscheidend sein.

Die Ärztin spielte nervös mit einem Kugelschreiber. Frauke ließ es sich grundsätzlich nicht nehmen, ihr Gegenüber einzuschätzen. Fünfundzwanzig Jahre Erfahrung als Polizistin, davon zwanzig als Hauptkommissarin und fünfzehn als Kommissariatsleiterin hatten sie gelehrt, dass dies während einer laufenden Ermittlung notwendig war.

Dr. Mares war eine attraktive Frau in den Vierzigern, mit markanten Zügen, aber weichem Mund. In dem Regal hinter ihrem Schreibtisch stand ein Familienfoto mit Mann und drei Kindern im Alter zwischen etwa sechs und fünfzehn Jahren. Die zwei Teenager waren hochaufgeschossen, offensichtliches Erbe des Vaters, der alle um einen Kopf überragte. Zwischen grünen Blättern im Hintergrund schimmerten Sonnenflecken. Frauke blickte wieder zu Dr. Mares. Ihre helle Haut war gerötet und in den sonnengebleichten Haaren ringelten sich feuchte Strähnen. Sie hatte den Tag auf die denkbar grausigste Weise beginnen müssen, sah erschöpft und derangiert aus. Aber darauf konnte sie jetzt keine Rücksicht nehmen, sie brauchte sie in Topform, die Brutalität der Tat sprach für sich.

»Was können Sie mir über die Verletzungen von Selin Bayar sagen?«

Die Antwort kam ohne Zögern, der Blick der Ärztin ließ keine Gefühle erkennen. »Einblutungen, Risse in der Vulva, der Muttermund ist gequetscht, ein Hämatom, groß wie ein Hühnerei.«

Frauke verzog keine Miene, hatte jedoch das Bedürfnis, die Beine übereinanderzuschlagen. Was sie niemals tat.

»Einer oder mehrere Täter?«

Die Ärztin seufzte. »Beides möglich. Schwer zu sagen.«

Frauke nickte nachdenklich. »Können Sie mir zum jetzigen Zeitpunkt schon sagen, ob da etwas ist? Hautpartikel unter den Fingernägeln, fremde Schamhaare, Sperma?«

»Ich habe nichts gesehen, aber vielleicht finden Ihre Kollegen etwas bei der molekularbiologischen Untersuchung. Ich habe die Abstriche und Proben genommen, die sie wollten.«

Dr. Mares seufzte erneut. Frauke kannte das von Menschen, denen die Brust eng war, manchmal aus Angst oder Sorge.

»Spermaspuren hätte ich wahrscheinlich wahrgenommen, das UV-Licht hat nichts angezeigt, aber wie gesagt, ich hoffe auf den molekularbiologischen Befund.«

Sie verzog das Gesicht, als wolle sie etwas sagen. Wir kooperieren, dachte Frauke, spuck's aus.

»Ist Ihnen sonst noch etwas aufgefallen?«

Dr. Mares zögerte. »Nein, eigentlich nicht. Er war sehr …«, sie schluckte, »… brutal.«

Frauke nickte. »Ja.«

»War das ein Exfreund oder ihr Partner?« Die Ärztin zögerte. »Oder ein Fremder, der Frauen auflauert?«

»Wie kommen Sie darauf?«

»Vielleicht weil die Vorstellung so grauenhaft ist. Hatten Sie in letzter Zeit ähnliche Fälle?«

War Dr. Mares besonders neugierig?

»Nein, mit dieser Vorgehensweise nicht«, sagte Frauke.

Die Ärztin nickte. »Ich habe eine fünfzehnjährige Tochter. Deshalb bin ich so alarmiert.«

»Bei den meisten Vergewaltigungen kennen Opfer und Täter sich.«

»Ich weiß.« Dr. Mares blickte auf ihre Hände, dann wieder Frauke ins Gesicht. »Wo wurde sie gefunden?«

»Selin Bayar wohnt in einer Studenten-WG. Ihre Mitbewohnerin ist frühmorgens nach Hause gekommen und hat sie gefesselt auf ihrem Bett gefunden. Sie waren gemeinsam aus, Selin ging aber früher nach Hause. Eigentlich wollte ihre Mitbewohnerin bei ihrem Freund übernachten, es war reiner Zufall, dass sie doch in die Wohnung gegangen ist.«

Dr. Mares blinzelte. Sie begriff, was das bedeutete.

»Sie hat ihr das Leben gerettet!«

»Allerdings. Können Sie mir etwas über Ihren Eindruck sagen? Was haben Sie gefühlt?«

Die Ärztin runzelte die Stirn. »Gefühlt? Ich war natürlich schockiert. Ich habe mich konzentriert und das Protokoll befolgt …« Sie stockte, schien zu überlegen. »Aber Sie meinen, was ich denke, was hinter der Tat steckt?«

Frauke nickte knapp.

»Das kann ich natürlich nicht sagen. Ich weiß nicht, ob es um sie ging oder Frauen im Allgemeinen. Irgendwie hatte ich das Gefühl, da hat jemand eine sadistische Neigung ausgelebt. Vielleicht, weil so viel am Unterleib war. Weil er sich da so …«, sie zögerte erneut, »… abgearbeitet hat. Kann man das so sagen? Und dann natürlich das Würgen.« Sie schüttelte sich. »Besser kann ich es nicht beschreiben. Und die Schläge oder Tritte. Der pure Wahn.« Sie holte tief Luft. »Ich habe eine Zusatzausbildung zur Spurensicherung bei sexualisierter Gewalt gemacht, aber es ist nicht gerade mein täglich Brot.«

Frauke stand auf. »Ich danke Ihnen für diese Unterstützung. Für die Frauen ist es wichtig, dass Sie vor Ort sind, wenn es drauf ankommt.«

Dr. Mares erhob sich ebenfalls. »Ich schicke Ihnen später meinen Bericht, die Proben sind ja bereits auf dem Weg.«

Frauke streckte die Hand aus. Der Händedruck der Ärztin war warm und fest, ihre Finger ein wenig feucht.

Frauke legte ihre Visitenkarte auf den Schreibtisch.

»Falls Ihnen noch etwas einfällt.«

Dr. Mares nahm sie auf, betrachtete sie einen Moment. Wieder hatte Frauke das Gefühl, sie wolle etwas sagen oder fragen, doch sie schwieg.

EVA

Nachdem die Kommissarin gegangen war, schloss Eva einige Sekunden die Augen und atmete aus. Sie holte die Reagenzröhrchen aus ihrer Kitteltasche, steckte sie in einen Klarsichtbeutel, warf ihn in die unterste Schublade des Schreibtisches und schloss diese ab. Das Gespräch war ihr auf den Magen geschlagen.

»Ruhig bleiben«, murmelte sie.

Gleich stand die Morgenbesprechung der Oberärzte an, anschließend ihre Visite. Dabei fühlte sie sich alles andere als bereit, zum Tagesgeschäft überzugehen. Ihre Gedanken waren bei Selin auf der Intensivstation und bei dem Unbekannten, der sie misshandelt hatte. Sie stemmte die Hände in die Hüften, zog die Schultern hoch und hielt die Tränen zurück, die sich ungebeten aufdrängten. Auch ihre Patientinnen auf der Station hatten Anrecht auf ihre Fürsorge und volle Konzentration. Und sie wusste, wie sie diese erreichen konnte.

Am Eingang der Neugeborenenstation desinfizierte sich Eva die Hände. Frisch gebackene Mütter wickelten in einem großen Raum ihre Babys, es war warm hier, hell und ruhig. Eine junge Frau sah unsicher auf ihr Kind hinunter, dessen winziges Gesicht rot angelaufen war und das ein leises Maunzen von sich gab. Eva trat neben sie.

»Ich weiß nicht, wie ich ihn anfassen soll«, flüsterte die Mutter. »Er ist so winzig.«

Der Kleine ruderte mit seinen Händen in der Luft, Eva hielt ihm einen Finger hin. Sofort schloss sich seine Faust darum. Eva lächelte die Frau an.

»Er mag es, angefasst zu werden, bis vor kurzem war er nie allein. Trauen Sie sich, bald sind Sie mit ihm zu Hause.«

Die Frau nahm einen Waschlappen und eine Windel aus der Schale neben sich und machte sich sanft ans Werk. Ihr Gesicht glühte vor Liebe. Die Berührung der klitzekleinen Finger machte Eva erneut bewusst, was auf dem Spiel stand, wenn sie abgelenkt war. Auch für diese kleinen Wesen, und dass sie sicher das Licht der Welt erblickten, war sie verantwortlich. Und Momente wie diese waren es, die ihr durch die Abgründe der letzten Wochen geholfen hatten.

FRAUKE

Als Frauke das Haus in der Humboldtstraße erreichte, bot sich ihr nicht das erwartete Bild parkender Vans der Spurensicherung und Kollegen in Schutzanzügen, die im Treppenhaus auf und ab liefen. Die Haustür des Gründerzeithauses war geschlossen. Frauke klingelte irritiert. Die WG der drei Studentinnen lag im Dachgeschoss, Thiel erwartete sie an der Wohnungstür.

Er deutete Fraukes Gesichtsausdruck richtig.

»Die waren in großer Besetzung hier, das ging recht schnell.« Er hielt ihr die Tür auf. »Ich habe nur noch auf dich gewartet.«

»Haben sie was gefunden? Einbruchsspuren? Wir können zwar

nicht ausschließen, dass Selin und der Täter gemeinsam aus der Disko hierhergekommen sind, aber auch nicht, dass er sie vor dem Haus oder in ihrer Wohnung abgepasst hat.«

»Keine Einbruchsspuren, zumindest nicht aus jüngerer Zeit«, antwortete Thiel. »Für einen Dietrich sei das Schloss zu komplex, heißt es. Die Kollegen haben Selins Zimmer unter die Lupe genommen, den Flur, das Bad, die Küche, die Wohnungstür, das Treppenhaus. Gefunden haben sie eine Menge unterschiedlichster Spuren – Haare, Fasern und zahlreiche Fingerabdrücke. Aber das war in einer Wohnung, in der drei junge Menschen leben, zu erwarten.«

Frauke folgte Thiel in die Küche. Auf dem Tisch lagen ein Laptop und ein Handy in beschrifteten Plastikbeuteln. Sie ließ sich auf einen der wackligen Küchenstühle fallen, unter dem winzigen Tisch fanden ihre langen Beine kaum Platz.

»Haben sie sich auch die Umgebung des Hauses angesehen?«

Er nickte. »Sie waren hinten im Hof, aber es gibt keine frischen Fußspuren. Das Zimmer von Julia Cummings, die Selin gefunden hat, wurde ebenfalls untersucht. Sie sagt, alles sei unverändert. Die andere Mitbewohnerin, Lydia Werl, ist bei ihren Eltern, die habe ich noch nicht erreicht. Auch bei ihr wurde laut Cummings nichts angerührt.«

»Wo ist Julia Cummings jetzt?«

»Bei ihrem Freund.«

Thiel, der an der Arbeitsplatte unter der Schräge lehnte, war noch krummer als sonst. Er war groß und hager und hatte als ruhiger Typ, der alle überragte, im Laufe der Jahre einen Rundrücken entwickelt. Doch der zurückhaltende Eindruck täuschte, er war ein äußerst scharfer Beobachter.

»Sie war völlig fertig, konnte kaum eine Aussage machen. Wir wissen jetzt allerdings, dass sie mit einer weiteren Freundin«, Thiel sah auf seinen Notizblock, »einer Kim Baumann im Dschungel feiern waren. Selin Bayar ist früher nach Hause, etwa drei Stunden, bevor Julia Cummings sie hier in der Wohnung fand. Ich habe

Cummings gebeten, sich um eins mit dir hier zu treffen, um das gemeinsam durchzugehen.«

Frauke nickte. »Gut. Dann würde ich vorschlagen, du besorgst die Daten der Überwachungskameras aus dem Dschungel. Was den Heimweg betrifft: Wenn Bayar die Abkürzung durch die Vermeerstraße genommen hat, ist da Essig mit Bildern, aber wenn sie am Rembertiring lang ist, sind da gleich zwei Verkehrskameras.« Sie sah sich um. »Hast du schon mit den Nachbarn gesprochen?«

Thiel nickte. »Zum Teil. Im Erdgeschoss war keiner. Das ältere Paar im ersten Stock hat ein Rumpeln gehört. Aber sie meinten, bei den Mädels wäre häufiger Party, sie hätten sich nichts dabei gedacht. Das war gegen zwei Uhr.«

Frauke zog die Augenbrauen hoch. »Alles klar.«

Thiel hielt ihr einen Schlüsselbund hin, an dem ein kleiner Pinguin aus Holz baumelte. »Der gehört Selin.«

Er nahm sein Sakko vom Stuhl und zog es über.

Frauke stand auf. »Wenn du die Bilder der Kameras hast, sag Bescheid. Heute Abend tragen wir die Ergebnisse zusammen.«

Er nickte.

Dann war sie allein in der Wohnung.

EVA

Nachdem sie ihre Visite beendet hatte, betrat Eva den Flur vor der Intensivstation. Sie wusste, dass Selin noch schlief, auch schlafen musste, um sich zu erholen, aber sie musste einfach wissen, wie es ihr ging.

Eva klingelte, es summte, und sie zog die Tür auf. Sie fragte sich, wie schwer es für Selins Angreifer sein konnte, hier hineinzukommen. Es gab die Klingel, ein Betreten-Verboten-Schild, aber würde ihn das abhalten? Noch hatte die junge Frau keine Aussage gemacht. Es war kein Polizeibeamter zu sehen, auch sonst niemand, auch wenn die Pflegekräfte natürlich irgendwo hier waren, stets bereit, wenn Geräte Alarm auslösten.

Eva blieb im Türrahmen des Krankenzimmers stehen. Selin wirkte klein unter der Decke, die fürsorglich um sie festgesteckt worden war. Einige Kabel führten zu ihrem Arm und weiter unter das weiße Plumeau. Das Display neben dem Bett zeigte einen regelmäßigen Herzschlag, die Sauerstoffsättigung war im unteren Bereich, aber normal. Ein Tropf versorgte sie mit zusätzlicher Flüssigkeit, um den Blutverlust auszugleichen. Lasst sie vergessen, so lange es geht, dachte Eva. Wenn sie aufwachte und ansprechbar war, würde das nächste Martyrium folgen. Die polizeiliche Vernehmung. Eva würde ihr erklären, welcher Art ihre Verletzungen waren. Ein Rechtsmediziner würde ihre äußerlichen Verletzungen dokumentieren und noch mehr Fotos machen, bevor das Gesicht abschwoll und die Wunden verschwanden. Antibiotika gegen mögliche bakterielle Infektionen und antivirale Mittel hatte sie bereits bekommen, aber die Entscheidung für oder gegen eine Verhütungspille stand noch aus. Wenn sie bis zum nächsten Morgen nicht wach und ansprechbar war, würde womöglich jemand diese Entscheidung für sie treffen müssen. Waren ihre Angehörigen informiert? Wollte sie das überhaupt?

Es ist grausam, wie sehr wir ihr nachstellen, dachte Eva, während sie mit den Händen in den Kitteltaschen dastand. Aber wir sind für ihre Genesung zuständig, die Polizei für die Ergreifung des Täters. Beides lässt sich nicht aufschieben.

Der Vergewaltiger. Sie wusste nichts über den Mann, außer, wie brutal er Selin geschlagen und getreten hatte. Dass er sie gefesselt und gewürgt hatte. Es könnte jeder gewesen sein, ein abgewiesener Verehrer, ein wütender Exfreund, ein Fremder. Und meist kam eine solche Tat ja nicht einmal zur Anzeige.

Der kalte Klumpen in ihrem Bauch war wieder da.

»Eva?« Rainer Wenner riss sie aus ihren Gedanken. »Was machst du hier?«

Ertappt drehte Eva sich um »Ich wollte nach ihr sehen. Ist deine Schicht nicht längst zu Ende?«

Rainer schürzte die Lippen. »Ich wollte auch wissen, wie es ihr geht.«

Er trat an das Bett, zog die Decke zur Seite und betrachtete die Verbände am Bauch des Mädchens. Seine Augen wurden schmal.

»Sie blutet noch aus der Naht heraus. Das muss beobachtet werden. Ich bleibe in der Nähe, falls ich sie noch mal aufmachen muss.«

Eva nickte ihm dankbar zu. Rainer war extra von zu Hause wieder hierhergekommen, um Selin persönlich zu überwachen.

»Schrecklich, oder?«, sagte er nachdenklich. »Diese Brutalität. Hast du so etwas schon einmal gesehen?«

Eva nickte und schwieg.

»Ich gehe mal und rede mit der Schwester.«

Eva sah ihm hinterher. Konnte er nicht endlich die Bezeichnung »Schwester« aus seinem Wortschatz streichen? Die nachwachsende Generation der MTAs und Pflegekräfte fanden das nicht mehr tolerabel, und so alt war Rainer auch noch nicht, dass er Schwierigkeiten haben müsste, sich umzugewöhnen.

Sie machte sich wieder auf den Weg zurück in ihre Abteilung. Hoffentlich gab es bald Ergebnisse der DNA-Untersuchung. Sie musste darauf bauen, dass es etwas Persönliches war, das Selin und ihren Vergewaltiger verband, und er bald gefasst wurde. Und für ihr eigenes Seelenheil hoffen, dass sie keinen perversen Serienvergewaltiger decken musste.

FRAUKE

Nach Thiels Aufbruch war es ruhig in der kleinen Wohnung. Putzschlieren auf dem Dachfenster schimmerten im Sonnenlicht, Staubteilchen tanzten durch die Luft. Der Verkehrslärm drang nur gedämpft herein. Es ist seltsam, dachte Frauke, wie das Wissen, dass eine Frau in dieser Wohnung misshandelt wurde, die Stille verändert. Als seien ihre erstickten Schreie darin gefangen.

Der Flur war ein dämmriger Schlauch, der die Räume verband. Gegenüber der Eingangstür hing ein Spiegel, mit drei roten Kussmundabdrücken verschiedener Lippen. Darunter schwarze Flecken von Fingerabdruckpulver. Die Wände zierten Postkarten und ein Familienkalender. Eine der drei würde morgen eine Klausur schreiben. Berge von Schuhen, vom Sneaker bis zur Sandalette, türmten sich auf einem kleinen Regal unter der Garderobe.

Frauke betrat Selins Zimmer am Ende des Flurs. Sie hatte sich auf Blutspuren eingestellt, aber die Größe der Lache, die einen dunklen Fleck auf der nackten Matratze hinterlassen hatte, bestürzte sie dennoch. Das Laken war nicht auf dem Bett gewesen, der Täter musste es mitgenommen haben. Auf dem hellbeigen Teppich waren Zierkissen verteilt, rosa, weiß, aus Fellimitat und Samt. Am Kopfteil des weißen Bettes war der Lack an zwei Stellen abgewetzt. Selin hatte sich gewehrt, der Kabelbinder hatte bis ins Holz geschnitten. Überall verlieh dunkles Fingerabdruckpulver den hellen Möbeloberflächen einen schmuddeligen Film.

Vor dem Überfall schien es dagegen aufgeräumt gewesen zu sein, Mappen in Roséfarben und Grün lagen in akkuraten Stapeln auf dem Schreibtisch. In einem goldenen Becher steckten grüne und rosafarbene Stifte, einer mit einer Fellkugel am oberen Ende. Nach einem Kampf sah es nicht aus. Hatte er sie gepackt, als sie schon geschlafen hatte? Oder war etwas, das romantisch hätte sein sollen, zu einem Albtraum geworden? Am Schrank hingen kleine Handtaschen mit goldenen Schnallen, im Inneren waren Pullis und Hosen gefaltet, Blusen und Kleider auf Bügeln sortiert.

Frauke strich mit dem Finger über eine schwarze Hose und eine grüne Bluse. Selins Stil war gediegen, fast schick. Als habe sie Ziele, eine Karriereplanung. Sie schaute in den Ecken des Schranks nach und in den Fächern. Ein Schuhkarton enthielt eine große Anzahl Konzertkarten. Frauke war überrascht, als sie sah, dass es sich überwiegend um Heavy-Metal- und Hardrock-Konzerte handelte. Allerdings waren selbst die Karten jüngeren Datums schon über ein Jahr alt. Sie stellte den Karton zurück. Selin hatte anscheinend eine wilde Phase gehabt, jetzt aber Freude daran gefunden, sich bei der Einrichtung im Farbspektrum Weiß, Rosa und Hellgrün zu bewegen. Eine Farbwahl, der eine gewisse Geborgenheit nicht abzusprechen war, sanft und unaufgeregt.

Frauke atmete gegen den Druck in ihrer Brust an. So jung. Aus ihrer Warte von fünfzig plus war Selin noch ein halbes Kind.

Sie öffnete die Schubladen des Schreibtisches, aber es lagen nur Mappen für die Uni darin. Die Notizen waren kurz, prägnant, in ordentlicher Schrift verfasst. Im Nachttisch fand Frauke Taschentücher, Kleinkram, Tampons, Handykabel und Modeschmuck. Kein Verhütungsmittel, Tagebuch oder Kalender.

Sie ging zurück in die Küche, nahm Laptop und Handy, verließ die Wohnung und trat kurz darauf in das helle Vormittagslicht auf dem Bürgersteig. Sie blinzelte und sah sich um. In der Humboldtstraße standen überwiegend Mehrfamilienhäuser, dazwischen die typischen Bremer Reihenhäuser aus dem vorletzten Jahrhundert mit schmiedeeiserner Terrassenüberdachung im Hochparterre. In die Lücken, die der Krieg gerissen hatte, war die ein oder andere Bausünde eingezogen. Die Humboldtstraße war inzwischen ausgewiesene Fahrradstraße, dennoch fuhren hier für einen Sonntagmorgen viele Autos. Ausflügler, die im Viertel frühstücken wollten oder die Abkürzung in die Innenstadt zu Kunsthalle und Dom nahmen.

Als Frauke vor über zwanzig Jahren bei der Polizei in Bremen anfing, war in der Humboldtstraße der allseits bekannte Straßenstrich. Jetzt war hier eine angesagte Wohngegend, verkehrsberuhigt und nah am Viertel, wie die Bremer ihren Szenekiez zwischen Ostertor und Steintor nannten.

Frauke spähte zu den Fenstern der WG hinauf. Hineinschauen konnte man nicht. Höchstens von gegenüber aus dem glatten Gebäude aus den Sechzigern. Im ersten Stock schien eine Firma ansässig zu sein, darüber hatten die Fenster Gardinen.

Sie zog ihr Handy aus der Manteltasche.

»Moin, Dünya. Schwere Vergewaltigung, die junge Frau ist türkischstämmig. Ihre Familie kommt bald ins Krankenhaus. Kannst du mich begleiten?«

»Klar! Welche Klinik?« Dünya klang wie immer wach. Auch sonntagmorgens, obwohl sie eigentlich frei hatte.

EVA

Als Eva zurück auf die Station kam, wies Farah mit dem Arm in Richtung der Kreißsäle. »Ich hätte dich gleich angepiept.«

Eva nickte. Bei der Visite hatte sie der nächsten Phase der Geburt noch maximal eine Stunde gegeben. Sie öffnete die Tür zum Gebärzimmer. Der Frau auf dem Bett hingen die schweißnassen Haare ins Gesicht, und sie war puterrot vor Anstrengung. Es war das zweite Kind, keine PDA. Sie wimmerte, ihr Mann hielt ihre Hand. Neben dem Bett stand Margarete, und zwischen den gespreizten Beinen der Frau saß Ulrike, die jüngste Hebamme im Team, frisch wie immer, nur etwas rosig, dabei waren es bestimmt fünfundzwanzig Grad hier drinnen und die Luft feucht wie ein Waschlappen. Eva hielt sich im Hintergrund und bereit.

Ulrike gurrte der Mutter Anfeuerungen zu, als wäre sie eine Taube. Dass Margarete Ulrike machen ließ, war ein gutes Zeichen. Tatsächlich glitschte das Baby jetzt mit einem Schwall Fruchtwasser und Käseschmiere auf das Bett. Als sein entsetzter Schrei ertönte, lächelten alle Anwesenden, auch Eva.

Dieser Augenblick wurde nie zur Routine. Nachdem Margarete geklammert hatte, sah Eva zu, wie der frischgebackene Vater andächtig die Nabelschnur durchtrennte. Diese Momente, das erste Anlegen an die Brust, die erste Begegnung mit dem winzigen Kind, das doch viel größer war als erwartet und ein fertiger Mensch, vollkommen und einzigartig, diese Erinnerungen brannten sich ein. Es gab keinen Augenblick im Leben, der so blitzblank, intensiv und erstaunlich war.

Eva nahm das kleine Bündel entgegen und legte es unter die Wärmelampe. Alles dran, das puterrote Gesicht unwillig verzogen, der Protest lautstark. Sie drehte den kleinen Jungen auf den Bauch, trug ihn zum Bett und legte ihn Haut an Haut der Mutter auf die Brust. Margarete versorgte die Nachgeburt, Eva untersuchte die Frau und bat um ein Nähset. Die Frau spürte nichts von ihren Stichen, Endorphine und Adrenalin waren so wirksam wie Betäubungsspritzen.

Als Eva kurze Zeit später wieder am Schreibtisch in ihrem Büro saß, war sie erschöpft. Sie hatte das Gefühl, allein an einem Abgrund zu stehen. Er hätte sich die ganze Mühe sparen können, sie hätte so oder so geschwiegen. Wenn sie nur wüsste, ob sie mit ihrer Befürchtung richtig lag. Doch nur DNA log nie.

Eva hatte inzwischen Etiketten mit einer Chiffre aus Selins Namen und Geburtsdatum ausgedruckt. Sie nahm den Klarsichtbeutel aus der Schublade und klebte auf jedes Röhrchen den Code, der sie für sie selbst unverwechselbar machen würde. Als sie sie in die Schublade zurücklegte, fiel ihr Blick auf den Karteikasten mit ihren beruflichen Kontakten. Eva nahm ihn heraus und blätterte durch die Visitenkarten. Ein Polizeihauptkommissar a. D., die Leiterin des Frauenverbandes … ihre Finger glitten weiter. Die nette Dolmetscherin für Arabisch.

Da! Rechtsmedizinerin Irida Sawati. Eva nahm die Karte heraus. Irida hatte während der Fortbildung erklärt, wie Proben gerichtsfest genommen wurden. Sowohl bei einer offiziellen Spurensicherung, wenn die Polizei bereits ermittelte, als auch bei einer vertraulichen, wenn eine Frau alleine ins Krankenhaus kam, verletzt, unter Schock, noch nicht bereit, sich einer Vernehmung zu stellen. Manche brauchten zuerst einen anderen Job oder einen sicheren Unterschlupf für sich und eventuelle Kinder, bevor sie zur Polizei gingen. Dann war sie als Ärztin für sie da. Ein autorisierter Fahrdienst brachte die Proben, Fotos, Kleidung und ihren Bericht in das eigens dafür geschaffene Archiv. Mit einer Chiffre versehen lagerte alles dort zehn Jahre und wurde erst hervorgeholt, wenn Anzeige erstattet wurde.

Eva starrte auf die Karte. Irida hatte es schon erlebt, dass sie später vor Gericht in den Zeugenstand gerufen wurde, um die Echtheit der Spuren zu bestätigen. Eva noch nicht. In der Regel versuchte der Anwalt des Beklagten alles, um die Beweise in Frage zu stellen. Deshalb war es auch so wichtig, dass der Standort des Archivs geheim blieb. Daran würde ein Anwalt sich als Erstes abarbeiten: dass nach so langer Zeit jemand an den Proben herumgepfuscht haben könnte.

Eva seufzte. Irida würde ihr helfen wollen, aber nicht können. Wahrscheinlich analysierte sie gerade persönlich die Abstriche, die Eva heute morgen bei Selin genommen hatte, auf Fremd-DNA. Es würde zu Irida passen, dass sie in einem solchen Fall ihren Sonntag sausen ließ.

Eva legte die Karte vor sich auf den Schreibtisch und barg den Kopf in den Händen. Keinesfalls sollte ein Sadist durch die vertrauliche Spurensicherung davonkommen – und anschließend die Ärztin, die zur unfreiwilligen Zeugin seiner Tat geworden war, bedrohen. War es das, worum es ihm ging? Ergötzte er sich an ihrem Dilemma, trieb sie vor sich her? Womöglich war es nicht einmal Zufall, dass Selin während ihrer Schicht eingeliefert worden war. Sie war die Einzige, die eins und eins zusammenzählen konnte. Und irgendwo saß er, genoss ihre Angst und dass sie nichts tun konnte. Aber irgendetwas würde ihr einfallen. Musste ihr einfallen.

FRAUKE

Nachdem Frauke sich mit Dünya vor dem Krankenhaus getroffen und sie kurz ins Bild gesetzt hatte, erfuhren sie in der chirurgischen

Abteilung, dass Selin noch nicht aufgewacht war. Im Gegenteil, sie blutete nach wie vor, und die Ärzte waren in großer Sorge. Zunächst hieß es abwarten.

»Aber ihre Schwester ist eingetroffen, ich habe sie gebeten, unten Platz zu nehmen«, sagte der Pfleger.

»Ihre Schwester?«, vergewisserte sich Frauke.

Ein Streifenwagen war heute früh zu der Wohnung der Eltern in Oyten in Niedersachsen gefahren, und die Kollegen hatten die Familie gebeten, zu ihrer Tochter ins Krankenhaus zu kommen. Sie hatten Details zurückgehalten und nur von einer schweren Verletzung berichtet. Laut Melderegister lebte auch eine fünfzehnjährige Tochter in der Wohnung. Frauke reichte dem Pfleger ihre Karte. »Bitte sagen Sie mir sofort Bescheid, wenn sie aufwacht.«

»Was machen wir jetzt?«, fragte Dünya, nachdem die Tür zugefallen war.

»Wir reden mit der Schwester und finden heraus, warum ihre Eltern nicht da sind.«

Frauke wollte einer Minderjährigen nicht in Abwesenheit der Erziehungsberechtigten von der brutalen Vergewaltigung ihrer Schwester berichten müssen. Aber es galt herauszufinden, ob es einen verdächtigen Mann in Selins Leben gab, bevor der Täter Spuren vernichten konnte. Frauke spürte zunehmend Verspannungen im Nacken.

Auf den Hartschalensitzen in der Lobby und der Cafeteria konnte Frauke kein Mädchen sehen, auf das die Beschreibung zutraf; sie wandten sich Richtung Außenbereich.

»Da«, sagte Frauke und deutete mit dem Kopf auf eine junge Frau, die allein im Schatten eines Baumes an einem Tisch im Hof saß. Sie sah Selin ähnlich, trug einen Hijab, ein bis zum Hals zugeknöpftes langes Kleid und darunter eine Baumwollhose. Sie schaute auf ihre Hände und schien sich unwohl zu fühlen. Um sie herum saßen Besuchergruppen an Tischen, der jeweilige Patient war an seinen Pflastern, Verbänden und der legeren Kleidung zu erkennen, teils auch an einem bemüht tapferen Gesichtsausdruck. Sonntagmorgen, Hauptbesuchszeit. In der lebendigen Umgebung stach das Mädchen heraus wie ein Nachtfalter zwischen Schmetterlingen, traurig, allein und still.

»Ist hier noch Platz?« Das Mädchen zuckte zusammen, starrte Frauke und Dünya unbehaglich an.

»Ja, natürlich.«

Während sie die Stühle zurückzogen, griff es nach seiner Handtasche und machte Anstalten aufzustehen.

»Bleib bitte sitzen.« Frauke lächelte. »Wir sind von der Polizei. Ich bin Frauke Herrschmann, und dies ist meine Kollegin Dünya Çelik. Bist du Laiba Bayar?«

Das Mädchen ließ die Tasche sinken. »Ja«, flüsterte sie.

Frauke sah sie mitfühlend an. »Warum sind deine Eltern nicht mit dir hier?«

»Sie sind gerade in der Türkei. Ich habe mit ihnen telefoniert. Wie geht es Selin? Der Arzt hat gesagt, sie hat innere Blutungen.«

Laiba versuchte, aufsteigende Tränen wegzublinzeln. Ihr Blick flog zwischen ihnen hin und her und blieb an Dünya hängen. Wenige Menschen hatten ein so tröstliches Gesicht wie Dünya. Anteilnahme, Wärme, Verständnis, ihre Gefühle spiegelten sich direkt in ihrer Mimik. Manchmal fielen ihr Menschen um den Hals, wie Ertrinkende.

»Sie wurde operiert«, sagte Dünya. »Alle tun ihr Bestes, aber wir wissen nicht, wann sie wieder aufwacht.«

Laiba traten Tränen in die Augen, Dünya reichte ihr ein Taschentuch.

»Was ist überhaupt passiert?« Ihr Blick heftete sich auf die jüngere Beamtin. »Niemand sagt mir was!«

»Selin ist etwas Furchtbares zugestoßen«, sagte Dünya.

Laiba sackte in sich zusammen. »Unsere Eltern werden das nicht verstehen.« Sie flüsterte, aber Frauke hatte sie dennoch verstanden. Und begriffen, dass die Fünfzehnjährige ahnte, wovon Dünya sprach.

»Werden sie ihr Vorwürfe machen?«, fragte Frauke.

Das Mädchen neigte den Kopf. »Vielleicht. Als sie mit einem Kommilitonen zusammen war, haben sie gesagt, dass sie sich wegwirft. Dabei haben die beiden nur Händchen gehalten.« Sie schlug die Augen nieder. »Hat Selin jedenfalls gesagt.« Ob sie sich für ihre Schwester schämte oder für die Strenge ihrer Familie, blieb unklar.

Frauke warf Dünya einen kurzen Blick zu, die nickte.

»Wir brauchen den Namen des Kommilitonen.«

»Thomas irgendwie, ich weiß nicht.« Laibas Schultern bebten. »Hat er sie überfallen?«

»Wir müssen nur mit ihm sprechen, so wie mit den anderen Freunden und Freundinnen von Selin.«

»Vielleicht wissen Lydia oder Julia seinen Namen. Sie sind auch an der Uni und müssten ihn kennen.«

»Wir werden sie fragen. Gibt oder gab es sonst noch einen Mann in Selins Leben? Hat sie davon gesprochen, bedroht oder belästigt worden zu sein?«

Laiba schüttelte den Kopf und sah Frauke fest an. »Nein! Niemanden. Sie mochte einen Dozenten, aber das war nur eine Schwärmerei.« Ihre braunen Augen waren von einem dichten Wimpernkranz umgeben, der sie umso verletzlicher wirken ließ.

»Kannst du mit jemandem darüber reden, was deiner Schwester passiert ist?«

Laiba kniff die Lippen zusammen, ihr Blick streifte kurz über die weiteren Besucher im Innenhof.

»Meine Tante kommt später. Aber ich werde ihr nichts sagen, das muss Selin entscheiden. Vielleicht ist es besser, wenn niemand etwas mitbekommt.«

Frauke nickte. Sie würde dieser Anforderung dennoch nur eingeschränkt nachkommen können, die Polizei versuchte, so diskret wie möglich zu sein. Aber es gab Befragungen, die sich nicht umgehen ließen.

»Wenn Selin ansprechbar ist, werden wir sie fragen, was wir euren Eltern sagen dürfen. Sie ist volljährig, es ist ihre Entscheidung, solange eure Eltern nicht Teil der Ermittlung sind.«

Dem Mädchen schossen wieder Tränen in die Augen.

»Es wird alles gut«, sagte Dünya. »Du kannst immer zu mir kommen, wenn du Fragen hast oder reden möchtest.« Sie berührte Laiba leicht am Arm und legte ihr ihre Karte hin. »Jetzt hoffen wir erst einmal, dass es Selin bald besser geht.«

Laiba nickte.

Als sie den Hof verließen, blickte Frauke noch einmal zurück. Laiba sah aus wie ein Kind, das versuchte, sich mit geradem Rücken einer Strafe zu beugen, die es nicht verdient hatte. Frauke hoffte, dass die Tante sich beeilte, es tat weh, das Mädchen allein zu lassen. Auch Dünyas Trostgesicht war verschwunden, ihre Miene zeigte jetzt Wut und Schmerz.

Wir kriegen dich, du Mistkerl, dachte Frauke und stieg in den Wagen.

EVA

Es hatte Eva enorme Kraft gekostet, sich auf ihre Aufgaben zu konzentrieren, es war erst später Vormittag, und sie fühlte sich bereits erschöpft. Zum Glück war es sonntags meist ruhiger als an einem Werktag. Sie nahm die Akten der Patientinnen, mit denen ein Termin vereinbart werden musste, und ging ins Stationsbüro.

»Hast du Margarete gesehen?« Sie legte Farah, die am Computer saß, die Unterlagen hin.

»Ich glaube, sie macht gerade Pause.« Die junge MTA griff nach den Mappen und öffnete den Terminkalender.

Margarete saß tatsächlich im Aufenthaltsraum, einem kleinen Zimmer mit Küchenzeile und Esstisch, über den eine rot-weiß gemusterte Tischdecke gebreitet war. Vor ihr stand ein Butterbrot mit

Marmelade und eine Tasse Kaffee, und sie las im *Kurier*. Als Eva hereinkam, blickte sie auf.

»Hör mal hier. In den Wallanlagen hat jemand eine Statue abgestellt. Keiner weiß, wer und warum, aber die ist echt gut.«

Sie drehte die Zeitung um, damit Eva das Foto einer Bronzeskulptur sehen konnte, die eine ältere Person darstellte, die vornüber gekrümmt einen Einkaufswagen schob.

Eva setzte sich auf einen Stuhl und beugte sich vor. Ein Denkmal für die Obdachlosen und Vergessenen? Sehr lebensecht.

»Beeindruckend«, sagte sie.

Das war es tatsächlich. Viele Menschen in Bremen waren durch das System gefallen, aber Evas Interesse an Kunst hielt sich gerade in Grenzen.

»Das Mädchen heute Morgen ...«

Margarete faltete die Zeitung zusammen. »Schrecklich, nicht wahr?«

»Könnte es derselbe Täter gewesen sein?«

Sie musste Margarete nicht erklären, was sie meinte. Eva versuchte, gefasst zu wirken. Margarete brauchte nicht zu sehen, wie aufgelöst sie war. Eva schätzte sie als erfahrene Kollegin. Sie war zwanzig Jahre älter als sie und hatte ihr ganzes Berufsleben auf der Entbindungsstation und in der Gynäkologie dieses Krankenhauses verbracht. Sie war aber auch hart im Nehmen. Wenn eine Frau unter der Geburt vor Schmerzen fast durchdrehte, war sie vom alten Schlag und kehrte den Dragoner heraus.

Margarete räusperte sich. »Woher soll man das wissen? Da draußen laufen viele Irre herum, die eine Gelegenheit nutzen, wenn sie sich ihnen bietet.« Sie zuckte mit den Schultern. »Ja, es ist grausam. Aber realistisch betrachtet gibt es eine Menge solcher Taten, von der Dunkelziffer ganz zu schweigen. Und das ist ohnehin Sache der Polizei.« Ihr Blick wurde etwas weicher. »Wir haben alles richtig gemacht. Und was jetzt zu tun ist, ist klar. Nämlich nichts.«

Doch Margarete wusste schließlich nicht alles, was Eva wusste.

»Hast du mal mit jemandem über die Nacht gesprochen, Margarete?«

Die Kollegin reckte das Kinn nach vorn. »Natürlich nicht.«

Eva betrachtete sie. So eine schreckliche Geschichte war schwer für sich zu behalten.

»Nein? Mit niemandem?«

Margarete schüttelte den Kopf und griff wieder nach der Zeitung. »Lass mir noch ein paar Minuten meiner Pause, ja?«

»Natürlich.« Eva stand auf.

Als sie den Aufenthaltsraum verließ, fragte sie sich, wie Margarete sich in ihrer Situation verhalten würde. Abgebrühter, gelassener? Vielleicht würde sie dann auch wieder ruhiger schlafen.

FRAUKE

Julia Cummings war pünktlich und saß mit ihrem Freund auf dem kleinen Sofa in der WG-Küche, als Frauke und Dünya eintrafen. Sie hatte rotblonde Haare, einen milchigen Teint und leichten Überbiss. Ihre Augen waren rot unterlaufen und geschwollen. Ihr Freund Kevin Leibert, ebenfalls Student der Physik, hielt ihre Hand.

Frauke setzte sich, betrachtete die beiden mitfühlend. Cummings knetete Leiberts Hand. Es wirkte nicht schmerzfrei, aber er hielt still.

»An was erinnern Sie sich, als Sie heute früh nach Hause kamen? War etwas ungewöhnlich?«

»Sie meinen, außer dass meine Mitbewohnerin gefesselt in ihrem Bett lag?« Cummings stockte. »Entschuldigung, das wollte ich so nicht …« Sie sog Luft durch die Nase ein, seufzte und setzte sich aufrechter hin. Sofort füllten sich ihre Augen mit Tränen. »Die Wohnungstür war geschlossen, das Licht im Flur war aus. Alles sah aus wie immer, und ich wäre direkt ins Bett gegangen, wenn ich nicht ein Stöhnen gehört hätte.« Sie erschauerte. »Das klang so grauenhaft, so etwas habe ich noch nie gehört.«

»Was haben Sie getan?«

»Die Tür zu Selins Zimmer war nur angelehnt. Ich konnte die Situation erst nicht richtig begreifen, es war dunkel.« Cummings Stimme wurde leiser. »Ich habe das Licht angemacht. Und dann dachte ich, sie ist tot. Überall war Blut!« Selins Mitbewohnerin zitterte. »Sie atmete, aber war nicht bei Bewusstsein. Ich habe den Notruf gewählt und wollte ihre Fesseln aufmachen, aber das habe ich nicht geschafft.«

Sie atmete erneut schwer, sackte in sich zusammen. Leibert streichelte ihr beruhigend über den Rücken.

Frauke nickte und sah kurz zu Dünya. Julia Cummings hätte den Kabelbinder unmöglich aufkriegen können, die Sanitäter hatten mit einem scharfen Messer nahe an Selins Handgelenken entlang schneiden müssen.

»Frau Cummings, kennen Sie jemanden, der Selins Nähe gesucht hat? Womöglich enttäuscht war, dass seine Gefühle nicht erwidert wurden?«

Cummings wechselte einen Blick mit Leibert. Der zog die Augenbrauen hoch.

»Thomas vielleicht?« Dabei zog sie das *vielleicht* mit schwacher Stimme fragend in die Höhe. »Aber er würde so etwas trotzdem nie tun. Er ist total friedlich und nett. Also, ja, enttäuscht, aber ...« Sie stockte. Es fiel ihr offensichtlich schwer, einen Kommilitonen zu belasten. »Die beiden waren bis vor drei Monaten zusammen«, sagte sie schließlich. »Selin hat Schluss gemacht. Sie hat nicht so genau gesagt, warum, aber ihre Familie ist ja ziemlich streng.«

»Wissen Sie, wie er mit vollem Namen heißt?«

»Thomas Wieland.« Dünya notierte sich den Namen. Frauke dachte an Selins Handy, das bei ihrem Kollegen Linus auf dem Schreibtisch lag. Seinen Inhalt – Nachrichten, Fotos, Mails – mussten sie so schnell wie möglich auswerten.

»Wer hat alles einen Schlüssel zu Ihrer Wohnung? Thomas womöglich?«

»Nein. Wir haben verabredet, dass wir niemandem einen Wohnungsschlüssel geben.« Sie warf ihrem Freund einen entschuldigenden Blick zu.

»Und sonst?«

Julia Cummings zog eine Grimasse. »Ich bin vor einem halben Jahr eingezogen und habe den Schlüssel von der Vormieterin des Zimmers bekommen. Lydia und Selin haben einen, und es gibt einen Ersatzschlüssel, der neben der Tür am Brett hängt. Von weiteren weiß ich nicht.«

Frauke gab Dünya ein Zeichen, die aufstand und kurz darauf mit einem einzelnen Schlüssel wiederkam.

»Dieser hier?«

Cummings nickte. »Ja, das ist der Ersatzschlüssel.«

»Keine der ehemaligen Mitbewohnerinnen hat noch einen? Ist mal einer verloren gegangen?«

Cummings bekam einen leicht verzweifelten Gesichtsausdruck. Das war offenbar ein Problem, mit dem sie sich nie befasst hatte. Es gab durch wechselnde Mitbewohner die Möglichkeit, dass über die Jahre diverse Schlüssel für die Wohnung in Umlauf geraten waren. Plötzlich weiteten sich ihre Augen. »Selin hat vor ungefähr drei Monaten ihre Tasche verloren. Da hat sie einen Schlüssel nachmachen lassen.«

»Was war noch in der Tasche?« Frauke spürte den vertrauten Wink einer Spur, auch Dünya sah alarmiert aus.

»Ihr Portemonnaie, glaube ich …«

Cummings blinzelte. Sie war zu dem gleichen Schluss gekommen. Jemand hatte Selins Ausweis mit Adresse und Foto und den Schlüssel zu der Wohnung in seinem Besitz. Seit drei Monaten.

»Sie haben das Schloss nicht austauschen lassen?«

Cummings sank noch weiter in sich zusammen. »Nein.«

Frauke wechselte einen Blick mit Dünya.

Cummings Finger krallten sich um die Hand ihres Freundes. »Sie meinen, der Vergewaltiger hat ihren Schlüssel benutzt?«

»Hat Selin damals Anzeige erstattet? Sich einen neuen Ausweis besorgt?«

»Ich denke schon, sie musste ja die Karten sperren lassen. Andererseits war sie sich sicher, dass sie sie nur in der Uni liegen gelassen hatte, oder so.«

Cummings sah aus, als würde sie frieren, dabei war es stickig warm unter dem Dach. Sie schlang den freien Arm um sich, als wolle sie sich beruhigen, eine Erklärung finden, warum sie so fahrlässig gehandelt und die Sache auf sich hatten beruhen lassen.

»Sie hat nichts aus der Tasche zurückbekommen?«

»Ich weiß es nicht. Sie hätte es bestimmt erwähnt, aber ich bin so häufig bei Kevin. Fragen Sie Lydia, wenn sie von ihren Eltern zurückkommt.« Sie verstummte, ihre Hand lag wieder ruhig in Kevin Leiberts, wie in einem Rettungsring.

Dünya sah ihn an. »Kennen Sie Selin?«

Er schüttelte den Kopf. »Nicht besonders gut.« Die Frage war ihm sichtlich unangenehm.

»Von der Uni?«

Leibert schüttelte erneut den Kopf. »Ich habe sie nur ein paar Mal hier gesehen. Wir sind meistens bei mir.« Er strich mit der linken Hand seine langen Haare zurück, mit der rechten hielt er weiterhin die Finger von Julia Cummings.

»Wo waren Sie gestern Abend?«

Leiberts Mundwinkel zuckten nur kurz. Er hatte gewusst, dass sie danach fragen mussten, dennoch war er sichtlich nervös.

»Ich habe mit Freunden gezockt. Ich kann Ihnen die Namen geben.«

»Wie lange?«

»Ungefähr bis vier Uhr. Wir haben auch einen Stream aufgenommen, da hört man uns miteinander sprechen.«

Dünya schob ihm ihren Block rüber. »Machen Sie eine Liste Ihrer Mitspieler, mit Telefonnummer.«

Frauke wandte sich an Cummings. »Ich würde Ihnen raten, noch heute das Schloss auswechseln zu lassen.«

Cummings nickte, sie war noch blasser als zuvor. Ihr war vermutlich gerade klar geworden, dass es genauso gut sie hätte treffen können. Oder Lydia.

Während Leibert seine Liste vervollständigte, ging Dünya in den Flur und rief Lydia Werl an.

Kurze Zeit später kam sie wieder in die Küche. »Selin hat keine Anzeige erstattet, weil sie die Tasche wiederbekommen hat. Nach ein paar Tagen ist sie im Fundbüro der Uni abgegeben worden, mit allem darin, außer dem Bargeld.«

»Aber dann …« Cummings war sichtlich überfordert. »Was bedeutet das jetzt?«

»Dass Sie trotzdem das Schloss auswechseln lassen sollten«, sagte Frauke. »Was ist aus dem Schlüssel geworden? Der, den Selin hat nachmachen lassen, nachdem die Tasche verschwunden war?«

Cummings zog wieder ratlos die Schultern hoch.

Frauke überlegte einen Moment, dann ging sie in Selins Zimmer. Sie zog die Schublade des Nachttisches auf, und zwischen Fingerabdruckpulver und dem Kleinkram lag ein Schlüssel, der so aussah wie der, den sie eben in der Küche gesehen hatte. Sie steckte ihn probehalber in die Wohnungstür.

»Okay, ich habe ihn«, sagte Frauke, als sie wieder in die Küche trat.

Als sie gingen, wirkten Cummings und Leibert benommen. Auch Werl hatte während des kurzen Telefonats gesagt, dass sie bei ihren Eltern bleiben wolle. Beamte aus der Gegend waren jetzt auf dem Weg zu ihr, um mit ihr zu sprechen. Sie würden das Protokoll nach Bremen weiterleiten.

ER

Die Wohnungstür öffnete sich mit einem leisen Klicken, er zog den Schlüssel ab, schlüpfte hinein und zog sie fast ebenso lautlos wieder hinter sich zu. Irgendwo war ein Fenster geöffnet, von draußen hörte er leise Geräusche des Sommers. Gleichzeitig hüllte die Wohnung ihn mit der satten Stille ein, die nur entstand, wenn die Bewohner das Nest verlassen hatten.

Er hatte den Kinderwagen im Hausflur stehen sehen. Und davor, wie der Vater, so ein langer Dünner, die beiden Zwerge in das Lastenrad gesteckt hatte, während sie sich auf ihr schickes Citybike schwang. An dem Lastenrad und den Kindern hatte er sie wiedererkannt. Sehr auffälliges Teil.

Er trat in die Küche. Das Rad passte zur Einrichtung. Obwohl die Wohnung nicht riesig war, war die Küche im weißen Landhauslook geräumig. Auf der Arbeitsfläche stapelte sich noch schmutziges Frühstücksgeschirr, bunte Melanintellerchen und Becherchen mit Blütenmotiven. Am Kühlschrank hingen ein paar erste Familiendarstellungen des Nachwuchses. Figuren, die sich mit ihren langen Fingerstrichen an den kugeligen Händen festhielten. Am liebsten würde er die Zeichnungen abnehmen und wegwerfen. Es hatte durchaus seinen Reiz, ein wenig Unordnung in diese Prachtillusion von Familienglück zu bringen. Wie würden die kleinen Würmer reagieren, wenn sie ihre Kunstwerke im Müll fanden? Und die beiden Erwachsenen? Würden sie sich gegenseitig die Schuld geben?

Aber mal sehen. Er wusste noch nicht so recht, wohin ihre Reise ging. Auch, wenn in seinem Hinterkopf bereits eine Fantasie Gestalt annahm. Wie ein Jucken, an dem er irgendwann kratzen musste. Er öffnete den Kühlschrank, nahm eine Flasche Wein heraus. Auch durch die Latexhandschuhe konnte er das kalte Glas spüren. Er sah auf das Etikett. Klar, mittelmäßiger Grauburgunder. Er stellte die Flasche zurück. Das nächste Mal würde er nachsehen, ob sie sie getrunken und für Nachschub gesorgt hatten. Es war doch immer das Gleiche.

Schöner Holzfußboden im Flur. An der hellgrauen Wand gab es Striche von rotem Wachsmaler. Sicher hatte das Ärger gegeben. Vielleicht Schläge? Der Gedanke faszinierte ihn. Dieses Trugbild, für das die Eltern sich so viel Mühe gaben. Gab es nicht überall Geschrei, Weinen und Schlimmeres? War nicht jedes Kind in seinen vier Wänden anderen Menschen ausgeliefert, die größer, schwerer und manchmal durchtriebener waren?

Im Schlafzimmer war das Bett aufgeschlagen und zerwühlt. Er trat an den Nachttisch, auf dem ein Liebesroman lag, und sog tief die Luft ein. Es roch leicht nach Sex. Vielleicht bildete er sich das aber auch nur ein. Er griff in die Seitentasche seiner Cargo-Hose und holte die Lederhandschuhe heraus. An einer Stelle löste sich bereits die Naht auf. Aber sie rochen wie früher, einer Mischung aus totem Tier, Mottenkugeln und Macht.

Er beugte sich vor, legte die Hände mit den Handschuhen flach auf die Matratze, vergrub seine Nase in der Kuhle, die ihr Körper hinterlassen hatte, und atmete tief ein. Von dem intensiven Duft nach Frau, Leder und der Matratze, die sich in sein Gesicht presste, und der verbrauchten Luft, die er im Kreislauf seines Atems aufnahm, wurde ihm schwindelig. Aber auf eine gute Art. Eine, die dafür sorgte, dass er sich mit jeder Faser seines Körpers spürte und die Bilder der Nacht heraufbeschwören konnte. Ihr zurückgebogener Hals, das Ringen um Sauerstoff, ihre aufgerissenen Augen und zuckenden Glieder. Die Kraft, die er gefühlt hatte, als er dem Mädchen zeigte, was er alles mit ihm tun konnte, ohne dass jemand zu Hilfe kam.

FRAUKE

Als Dünya und Frauke im Auto saßen, hatte sich ihre Irritation noch nicht gelegt, und sie schwiegen nachdenklich, bis Dünya den Motor startete. Frauke ließ sich von der Zentrale Thomas Wielands Adresse geben. Er wohnte in Horn, in der Nähe der Uni.

»Meinst du, der Finder oder Dieb der Tasche hat einen Ersatzschlüssel anfertigen lassen und sie danach abgegeben, damit Selin sich in Sicherheit wiegt?«

»Ekelhaft, aber möglich.« Dünya fuhr aggressiv, aber kontrolliert, das Blaulicht ließ sie ausgeschaltet. »Lydia hat gesagt, die Tasche sei an der Uni liegen geblieben. Aber vielleicht stimmt das nicht? Vermutlich war auch Selins Studentenausweis darin, es war also keine völlig verquere Idee, sie später an der Uni abzugeben.«

Eine Tasche war weg und dann wieder da. Viele Menschen waren ehrliche Finder. Gleich morgen würden sie im Fundbüro der Universität nachfragen, ob jemand sich erinnerte, wer sie abgegeben hatte. Dünya bog auf die Schwachhauser Heerstraße Richtung Horn ein.

»Wenn man seinen Schlüssel verliert, selbst wenn man ihn wiederbekommt, sollte man tunlichst sein Schloss auswechseln«, sagte Dünya.

»Oder Schlüssel mit einer Sicherheitskarte nutzen. Die lassen sich nicht so einfach nachmachen.« Frauke hatte selbst so ein Schloss.

Sie schwiegen erneut, und Frauke fragte sich, wie häufig das vorkam: Schlüssel verlegt oder verloren. Wie viel Zeit ließ man verstreichen, bevor man etwas unternahm? Und wenn der Schlüssel wieder auftauchte, dachte man daran, dass jemand ihn in dieser Zeit hätte kopieren lassen können? Auch der Verlust eines Schlüssels alarmierte die Besitzer nicht jedes Mal.

»Eine Bekannte von mir hat mal einen einzelnen Schlüssel verloren«, sagte sie zu Dünya. »Niemand, dachte sie, könnte ihn ihrer

Haustür zuordnen. Aber vier Monate später sind einfach Laptop, Kamera und Schmuck aus der Wohnung verschwunden. Ein Rätsel, bis ihr klar wurde, dass der Taxifahrer natürlich wusste, wo sie wohnte. Der Schlüssel muss ihr in seinem Wagen aus der Hosentasche gerutscht sein. Beweisen konnte sie das natürlich nicht.«

Dünya zog die Stirn kraus. »Einer Freundin von mir wäre beinahe etwas Ähnliches passiert.« Sie schnaubte. »Sie dachte, dass ihr Schlüsselbund im Haus sein müsste. Sie hatte ihr Fahrradschloss damit abgeschlossen, bevor sie hineinging, aber konnte ihn am nächsten Tag nicht mehr finden. Großes Haus, kleine Kinder. Sie hat den Ersatzschlüssel benutzt, wochenlang gesucht, aber irgendwann kam es ihr zu merkwürdig vor. Kurz vor dem Sommerurlaub ließ sie sicherheitshalber das Schloss auswechseln.«

Vor ihnen staute sich der Verkehr. Dünya stellte das Warnlicht auf dem Armaturenbrett an und fuhr auf die Straßenbahntrasse in der Fahrbahnmitte.

»Als die Familie zurückkam, war der Schlüsselbund an der Straße gefunden worden. Sie hat so einen Postanhänger.« Frauke warf Dünya einen fragenden Blick zu. »Mit Codenummer, so dass der Schlüssel zurückgeschickt wird, wenn du ihn verlierst. Sie hatte also versehentlich den Schlüssel außen in der Tür stecken lassen, jemand hat ihn abgezogen und gewartet, dass die Familie in die Ferien fährt. Erst als er dann nicht mehr passte, hat der Dieb ihn weggeworfen. Eine andere Erklärung gibt es nicht.«

Frauke wurde wieder einmal bewusst, wie wenig Gedanken sich die meisten Menschen über solche Sicherheitsrisiken machten. Wochenlang hatte ein dreister Fremder jederzeit Zutritt zu der Behausung einer Familie gehabt. Er hätte kommen können, während sie schliefen oder wenn Kinder allein im Hause waren. Er hatte gewartet und es zum Glück nur auf Wertsachen abgesehen.

»Nehmen wir an, der Finder von Selins Tasche ließ tatsächlich einen Schlüssel nachmachen, dann hat er sie mit hoher Wahrscheinlichkeit auch beobachtet, um herauszufinden, wann er die

Wohnung unentdeckt betreten kann«, riss Dünya Frauke aus ihren Gedanken.

»Warum hat er so lange mit dem Überfall gewartet?«

»Weil die Tasche uns zu ihm führen könnte?«

»Unwahrscheinlich, dass derjenige sie unter diesen Umständen selbst abgegeben hat. Eher an der Uni abgelegt.«

Sie hielten vor Thomas Wielands Tür.

Frauke musterte das heruntergekommene Haus in der hübschen Seitenstraße in Horn-Lehe.

»Oder es war gar kein Fremder.«

EVA

Es war schon nach eins, und Eva hatte nichts mehr über Selins Zustand gehört. Jetzt hielt sie es nicht mehr aus und machte sich erneut auf den Weg zur Intensivstation.

Sie war erleichtert, das Mädchen in seinem Bett vorzufinden. Eine weitere Operation schien nicht nötig gewesen zu sein. Selin war so blass und leblos wie zuvor, aber nicht mehr allein. Mit dem Rücken zur Tür saß eine schmale Frau mit Kopftuch und hielt ihre Hand. Eva klopfte leise gegen den Türrahmen. Die Frau drehte sich erschrocken um, und Eva sah, wie jung sie war, vielleicht sechzehn Jahre, und wenn sie die Ähnlichkeit richtig deutete, hielt sie bei ihrer Schwester Wache. Sie sah unendlich traurig aus.

»Ich bin Dr. Mares aus der Gynäkologie. Bist du Selins Schwester?«

Das Mädchen nickte. »Mein Name ist Laiba Bayar.«

»Wo sind eure Eltern?«

»Noch in der Türkei. Meine Tante wollte kommen, aber sie ist noch nicht da.«

Das Mädchen warf einen Blick auf seine Schwester. Dann stand es auf und blieb unsicher vor Eva stehen und rang die Hände.

»Sie sind die Frauenärztin, oder? Kann sie noch, ich meine …« Ihre Stimme versagte fast. »Sie hat sich immer Kinder gewünscht.«

Eva nickte. »Ja, kann sie.«

Selins Schwester schluchzte auf. Eva trat zu ihr und legte eine Hand auf ihre Schulter.

»Du bist sehr tapfer. Wie alt bist du?«

»Fünfzehn.«

Eva lächelte. »Genauso alt wie meine älteste Tochter.« Sie versuchte, sich nicht vorzustellen, wie es ihr ergehen würde, wenn eins ihrer Kinder in diesem Bett liegen würde.

Plötzlich stöhnte Selin. Ihre Augenlider zuckten, und Laiba starrte Eva panisch an.

»Was hat sie?«

Eva warf einen Blick auf den Monitor über dem Bett. Selins Herzschlag hatte sich beschleunigt.

»Ich glaube, sie wacht auf.«

Selins Arm mit der Braunüle und dem Sauerstoffmessgerät am Finger, fuhr abrupt hoch und erwischte Laiba, die sich vorgebeugt hatte, im Gesicht.

»Hilf mir«, rief Eva Laiba zu, drückte auf den Rufknopf zur Pflege und eilte um das Bett. Sie hielten je einen Arm fest, damit Selin sich nicht an den Nadeln der Zugänge verletzen konnte. Ihr Kopf flog hin und her, und sie wand sich unter Evas Griff.

Eine Pflegerin eilte zur Tür herein. Sie griff nach dem Tropf, der über dem Bett hing.

»Ein leichtes Sedativum?«

»Ja.«

Die Pflegerin spritzte eine klare Flüssigkeit in den Tropf, dann übernahm sie Selins linken Arm, während Laiba entsetzt zurückwich. Was gerade passierte, hatte Eva schon zuvor gesehen. Selins Körper war noch in der vergangenen Nacht gefangen und kämpfte gegen den Mann, der sie überfallen hatte. Wenn ein Bewusstsein noch nicht bereit für eine Erinnerung war, fielen Menschen ins

Delirium, hyperventilierten oder, so wie Selin, wehrten sich mit Händen und Füßen, ohne Kontrolle über ihre Glieder.

Das Beruhigungsmittel begann zu wirken, und langsam wurde Selins Gegenwehr schwächer. Nach einigen Sekunden ließen Eva und ihre Kollegin ihre Arme los.

Laibas Gesicht war nass von Tränen.

Selins Lider flatterten schwach, und obwohl Eva kaum damit gerechnet hatte, schlug sie plötzlich das Auge auf, das nicht zugeschwollen war, und sah sie an. Ihr war, als würde sie direkt in einen Brunnen voll Schmerz schauen. Dann wandte Selin den Kopf, bemerkte Laiba und wimmerte leise, ihre Hand bewegte sich. Mit einem Satz war ihre Schwester bei ihr und griff nach ihrer Hand.

»Hier bin ich! Buradayım, buradayım!«, murmelte Laiba.

Eva trat einen Schritt zurück.

»Ich hole Dr. Wenner«, sagte die Pflegerin und verschwand aus dem Zimmer.

FRAUKE

Obwohl der Vorgarten und die Fassade in einem beklagenswerten Zustand waren, war das Haus, in dem Thomas Wieland wohnte, ein Bremer Kleinod mit barockisierendem Schweifgiebel. Diese Bezeichnung kannte Frauke von einem Kulturspaziergang, den sie mit Antje unternommen hatte. Ein Schweifgiebel war ein geschwungener Bogen, der oben konisch zulief. Damals war auch der Begriff Krüppelwalmdach gefallen, aber ob dies hier zutraf, konnte sie nicht sagen. Die hölzerne Tür mit einem Buntglasornament und Schnitzereien war ebenfalls auffällig.

»Nicht schlecht.« Dünya blickte an der fleckigen Fassade hoch, während Frauke klingelte. »Da könnte man richtig was draus machen.«

Die Tür wurde von einem jungen Mann in schlabbrigem Pulli

aufgerissen. Durch seine Nickelbrille sah er sie überrascht an. Frauke hatte sich kein konkretes Bild von Thomas Wieland gemacht, aber sie hatte keinen zweiten Kevin Leibert erwartet, mit aschblondem Pferdeschwanz und dem aparten Charme eines Langzeitstudenten. In ihrer Fantasie war eher ein gebügeltes Hemd vorgekommen. Dann dachte sie an die Heavy-Metal-Konzertkarten.

»Sind Sie Thomas Wieland?« Frauke hielt ihm ihren Ausweis hin. »Dürfen wir reinkommen?«

Auf Wielands Gesicht machte sich Verwirrung breit, doch er zog die Tür weiter auf. Es schien, als habe ihm niemand Bescheid gesagt, dass womöglich die Polizei bei ihm auftauchen würde. Frauke merkte sich das. Auf der anderen Seite waren Wieland und Selin kein Paar mehr.

Im Hausflur war es eher dunkel. Linker Hand führte eine Treppe in den ersten Stock, der Flur selbst mündete in eine große offene Küche. Überall stand schmutziges Geschirr, dazwischen leere Flaschen und Lebensmittelpackungen. In der Ecke stand ein dreiteiliger Mülltrenner, dessen Deckel sich kaum noch schließen ließ und der leicht sauer roch. Ein paar Fruchtfliegen schwirrten träge in der warmen Luft.

Frauke und Dünya blieben stehen, obwohl um einen runden, ebenfalls zugemüllten Tisch drei freie Stühle standen.

Erstaunlicherweise schien Wieland nicht peinlich berührt zu sein. Er lehnte sich gegen die Arbeitsplatte der Küche und wirkte nun beflissen.

»Was kann ich für Sie tun?«

»Wo waren Sie gestern Nacht zwischen zwei und vier?«

»Hier. Ich habe ferngesehen. Gegen drei bin ich ins Bett gegangen.«

»Was haben Sie denn geschaut?«, fragte Frauke. Streams aus eigenen Accounts ließen sich abfragen, auch wenn das natürlich nicht bewies, dass jemand vor dem Bildschirm gesessen hatte.

»Eine Wiederholung von *Alien* auf Sat1.«

»Und danach konnten Sie schlafen?«, fragte Dünya.

»Wie ein Baby, das ist einer meiner Lieblingsfilme.« Er lächelte süffisant.

Frauke fand, dass Wieland etwas Irritierendes hatte. Als würde er es genießen, als Sonderling rüberzukommen.

Sie musterte ihn. Er erwiderte ihren Blick, die Hände, die er rechts und links hinter sich auf die Arbeitsplatte gestützt hielt, gaben seiner Haltung etwas fast provokativ Entspanntes.

Mir machst du nichts vor, dachte Frauke. Wieland war ein eher unsicherer Typ, der sich betont selbstbewusst gab, um davon abzulenken.

»Haben Sie einen Schlüssel zu der Wohnung Ihrer Exfreundin Selin Bayar?«

Frauke bemerkte ein kurzes Zögern, dann war es wieder weg.

Er schüttelte den Kopf. »Die Mitbewohnerinnen wollten das nicht.«

»Selin Bayar wurde überfallen.«

Er zuckte mit dem Kopf vor. »Sie wurde *was?*«

»Überfallen, von einem Mann.«

Frauke sah, wie Wielands großer Adamsapfel auf und nieder hüpfte, während er versuchte, die Information einzuordnen.

»Auf der Straße? Ausgeraubt?«

»Nicht ganz«, sagte Frauke. »Kann jemand bezeugen, dass Sie gestern Nacht hier gewesen sind?«

Wieland schüttelte den Kopf. Als er begriff, weiteten sich seine Augen. Dann riss er plötzlich die rechte Hand vor das Gesicht und begann zu wimmern. Langsam ließ er sich an der Küchenzeile herunterrutschen, bis er auf dem Boden saß, wo er sich mit gesenktem Kopf zusammenkauerte.

Dünya kniete sich neben ihn. »Herr Wieland, möchten Sie sich lieber hinlegen?«

Er reagierte nicht. Dünya warf Frauke einen Blick zu, dann legte sie dem weinenden Mann die Hand auf die Schulter und wartete.

Nach einigen Sekunden hatte er sich so weit beruhigt, dass er sein tränennasses Gesicht hob.

»Was hat er mit ihr gemacht? Gott, ich bring das Schwein um!«

Dünya wich zurück.

»Jetzt beruhigen Sie sich erst mal«, sagte Frauke. »Wer ist das Schwein, das Sie umbringen wollen? Haben Sie da jemand Bestimmtes im Sinn?«

Er begann wieder zu schluchzen. Frauke wurde ungeduldig. Gleichzeitig schalt sie sich. Du bist voreingenommen, im Grunde ist das eine angemessene Reaktion, wenn die Frau, die man liebt, vergewaltigt wurde. Sie hatte nur ein Problem mit Menschen, die sich so gehen ließen. Nachdenklich sah sie auf den weinenden Wieland hinab. Was sollten sie jetzt mit ihm machen?

Ihr Handy klingelte, und Frauke nahm ab. Selin war aufgewacht.

»Wir müssen ins Krankenhaus.«

»Dann mal los«, sagte Dünya.

Gemeinsam zogen sie Thomas Wieland hoch und bugsierten ihn an der Treppe vorbei in die Richtung, in der sie das Wohnzimmer vermuteten. Tatsächlich stand im nächsten chaotischen Raum eine Couch, und Wieland ließ sich ohne Widerstreben darauf nieder.

»Herr Wieland«, sagte Frauke, »Sie gehen nirgendwohin und sind für uns immer zu erreichen. Keine Ausflüge außerhalb Bremens, sonst werten wir das als Hinweis, dass Sie sich weiteren Befragungen entziehen. Wir müssen noch mal miteinander reden.«

Wieland nickte. Von seinem vermeintlichen Selbstvertrauen schien nicht mehr viel übrig zu sein.

JUNI

Eva stellte das Auto auf dem Parkplatz vor dem Schnellrestaurant ab. Sie hätte auch direkt in eine der Parkbuchten vor dem Polizeipräsidium fahren können, aber das erschien ihr zu riskant.

Angestrengt starrte sie durch die Windschutzscheibe, beobachtete die Umgebung. Neben dem Flachbau mit dem gelben Logo stand ein ebenfalls gelber, selbst jetzt bei Sommerhitze verwaister Spielturm mit Tunnelrutsche auf Hartgummiplatten, eingezäunt in graue Metallgitter. Links neben dem Parkplatz war ein Betongebäude mit einem Fitnesscenter darin, rechts das von einem hohen Zaun umsäumte Polizeipräsidium. Ein wahrhaft trostloser Ort. So trostlos, wie Eva sich fühlte. Sie hatte alles immer und immer wieder in ihrem Inneren gewendet und gedreht, versucht herauszufinden, was sie tun sollte. Und jetzt war sie hier. Zuletzt hatte sie wegen des Einbruchs hier Fingerabdrücke abgeben müssen. Da hatte sie nichts gesagt. Dabei war es eine logische Schlussfolgerung, sich an die Polizei zu wenden. Sie war bedroht worden. Sie musste da hineingehen und mit jemandem darüber sprechen. Sie würde die junge Frau raushalten.

Eva spürte, wie die Säure in ihrem Magen stieg, aber dann würde sie den Brief, den sie bekommen hatte, nicht zeigen können, weil er zu viele Fragen aufwarf.

Das Bild eines überforderten Beamten schob sich vor ihr inneres Auge. Sie hatte dann nichts vorzuweisen, außer ihrer Angst. Im Präsidium waren Räume mit Aktenablagen und Computern, an denen vielbeschäftigte Menschen saßen. Und Eva kam mit einer irren Geschichte, die sie nicht beweisen konnte.

Sie dürfte gar nicht hier sein, wenn dieser Mann das herausfand … Eva umklammerte das Lenkrad, legte die Stirn auf den warmen Kunststoff zwischen ihren Fingern. So ging das nicht. Es war zu gefährlich.

Im Schritttempo fuhr sie zur Ausfahrt des Parkplatzes. Als Eva den Blinker setzte und sich in den Verkehr einfädelte, hatte sie Tränen in den Augen.

Verdammt, wie kam sie nur heil aus der Sache raus?

JULI

TAG EINS

FRAUKE

Der Pfleger, der ihnen die Tür zur Intensivstation öffnete, lächelte. »Wir hoffen, dass sie über den Berg ist. Aber sie ist erschöpft und hat Beruhigungsmittel bekommen. Dr. Wenner war schon außer Haus, aber Dr. Mares war dabei, als sie wach wurde.«

Frauke nickte. Es war gut zu wissen, dass die Ärzte sich so intensiv um Selin kümmerten.

Laiba saß auf dem Besucherstuhl neben ihrer Schwester. Auch sie wirkte erleichtert. Unter Selins Haut war das Veilchen um das Auge fast schwarz geworden. Die Pflaster kaschierten nur unvollständig die weiteren Verletzungen im Gesicht, ihre Lippe war nach wie vor dick geschwollen, der Kiefer schimmerte blau. Selins Blick wanderte benommen zwischen Frauke und Dünya hin und her. Nur langsam schien sie zu begreifen, wer sie waren, und ihre Hände krallten sich unvermittelt in die Bettdecke. Frauke konnte förmlich spüren, wie viel Wut und Ohnmacht sich in diesem Mädchen angesammelt hatte, und es tat ihr leid, Selin nun weiteren Anstrengungen aussetzen zu müssen.

»Hallo Frau Bayar, ich bin Kommissarin Frauke Herrschmann, und dies ist meine Kollegin Dünya Çelik. Wir möchten mit Ihnen darüber sprechen, was passiert ist. Fühlen Sie sich dazu in der Lage?«

Selin Bayar starrte sie an. Wie in Zeitlupe schüttelte sie den Kopf. Frauke ließ ihr Zeit. Das Mädchen zögerte, zog die Schultern hoch, schloss die Augen und nickte dann knapp. Frauke war erleichtert. Augen zu und durch, Selin wusste, was auf dem Spiel stand.

»Soll Ihre Schwester hier bei Ihnen bleiben?«

Selin schüttelte erneut den Kopf, vehementer.

Laiba drückte Selins Hand, stand auf und ging aus dem Zimmer. Dünya näherte sich dem Bett. »Wie geht es Ihnen?«, fragte sie.

Selins Blick flackerte. »Geht so«, murmelte sie schließlich.

»Wissen Sie, wer der Mann war, der Sie angegriffen hat?«

Selin sah Dünya an und schüttelte den Kopf. In ihren Augen sammelten sich Tränen.

Dünya versuchte es nun anders. »Können Sie mir in eigenen Worten schildern, was passiert ist?«

Selin legte ihr Kinn auf die Brust und schloss die Augen, als wolle sie diesen Albtraum ausschließen, der sich ihr Leben gekrallt hatte.

»Ich stelle Ihnen ein paar einfache Fragen, und Sie antworten mit ja oder nein, okay?«

Selin ließ die Augen geschlossen, nickte aber zögerlich.

»Hat Sie jemand verfolgt, als Sie von der Diskothek nach Hause gingen?«

Es dauerte einen Augenblick, dann flüsterte das Mädchen kaum hörbar: »Er war in der Wohnung. Bei mir zu Hause.«

Plötzlich riss Selin die Augen auf, wirkte desorientiert und heftete ihren Blick auf Dünya.

»Okay, das ist eine wichtige Information. Er hatte also auf Sie gewartet?«

»Ja.«

»Kam er Ihnen vertraut vor?«

»Nein, er trug eine Maske.« Selin stöhnte und schloss kurz die Augen. »Er hat ...« Ihre Lippen bebten, als friere sie.

Frauke sah sich nach dem Rufknopf für das Krankenhauspersonal um. Doch dann ließ das Zittern des Mädchens nach.

»Kam etwas an ihm Ihnen bekannt vor? Seine Stimme vielleicht? War er besonders groß oder klein?«

»Ich weiß es nicht ... Es ist alles schwarz, ich ...«

Nun schaltete sich auch Frauke ein. »Hat er vielleicht etwas zu Ihnen gesagt?«

Selin schüttelte wieder heftig den Kopf.

»War er allein?«

Selin nickte knapp, blinzelte, während ihr eine Träne die Wange herunterlief.

Fraukes Stimme wurde sanfter. »Wir würden gerne Ihre Eltern benachrichtigen.«

»Nein!« Selin drehte ihren Kopf zur Seite, weg von Dünya und Frauke. »Ich kann nicht. Bitte sagen Sie niemandem etwas! Holen Sie Laiba, bitte.«

Frauke und Dünya wechselten einen Blick, sie würden jetzt gehen. Das Wichtigste hatten sie erfahren: Selin kannte den Täter nicht, hatte ihn nicht erkannt oder schützte jemanden. Der Mann war bereits in der Wohnung und allein gewesen. Zusammen mit den mitgebrachten Kabelbindern und der Maske sprach das für eine sorgfältig geplante Tat.

Frauke räusperte sich. »Ich weiß, das ist nicht leicht für Sie, aber dürfen wir Ihr Mobiltelefon und den Computer nach Hinweisen durchsehen? Wir haben beides mit ins Präsidium genommen und können Spähsoftware ausmachen oder die Menschen finden, die Ihnen in den sozialen Netzwerken gefolgt sind.«

Selin nickte. Es schien ihr egal zu sein, Hauptsache, sie gingen endlich.

»Geben Sie uns PIN und Passwort?«

Selin zog so langsam die Beine an den Körper, dass sie sehen konnten, welche Schmerzen ihr diese Bewegung verursachte.

»Laiba«, flüsterte sie. »Und die PIN fürs Handy ist 022040, ihr Geburtstag, mit einer Null davor und dahinter.«

»Vielen Dank!«, sagte Frauke. Das würde ihre Arbeit deutlich vereinfachen.

»Die Rechtsmedizinerin Dr. Irida Sawati wird Sie später noch aufsuchen«, sagte Dünya. »Es tut uns sehr leid, Sie weiter zu behelligen, doch sie muss ein paar Fotos machen. Aber jetzt erholen Sie sich erst einmal. Sie sind hier in Sicherheit. Wir kommen wieder, wenn es Ihnen besser geht. Zögern Sie nicht, Hilfe anzunehmen oder nach uns zu fragen, wenn Ihnen noch etwas einfällt.«

Selin schloss die Augen und antwortete nicht mehr.

Gut so, ruh dich aus, dachte Frauke. Wir schnappen uns den Kerl.

EVA

Eva betrat erneut Selins Zimmer. Dieses Mal schloss sie die Tür hinter sich. Sie war nervös. Auf dem Gang der Intensivstation hatte sie Kommissarin Herrschmann und eine Kollegin getroffen. Sie hatten ein paar Worte gewechselt, und Eva hatte das Gefühl, dass die Kommissarin ihre Anspannung bemerkt hatte.

Laiba war noch bei Selin und sah völlig fertig aus, aber Selin war im Vergleich zu vorhin in einem deutlich besseren Zustand. Mitgenommen, aber wach. Eva schämte sich erneut, dass sie ihr keine Ruhe gönnten. Gönnen konnten. Sie lächelte entschuldigend.

»Hallo Frau Bayar, ich bin Dr. Mares aus der Gynäkologie. Ich war hier, als Sie wach wurden, aber vermutlich erinnern Sie sich nicht.« Sie sah Laiba an. »Würdest du uns einen Augenblick allein lassen?«

Laiba küsste Selin vorsichtig auf die Stirn, dort, wo kein Pflaster war. »Ich warte draußen.«

Eva setzte sich auf den freien Stuhl. Selins Pupillen waren geweitet. »Keine Angst, ich habe gute Nachrichten für Sie. Alles ist heil, Sie müssen sich nicht sorgen, ob Sie noch Kinder bekommen können.«

Tränen traten in Selins Augen, und ihr Gesicht verzog sich in gequälter Erleichterung. »Das hat Laiba schon gesagt, aber es tut gut, es von einer Ärztin zu hören.«

»Sie haben auch schon ein Antibiotikum gegen Geschlechtskrankheiten bekommen. Wir hätten Sie normalerweise gefragt, aber diese Mittel wirken besser, je schneller sie verabreicht werden.« Eva lächelte beruhigend. »Ich weiß, wie schwer das für Sie ist, jetzt darüber nachzudenken, aber möchten Sie eine Verhütungstablette nehmen? Die Pille danach?«

Das Mädchen wirkte entsetzt, nickte aber knapp. Eva machte ein Kreuz in der entsprechenden Spalte auf ihrem Formular. Die Pille danach war nicht für jede Frau, selbst in dieser Situation, eine simple oder logische Entscheidung. »Sie haben bereits prophylaktisch Antibiotika und ein Virostatikum bekommen, gegen mögliche Infektionen.«

»Ich kann mich an nichts erinnern.«

Eva wollte Selin gerne berühren. Studien hatten gezeigt, dass Patienten, die von ihren Ärzten angefasst wurden, schnellere Heilungserfolge erzielen. Nur bei Menschen, bei denen sie das Gefühl hatte, sie würden das unangenehm finden, vermied Eva Körperkontakt. Und bei Selin wusste sie nicht, was sie tun sollte. Eva wollte ihr mit einer kleinen Geste zu verstehen geben, dass sie nicht glauben sollte, zu einer Unberührbaren zu werden. Wir müssen sie gemeinsam ins Leben zurückholen und ihr zeigen, dass sie wertvoll und liebenswert ist, dachte sie.

Eigentlich sollte Eva jetzt aufstehen, gehen und Selin Ruhe gönnen, aber sie saß wie festgeklebt auf dem Stuhl.

»Können Sie sich an gar nichts erinnern?«, fragte sie vorsichtig. Vielleicht würde es ihr guttun, darüber zu sprechen, oft vertrauten Menschen Ärzten mehr an als der Polizei.

Selin verzog das Gesicht. »Nur an ganz wenig. Dass jemand bei mir zu Hause war, aber alles danach ist wie ein schwarzes Loch.« Sie schaute zur Decke. »Er trug eine Maske.« Sie schien jetzt nicht mehr verängstigt, eher zu Tode erschöpft.

»War etwas ungewöhnlich, zum Beispiel ein Geruch?«

Selin sah sie an. »Ich weiß nicht …«

»Verzeihen Sie, ich will Sie nicht drängen. Es ist nur …« Sie verstummte. Ja, was? Dass sie unbedingt wissen wollte, ob es weitere Parallelen gab außer den Verletzungen?

»Ich werde Ihnen eine Kollegin mit dem Verhütungsmittel schicken. Wir sehen uns morgen noch einmal und besprechen alles Weitere.«

Eva stand auf, legte Selin kurz die Hand auf den Arm, fühlte den steifen Stoff des Krankenhausnachthemds und darunter den dünnen Arm der jungen Frau. Selin sah sie dankbar an. Ihr war die Berührung nicht unangenehm.

Als Eva die Tür öffnen wollte, flüsterte die junge Frau: »Doch, ich glaube, da war ein Geruch. Schweiß, altes Leder.«

Eva umfasste die Klinke fester, bevor sie sie hinunterdrückte.

»Danke, jetzt schlafen Sie noch ein wenig.«

Sie trat vor die Tür, nickte Laiba zu, die zurück in das Zimmer ging.

Tief in Gedanken verließ Eva die Intensivstation und machte sich auf den Weg in ihr Büro. Trotz der dicken Mauern des Krankenhauses hatte sich die warme Luft in dem kleinen Zimmer gestaut, aufgeheizt zusätzlich durch den windstillen Hinterhof, auf den das Fenster ging. Eva nahm Kommissarin Herrschmanns Karte und schrieb ihr eine E-Mail, die Polizei musste wissen, dass sie Selin nach einem Geruch fragen sollten.

Dann lehnte sie sich zurück, sah zur Decke. Selin hatte auch Leder gerochen. Eva drehte sich um und warf einen Blick auf das Foto ihrer Familie. Sie sehnte sich plötzlich heftig nach Jacob und den Kindern, dem schattigen Platz unter der Kastanie und dem Gefühl frischen Rasens unter den Fußsohlen. Der Hof war ein Refugium, oder war es zumindest gewesen. So konnte sie nicht weitermachen. Die Angst, das Gefühl, *er* sei überall, zermürbten sie. Und jetzt ein weiterer Hinweis, dass es eine Verbindung zwischen den Überfällen gab. Sie musste handeln, trotz der möglichen Konsequenzen. Es führte kein Weg daran vorbei.

FRAUKE

Sobald sie im Wagen saßen, schickte Frauke Selins PIN und Passwort an Linus im Präsidium. Er rief bereits innerhalb weniger Minuten zurück.

»Kim Baumann hat gestern ein Foto von sich, Bayar und Julia Cummings gepostet. Hashtags: Tanzen und Dschungel. Ich schick dir das Bild und ihre Handynummer, wir wollten ja ohnehin noch mit ihr reden.«

Frauke sah Dünya an. »Baumann hat ein Foto gepostet, also wussten Hans und Franz, wo Selin gestern Abend hinwollte.«

Frauke wählte Baumanns Nummer. Sie klang verschlafen, als sie abnahm und murmelte: »Können wir uns im Park treffen? Beim Café am See?«

Frauke hatte vor Augen, wie es bei Wieland ausgesehen hatte. Ihnen war nicht geholfen, wenn das Mädchen versuchte, sie schnell wieder loszuwerden, weil ihr ihre Bude peinlich war.

»Okay. Wir warten in fünfzehn Minuten bei dem Café auf einer Bank auf Sie.«

Kurz darauf saßen Dünya und Frauke im Schatten hoher Buchen, die nur einzelne Sonnenstreifen durch ihr Blätterdach ließen, eine Wohltat angesichts der brennenden Mittagssonne am wolkenlosen Himmel.

Nach den Ereignissen des Morgens kam Frauke die Umgebung hier unwirklich vor. Der Bürgerpark war ein nach englischem Vorbild im 19. Jahrhundert gestalteter Landschaftspark mit sanften Hügeln, Eichen, Eschen, Ulmen und Wasserwegen voller Seerosen. Es gab einen Haustierzoo, und zahlreiche Familien mit Kleinkindern waren auf dem Weg zu den Bentheimer Sauen. Weiter nördlich grasten Schafe oder Kühe, und Frauke hatte eines frühen Morgens beim Joggen sogar Rehe äsen sehen. Wo die bei dem Besucheransturm abblieben, war ihr schleierhaft.

Dünya legte ihre dünne Lederjacke über die Bank, lehnte den Kopf zurück und schloss die Augen. »Hier fällt es einem schwer, zu glauben, dass solche Menschen existieren wie das Arschloch, das Selin überfallen hat.«

Dem war nichts hinzuzufügen.

Frauke versuchte ebenfalls, ein wenig zu entspannen, doch ihre Gedanken arbeiteten fieberhaft. Ein Vergewaltiger fing nicht aus dem Nichts derart brutal an. Vermutlich war er bereits zuvor als Sexualstraftäter in Erscheinung getreten, aber die Datenbank hatte keine ähnlichen Fälle ausgespuckt. Jetzt liefen Anfragen bei allen Bundesländern.

Kim Baumann trug denselben leuchtend blauen Blouson wie auf dem Foto bei Instagram, und ihre dünnen Glieder steckten in glänzenden Spandexleggings. Sie lief durch das Sonnenlicht, als sei sie gerade aus einer Höhle gekrochen, bleich wie ein Grottenolm, mit bis zur Farblosigkeit blondierten Haaren. Frauke hob die Hand, und die junge Frau ließ sich neben ihnen auf die Bank fallen. Sie zog die Sonnenbrille ab und entblößte hellblaue, rot geränderte Augen.

»Worüber möchten Sie mit mir sprechen?«

Frauke sah auf Baumanns bis zur Nagelhaut abgekaute Fingernägel und musterte die Reste von Mascara und Lidschatten um ihre Augen.

»Lange Nacht?«

Kim Baumann blinzelte gen Himmel. »Ich bin gerade erst aufgestanden.«

»Dann wissen Sie noch nicht, dass Selin Bayar gestern Nacht überfallen wurde?«

Baumanns verquollene Augen weiteten sich vor Schreck. »Überfallen?«

»Ist Ihnen gestern jemand aufgefallen, der sich ihr genähert hat?«

»Äh, nein, … was ist denn überhaupt genau passiert?«

»Das darf ich Ihnen leider nicht sagen.«

Die junge Frau spähte in die Wipfel der Bäume. Frauke folgte ihrem Blick. Ein paar Krähen hockten dort und sahen auf sie herunter. Baumann wirkte hilflos, als versuche sie, sich krampfhaft zu erinnern. Nach einem Moment schüttelte sie den Kopf.

»Nein. Mir ist niemand aufgefallen.«

»Haben Sie jemanden getroffen, den Sie kannten?«

»Nein, es waren viele Menschen dort, aber keine, die ich kannte.« Sie seufzte. »Außerdem habe ich nicht auf Selin geachtet. Ich habe getanzt, ein bisschen herumgealbert, viel getrunken. Irgendwann kam sie und hat sich verabschiedet, da waren wir noch nicht lange da. Das hat mich nicht überrascht, sie geht eigentlich immer, bevor es richtig wild wird.« Sie errötete. »Also alle betrunken sind. Sie trinkt ja nur Limo.«

»Wie hat sie gewirkt? So als sei etwas passiert?«, wollte Frauke wissen.

»Nein, überhaupt nicht. Sie war gut gelaunt und sagte, sie habe jetzt ein bisschen getanzt und das reiche ihr. Ich habe Tschüss gesagt, und das war's.«

»Sind Sie eng befreundet?« Frauke brachte die beiden Frauen nicht recht zusammen.

Baumann lächelte leicht. »Nein, wir mögen nur die gleiche elektronische Musik, so wie Julia. Ansonsten haben wir nicht viel gemeinsam.«

»Kennen Sie ihren Exfreund Thomas Wieland?«

Baumann verdrehte die Augen. »Diesen Spinner? Der war eigentlich von vorneherein ein Griff ins Klo, jammert immer über alles und jeden.« Kim Baumann hatte wirklich sehr hellblaue Augen, die Sonne ließ sie fast weiß erscheinen. »Ich weiß nicht, was Selin an dem gefunden hat.«

EVA

Es war jetzt fünfzehn Uhr. Eva fühlte sich ausgelaugt und verschwitzt, ihr Fluchtinstinkt hatte stetig zugenommen. Auf der Entbindungsstation war zurzeit nur das leise Maunzen eines Babys in den leeren Fluren zu hören. Sie hatte sich den Rest der Schicht zusammengerissen, gelächelt, bis ihr Kiefer schmerzte. Vor der Vorstellung, gleich allein in der Bremer Wohnung zu sein, graute es ihr. Morgen konnte sie Frauke Herrschmann anrufen und fragen, ob Täter-DNA in den Proben gewesen war, heute konnte sie gar nichts mehr tun.

Normalerweise hatten sie kaum Zeit für Besuche zwischen den Schichten in der Geest, Pendeln war bei ihrem Job zu anstrengend. Sie und Jacob sahen sich zwar immer nur alle paar Tage, aber in der Zeit, in der sie jeweils zu Hause waren, waren sie ganz für die Kinder, Garten und Haus da. Was als Provisorium angefangen hatte, hatte sich als erstaunlich vorteilhaft erwiesen. Sie waren beide weniger gestresst und kamen gleichzeitig dem Ziel immer näher, auf dem Land zu praktizieren. Aber heute kam Eva um vor Sehnsucht. Vor allem nach den Kindern. Wenn sie sah, dass es ihnen gut ging, würde sie leichter atmen können. Sonntags gab es keinen gnadenlosen Feierabendverkehr über die Weserbrücken. In der Nestwärme der Familie würde es ihr gelingen, einen Teil der Angst abzustreifen.

Eva verstaute ihre Unterlagen und das Familienfoto in der Schreibtischschublade und zögerte, als sie die Röhrchen darin sah. Sie schüttelte leicht den Kopf und schloss die Schublade ab. Das Unwohlsein, das sie ihr verursachten, zog sich prickelnd bis zum Nacken hoch. Sie schüttelte sich. Noch einen Tag, dann könnte sie aktiv werden.

Zwanzig Minuten später stieg sie in der Vermeerstraße vom Rad. Als sie es am Zaun ankettete, lehnte sich Andrea im ersten Stock aus dem Fenster.

»Hallo, Nachbarin! Kommst du mit was essen?«

Eva schirmte die Augen mit der Handfläche gegen die Sonne ab und blinzelte zu ihr hoch. »Ich fahre noch mal nach Hause in die Wildeshauser Geest. Morgen vielleicht?«

Andrea zeigte einen erhobenen Daumen und verschwand wieder im Inneren ihrer Wohnung.

Nachdem sie Bremen hinter sich gelassen hatte, im Wechselspiel von Licht und Schatten unter den Bäumen der ersten Allee in der Hunte-Marsch, dachte Eva an Frauke Herrschmann. Es war seltsam, dass sie ihr nie zuvor begegnet war. Kriminalhauptkommissarin, Leiterin des Kommissariats 32 für Sexualstraftaten. Sie hätten sich bei Fortbildungen über den Weg laufen können, aber das war nicht passiert. War sie sympathisch? Schon, aber sie hatte auch diesen Blick, der alles in Frage stellte. Der sie in Frage stellte. Ihr war heiß geworden, als sie sie prüfend angeschaut hatte. Andererseits hätte da womöglich jeder Vertreter der Ordnungsmacht sitzen können, und sie hätte sich auf ihrem Stuhl gewunden. Aber Herrschmann wirkte außergewöhnlich und nicht nur allein ihrer Größe wegen einschüchternd. Sie brachte sie in die Defensive.

Eva biss sich auf die Unterlippe. Vermutlich absichtlich. Als würde sie spüren, dass sie etwas zu verbergen hatte.

FRAUKE

Nachdem sie sich verabschiedet hatten, schlängelte sich Kim Baumann grazil zwischen den Spaziergängern hindurch, als wollte sie so schnell wie möglich zurück ins Bett. Dünya und Frauke sahen sich an, dann folgten sie ihr mit einigen Metern Abstand.

»Was denkst du?«

»Sie hat nicht auf Selin geachtet, aber sie kannte sicher ein paar Leute in dem Club. Sonst wäre sie nicht mit den beiden Mädchen, mit denen sie eigentlich nicht befreundet ist, in den Dschungel gegangen.«

Frauke nickte. Das war ihr auch aufgefallen, ebenso der glasige Blick. Als hätte sie nicht nur Alkohol konsumiert. Auf die Frage, ob Thomas Wieland ihr je gewalttätig vorgekommen sei, hatte sie verächtlich aufgelacht.

»Der ist eher ein winselnder Schoßhund.«

Frauke dachte an kleine Hunde und wie oft sie zuschnappten. Viel eher als große, die wussten, dass sie Respekt bekamen.

Baumann passierte den Parkplatz. Dünya steuerte das Auto an, aber Frauke schüttelte den Kopf.

»Nein, warte. Ich will wissen, ob sie direkt nach Hause geht.«

Sie folgten Baumann, die sich nicht ein einziges Mal umsah, zu einem Mehrfamilienhaus. Als die Studentin die Hand in die Tasche steckte, öffnete sich zeitgleich die Haustür von innen. Aus der Ferne konnten sie sehen, wie die junge Frau zurückwich, als ein Mann heraustrat. Sie blieben voreinander stehen. Dünya und Frauke waren zu weit weg, um zu hören, worüber die beiden sprachen, doch Baumann zog eine enttäuschte Schnute. Dann küsste der Mann sie plötzlich knapp auf den Mund und eilte davon. Kim Baumann sah ihm hinterher, dann ging sie ins Haus.

»Ist der nicht etwas zu alt für sie?«, fragte Dünya.

Sie kniff die Augen zusammen, um die Gestalt zu mustern, die sich langsam entfernte. Sportlich, kräftig, wuschelige graumelierte Haare.

Frauke hob die Schultern. »Sie ist volljährig, aber er ist mindestens doppelt so alt, wenn du das damit sagen wolltest.«

Dünya lächelte. »Ich mein ja nur.«

Und Frauke wusste, was sie meinte: Kim Baumann hatte verletzlich gewirkt. Instabil. Und ein wenig unreif.

»Also deshalb wollte sie nicht, dass wir zu ihr kommen.«

EVA

Der Ford Kombi lag wie ein Schiff auf der Landstraße. Mit jedem weiteren Meter aus Bremen heraus ebbte Evas Angst ab, wenngleich sie wusste, dass sie sich nur von der ländlichen Idylle einlullen ließ. Hochfliegende Schwalben durchschnitten die blaue Kuppel des Himmels, winzige, wendige Windakrobaten über reifen Ähren. Dazwischen grasbewachsene Feldwege, Baumgevierte und schattige Alleen, die friedlich und wie ausgestorben von der Nachmittagssonne beschienen wurden.

Als sie in die Straße mit ihrem Bauernhaus einbog, war Eva überrascht. In der Einfahrt stand Miriams angeschrammter Bulli. Anscheinend machte Jacobs Schwester auf dem Rückweg von Italien bei ihnen Rast. Eva war froh, dass sie sich durchgerungen hatte, in die Geest zu fahren. Miriam war ein Freigeist, tauchte auf, wann es ihr passte, fuhr allein wochenlang mit ihrem Bus durch Europa. Es war typisch für sie, ihren Besuch nicht anzukündigen. Dabei hatte Eva sie sehr gern und freute sich jedes Mal, sie zu sehen.

Emma und Levin kamen lautstark über die Wiese neben dem Haus getobt, und Levin kickte den Fußball so fest auf Evas Kotflügel, dass es sich anhörte, als hätte sie etwas angefahren.

Sie stieg aus. »Hey, nicht so wild!«

Sie lächelte und warf den Ball zurück. Emma tauchte an den Beinen ihres Bruders vorbei und erwischte den Ball. Nelly kam barfuß, in kurzen Shorts und mit fliegendem blondem Haar um die Ecke aus dem Garten gestürmt.

»Hi, Mum!« Sie blockte Levin, damit ihre kleine Schwester zum Tor dribbeln konnte.

»Hallo, mein Schatz!« Eva wurde warm ums Herz. Ja, es war wirklich eine gute Idee gewesen, nach Hause zu fahren.

Den geschwungenen, leicht ansteigenden Pflasterweg zur Haustür säumten weißer Polsterphlox und Buschrosen. In diesem

Jahr war das Beet vor dem Haus das erste Mal üppig und bunt. Der Garten würde schon bald verwunschen sein, eine Wildnis mit prächtigen Stauden und Büschen, in denen die Kinder sich geheime Lager einrichten konnten. Die alten Rosenstöcke neben der Haustür hatte Eva über die Sanierung gerettet, und sie trugen schwer an der zweiten Sommerblüte.

Miriam saß mit einem Cappuccino an dem langen Holztisch in dem riesigen, schattigen Wohnraum, die nackten Füße auf einem Korbstuhl. Die Flügeltür zur Terrasse stand weit offen, und die Schreie und Jauchzer der Kinder und ein breiter Streifen Sonnenlicht drangen herein.

Eva drückte ihre Schwägerin. »Wie schön, dass du spontan vorbeikommst!«

Miriam erwiderte ihre Umarmung. Aus ihrer und Jacobs Familie hatte Emma die dunklen Augen geerbt, die bei Miriam von einer unbändigen Lockenmähne umflutet wurden. Dazu trug sie, wie meist, ein fließendes geblümtes Kleid, das ihrer hohen Gestalt schmeichelte. Wo Jacob schlaksig war, war sie grazil.

Jacob kam hinter der Kücheninsel hervor, auf der Gemüse gestapelt war, und küsste Eva.

»Das ist ja eine Überraschung.« Er musterte sie kurz, kniff besorgt die Augen zusammen, als er ihre Erschöpfung bemerkte, und strich ihr über den Arm. »Der Salat ist bald fertig. Kaffee?«

Erleichtert ließ Eva sich auf den Stuhl neben Miriam fallen. Sie streifte die Sandalen ab, zog einen weiteren Stuhl heran und legte die Füße hoch. Als Jacob einen Cappuccino vor ihr abstellte, lächelte Eva und fragte Miriam: »Und, wie war es in Italien?«

Miriams Augen funkelten, als sie von kleinen Örtchen unterhalb des Vesuvs erzählte, von haarscharfen Manövern auf Serpentinenstraßen, in deren Kurzkehren der Bus fast mit dem Hinterrad über der Klippe gehangen hatte. Eva ließ die bunte Schilderung durch sich hindurchrauschen, warme, lichtdurchflutete Momente voller Spaß, netter Leute und gutem Essen.

Nelly hatte anscheinend genug davon, mit ihren jüngeren Geschwistern herumzutollen, und setzte sich neben sie. Wie selbstverständlich griff sie nach Evas Hand und hielt sie fest. Eva drückte ihre Finger. Immer wieder ertappte sie sich dabei, dass sie kaum fassen konnte, wie aus diesem knubbeligen Kleinkind eine so gestreckte, anmutige Fünfzehnjährige hatte werden können. Mit Beinen wie ein Fohlen, glänzendem, butterblondem Haar, funkelndem Blick und der Fähigkeit, auch einfach mal zuzuhören.

»Miriam, wollen wir nicht morgen zu zweit shoppen gehen?«, fragte Nelly, nachdem Miriam die Urlaubsanekdoten beendet hatte. »Im Viertel in Bremen sind so coole Läden, und ich hab noch Ferien!«

Miriam trank einen Schluck Kaffee und schüttelte bedauernd den Kopf. »Ich muss heute Abend weiter, morgen früh beginnt die Arbeit wieder.«

Nelly drehte sich zu Eva. »Mama, gehen wir dann shoppen? Bis die Schule anfängt, hätte ich gerne noch neue Sneaker.«

»Das passt gerade nicht, mein Schatz, tut mir leid. Ich muss arbeiten, und es gibt viel zu tun. Ein andermal, in Ordnung?«

Nelly ließ ihre Hand los und sprang auf. »Na toll. Noch mehr langweilige Tage in der«, sie malte Gänsefüßchen in die Luft, »›*Natur*‹. Ich kann ja auch allein fahren.«

Eva schüttelte den Kopf. »Nein, allein wäre uns das nicht recht, das weißt du. Wenn du eine Freundin dabei hättest …«

»Die sind doch alle im Urlaub.«

Nelly verschränkte die Arme und ging auf die Terrasse. Eva sah, wie sie sich beleidigt in den Liegestuhl legte und ihr Handy zückte. Es war wie bei einer Flipchart. Eben noch das kleine Mädchen, dann eine junge Frau, jetzt der beleidigte Teenager. Und sie hatte ja recht. Wenn das alles nicht passiert wäre, würde sie ihr die Fahrt erlauben. Nelly war gerade fünfzehn geworden, sie sollte ihre Freiheit erkunden dürfen. Aber es ging nicht. Noch nicht. Morgen würde sie anfangen, ihrer aller Freiheit zurückzuerobern.

JUNI

Eva hatte gerade die Kinder mit gepackten Ranzen aus der Tür zum Schulbus geschoben und für ihren ersten Kaffee den elektrischen Milchschäumer angeschmissen, als das Telefon klingelte.

Unwillig nahm sie ab. Sie hatte sich darauf gefreut, in eine Wolldecke gehüllt zuzusehen, wie die Sonne langsam die feuchte Erde zum Dampfen brachte und die Tropfen auf den Lichtnelken, Tabakskraut und Tulpen trocknete, während sie auf der Terrasse die anstrengenden letzten Arbeitstage abstreifen würde.

»Hallo?« Bloß keine Sonderschicht!

Andreas Stimme klang panisch. »Bei euch ist eingebrochen worden!«

Eva richtete ihren Blick unwillkürlich durch das Fenster auf die Wiesen und einsame Weite. Ihr wurde flau.

»Was ist passiert?«

»Ich bin den Hausflur runtergekommen, das Schloss ist kaputt, und die Tür ist nur angelehnt! Da bin ich gleich wieder rauf und habe mich in meiner Wohnung verbarrikadiert.«

»Geh nicht rein, ruf lieber die Polizei.«

»Das habe ich schon. Du musst kommen und schauen, ob etwas fehlt. Ich warte jetzt auf die Beamten, aber ich hab nicht viel Zeit.«

Zu viel Adrenalin auf nüchternen Magen, der Schwindel wurde stärker. »Ich melde mich, sobald ich im Auto sitze.«

Ausgerechnet jetzt war Jacob auf einer Fortbildung, sonst wäre er in Bremen gewesen. Oder war es gut, dass er heute Nacht nicht im Appartement geschlafen hatte? Wahrscheinlich schon. Sie fröstelte, dann eilte sie ins Schlafzimmer.

Während Eva einen Pullover überstreifte und in die Jeans schlüpfte, überschlug sie, was sich in dem Bremer Appartement befand. Möbel, Kaffeemaschine, Geschirr – aber etwas von Wert?

Ihr fiel nichts ein. Dennoch zitterten ihre Hände, als sie nach dem Autoschlüssel griff.

Sie stieg in ihren Wagen und rief Andrea an. »Was ist denn genau kaputt? Auch die Eingangstür zum Haus?«

»Das konnte ich nicht sehen.« Andrea seufzte. »Ich hatte nachts ein Geräusch gehört, so ein Scharren und Knacken oder so. Aber ich dachte, das sei draußen auf der Straße.«

»Man kommt ja auch nicht gleich drauf, dass da einer im Haus herumschleicht.« Eva startete den Wagen.

»Ich kann höchstens eine halbe Stunde auf die Polizei warten, dann muss ich zur Arbeit. Wie lange brauchst du?« Andrea klang zunehmend gehetzt.

»Ich beeile mich, aber eine halbe Stunde ist nicht zu schaffen.«

Eva überlegte fieberhaft, welche Möglichkeiten es gab. Ein anderer Nachbar? Aber Arndt aus dem Obergeschoss war quasi nie da, immer bei seiner Freundin.

»Weißt du was, ich frag den Neuen«, sagte Andrea plötzlich. »Vielleicht ist er da.«

Eva steckte den Zündschlüssel ins Schloss. »Der Neue? Ist Arndt ausgezogen?«

Plötzlich kam das Appartement ihr noch weiter entfernt vor. Sie hatte zwar gehört, dass die Dachgeschosswohnung neu vermietet werden würde, weil Arndt mit seiner Freundin zusammenziehen wollte, hatte aber nicht gedacht, dass das so schnell gehen würde.

Durch die Freisprecheinrichtung klang Andreas Stimme dumpfer. »Sie haben ganz schnell was gefunden, und da der Nachmieter sofort einziehen wollte, haben die beiden das untereinander geregelt. Der Neue hat gestern seine Sachen hochgetragen.«

Komischer Zufall, dachte Eva.

»Der arbeitet an der Uni. Dirk, so um die vierzig. Psychologe. Ganz sympathisch«, fügte Andrea hinzu. Dann gab sie einen überraschten Laut von sich. »Ach was, da weiter hinten parkt ein Lieferwagen von einem Handwerker, sieht aus wie ein Schlüsseldienst.«

Eva hörte etwas klappern. »Ich laufe gleich mal hin. Vielleicht haben die Zeit. Die Polizei müsste ja jeden Moment kommen.«

Andreas Angst, das Erdgeschoss zu passieren, war anscheinend verflogen.

»Halte mich auf dem Laufenden, ja?« Eva legte auf und starrte auf die Landstraße. Der Asphalt glänzte feucht, in den Vorgärten sanken die Rosen unter der verbliebenen Last der nächtlichen Schauer zusammen. Eva vermisste den Kaffee, der noch auf dem Küchentresen stand.

Trotz der Müdigkeit rotierten ihre Gedanken. Das Samtsofa mit Schlaffunktion hatten sie erst unlängst angeschafft. Ziemlich teuer, aber sie mussten ja schließlich regelmäßig darauf übernachten. Hatten sie eigentlich für jede der beiden Wohnungen eine Hausratsversicherung? Darum hatte Jacob sich gekümmert. Eva ließ die Freisprecheinrichtung seine Nummer wählen, das Freizeichen ertönte, doch wie erwartet nahm er nicht ab. Ob die Polizei jetzt schon da war, und musste sie nicht dabei sein? Sie dachte an den Neuen, Dirk, während sie versuchte, nicht zu rasen. Der würde doch hoffentlich der Versuchung widerstehen, in ihrer Abwesenheit das Appartement zu betreten? Ein Fremder, der in ihren Sachen gewühlt hatte, reichte ihr.

Als Eva eine knappe Dreiviertelstunde später das Autobahnkreuz passierte, ging eine Nachricht auf ihrem Handy ein. *Polizei war da. Schlosser kümmert sich um Tür. Dirk hält Wache. Ich muss jetzt los. Kopf hoch. Andrea.* Dahinter einige Blümchen-Icons.

Als Eva ankam, war die Haustür eingehakt, um mehr Licht in den unteren Teil des Treppenhauses zu lassen. Ein hagerer Mann in Karohemd und blauer Latzhose war dabei, das Schloss auszubauen. Hinter ihm stand ein gedrungener, breitschultriger Mann in Jogginghose und grünem Pulli, dessen Haare wuschelig abstanden.

»Moin, ich bin Dirk.« Er hielt Eva die Hand hin. »Sorry, ich bin noch nicht ganz wach«, grinste er. »Andrea hat mich aus dem Bett geworfen.«

Eva lächelte ebenfalls. »Vielen Dank für deine Hilfe! Ein ganz schöner Schock.«

Dirk hatte ein schelmisches Lächeln und machte einen sympathischen Eindruck.

Eva wandte sich an den Schlosser. »Es ist wahnsinnig nett, dass Sie hier einspringen.«

»Ich war ja grad hier, ne«, brummte der und zog den Zylinder aus der Tür. »Aber besonders sicher sind diese Türen nicht, das wissen Sie, oder?«

Eva musterte die Wohnungstür und nickte. »Das war mal einfach eine Zimmertür, und so richtig aufgerüstet haben die Vermieter nicht, als sie das Haus in Wohnungen aufgeteilt haben.«

»Es war niemand mehr drin, die Polizei hat nachgesehen«, sagte Dirk, und wieder blitzte Schalk aus seinen Augen.

Eva wunderte es, dass er die Situation so locker zu nehmen schien, aber vielleicht sah er auch einfach immer so aus. Für einen Psychologen hätte sie ihn jedenfalls nicht gehalten. Eher für einen Sporttrainer.

»Hier ist die Visitenkarte der Polizei mit der Vorgangsnummer. Du sollst später vorbeikommen und sagen, ob etwas fehlt, und deine Fingerabdrücke abgeben.« Er hielt ihr die Karte hin. »Ich geh dann mal wieder.«

»Nochmal vielen, vielen Dank, dass du dir Zeit genommen hast!«

»Ist doch klar.«

Als der Schlosser ihr die Tür aufhielt, trat sie mit dem Gefühl in das Appartement, verletzt worden zu sein, ausgeliefert dünnen Türen und Menschen ohne Moral.

Zum Glück sah es nicht so schlimm aus, wie Eva befürchtet hatte. Das heillose Durcheinander, das sie sich ausgemalt hatte, mit umgestürzten Möbeln und Dreck, gab es nicht. Lediglich Kleinkram aus den Schubladen des Sekretärs war über dem Sofa verteilt und durchwühlt worden. Eva öffnete den Schrank. Sie hatte einige ihrer liebsten Ausgehkleider hier hängen. Was sollte sie auch damit auf dem Land?

Sie sah, dass das grüne Seidenkleid noch immer in der Hülle der Reinigung steckte und die lila Bluse unangetastet danebenhing, ebenso wie alle anderen Sachen, die sie hier aufbewahrte. Sie atmete auf. Es ging ihr nicht um den materiellen Wert der Kleidung, klar, sie hing daran, aber die Vorstellung, dass jemand sie angefasst haben könnte, berührte sie unangenehm.

»Ich hätte gerne ein Sicherheitsschloss mit Stiften eingebaut, aber das geht bei dieser Art von Tür nicht«, unterbrach der Schlosser sie. Er hielt ihr einen kleinen Bund Schlüssel hin. »Das ist das Beste, was hier passt. Ich hoffe, das ist Ihnen recht?«

»Natürlich, danke!«

»Keine Ursache.«

»Was wird das kosten?«

Der Mann zückte einen Notizblock. »Abus mit Panikfunktion, Einbau, Dreiviertelstunde … 179 Euro.« Er lächelte. »Die Anfahrt schenk ich Ihnen, ich war ja schon hier, und ist ja doof, was passiert ist.«

»Danke!«, murmelte Eva.

Auf dem Sofa lagen Stifte und Zettel aus dem Sekretär. Könnte der Einbrecher nach einem Rezeptblock gesucht haben? Aber so etwas bewahrten sie ja nicht zu Hause auf. Und woher sollte er wissen, dass sie Ärzte waren?

»Rechnung kommt dann mit der Post.«

Der Handwerker packte sein Werkzeug ein, tippte sich an seine Stirn und verschwand.

»Kaffee?«

Dirk stand erneut in der Wohnungstür und hielt ihr eine Tasse hin.

»Das ist genau das, was ich jetzt brauche!«, sagte Eva, während sie ihm die Tasse abnahm.

»Ich habe leider keine Zeit mehr, die Pflicht ruft«, sagte Dirk nach einem Moment des Schweigens. »Aber auf bald!«

»Ja, auf bald. Und danke noch mal!«

Er lächelte und hob die Hand. Als er die Tür von außen schloss, atmete Eva auf. Die Erschöpfung kam wie ein Schlag in die Kniekehlen. Es schien anders zu riechen, fremd. Die liebevoll drapierten Gegenstände, eine blaue Strickdecke über der Sofalehne, die antike Lampe, alles kam ihr plötzlich schmutzig vor.

Sie legte die Visitenkarte der Polizei mit der Vorgangsnummer auf den Sekretär und öffnete die Flügel der Terrassentüren. Sie trat auf den Balkon und setzte sich auf den Bistrostuhl, er hatte halb unter dem Erker gestanden und war trocken, die Luft dagegen noch geschwängert von Tau. Es war schwül, aber die Wolken hatten sich verzogen, und es versprach ein warmer Sommertag zu werden. Die Sonnenstrahlen und der Kaffee halfen ein wenig gegen den Schock, der sie noch frösteln ließ. Auch wenn anscheinend nichts gestohlen worden war, hatte der Dieb doch etwas mitgenommen: Geborgenheit und Vertrauen. Sie dachte an den Drohbrief. Gab es einen Zusammenhang? Oder war der Einbruch reiner Zufall?

Sie schüttelte den Gedanken ab, ging hinein und machte sich daran, die Wohnung aufzuräumen. Stifte, Kassenbons, Ersatzschlüssel für den Hof, Kosmetika, Unterlagen und weiterer Kleinkram wanderten zurück in die Schubladen.

JULI

TAG EINS

EVA

Die Bäume in der Ferne standen wie Scherenschnitte vor dem inzwischen orangerot gefärbten Himmel. Eva saß mit Jacob und Miriam unter der Kastanie, das Kondenswasser an der Weißweinflasche glitzerte im Kerzenlicht. Die Kinder sahen sich oben im Haus einen Film an. Es wurde allmählich Zeit, nach Bremen zurückzufahren, aber alles in ihr sträubte sich dagegen.

»Ich denke, ich fahre nächstes Jahr nach Griechenland«, sagte Miriam. »Der Bulli macht es nicht mehr lange, aber einmal schafft er die Tour noch. Ich wollte euch fragen, ob Nelly nicht mitkommen darf? Ihr könntet später dazustoßen, und wir treffen uns dort, zum Beispiel auf Kreta? Das würde ihr bestimmt gefallen.«

»Klingt interessant«, sagte Jacob vorsichtig. »Aber seid ihr da nicht eine Woche unterwegs? Und ist der Sommer da nicht brüllend heiß?«

»Mindestens eine Woche«, Miriam lachte. »Aber keine Sorge, ich pass schon auf sie auf.«

Eva schwieg. Ihr wurde bei dem Gedanken an nächtliche Pausen auf Rastplätzen und Reifenpannen in einsamen Gegenden flau im Magen. Miriam war häufiger allein unterwegs. Eva bewunderte einerseits ihren Mut, empfand andererseits ihre Sorglosigkeit als naiv. War sie spießig oder realistischer als ihre Schwägerin? Miriam wirkte glücklich und frei, und sie selbst war gerade alles andere als das. Sie nippte an ihrer Schorle.

Die Schwalben jagten jetzt im Sturzflug auf der Wiese geflügelte Nachtinsekten, die in der Dämmerung bodennah aufstiegen. Eine Motte flog um das Windlicht und suchte nach dem Eingang durch das matte, purpurfarbene Glas. Eva schaute auf die Uhr. Es war schon nach neun.

»Ist heute irgendetwas passiert?«, fragte Jacob sie schließlich. »Du bist so still.«

Auch Miriam sah sie erwartungsvoll an. Eva zuckte mit den Schultern. »Ich bin einfach froh, hier zu sein.«

Jacob berührte ihren Oberschenkel, wie eine warme Feder lag seine Hand dort, und Evas Augen wurden feucht.

Miriam lächelte ihr zu. »Wir sind nicht aus Zucker. Was es auch ist …«

Eva sah die beiden an. Seufzte. »Heute wurde eine junge Frau schwer misshandelt eingeliefert. Sie ist in ihrer Wohnung vergewaltigt worden.«

Alles kam gleichzeitig zurück: der Schreck, die Angst, das Mitgefühl. Ihre Schultern verspannten sich.

»Oh, Eva.« Jacob strich ihr über das Bein. Eva wischte sich eine Träne aus dem Augenwinkel. »Das ist so scheiße.«

Miriam machte ein sorgenvolles Gesicht. Sie wollten sie trösten, das sah Eva, doch die Betroffenheit ließ sie verstummen.

So war es meist. Ein sexualisiertes Verbrechen war eine perfide Demonstration der Macht, bis in das Innerste einer Frau, eines Menschen, vorzudringen purer Sadismus. Viele Opfer schwiegen. Aus den unterschiedlichsten Gründen. Oft aus Scham, jemand zu sein, dem so etwas widerfahren war. Nicht spüren zu müssen, wie sprachlos es andere machte.

Eva legte ihre Hand auf Jacobs, drückte sie und nahm einen Schluck aus ihrem Glas. »Ich muss damit umgehen, das ist Teil meines Jobs.«

Miriam kniff mitfühlend die Lippen zusammen und nickte. In die Stille hinein zirpten die ersten nachtaktiven Grillen. Eva ärgerte sich über sich selbst. Sie hatte die Unbeschwertheit der Uneingeweihten genossen, nun war der Schatten eines Vergewaltigers durch ihren Garten geirrlichtert.

»Ich hoffe, die Polizei findet den Kerl«, sagte Miriam.

Jacob nickte. »Allerdings. Willst du nicht lieber zu Hause schlafen? Du könntest morgen von hier aus aufbrechen.« Jacob strich Eva eine lose Haarsträhne hinter das Ohr.

»Dann müsste ich um vier aufstehen, damit ich genügend Puffer für den Stau auf den Weserbrücken habe. Ich muss wohl fahren, sonst packe ich das nicht. Aber danke, dass ihr für mich da seid!«

»Immer!« Miriam stand auf, trat hinter Eva und schlang ihre Arme um sie, wiegte sie ein wenig hin und her. »Es ist großartig, was du tust.«

»Danke!« Evas Augen wurden wieder feucht.

Miriam setzte sich. Eva trank noch einen winzigen Schluck Weinschorle, dann lächelte sie, stand auf, gab Jacob einen Kuss und ging durch das schummrig erleuchtete Wohnzimmer in das untere Bad.

Durch das halboffene Fenster hörte sie Miriams und Jacobs Stimmen. Die beiden hatten das Thema gewechselt und sprachen gedämpft über die Kreta-Reise. Wie teuer sie werden, wie der Urlaub aussehen könnte.

Eva schloss das Fenster, wusch sich die Hände, stieg die Treppe und eine weitere schmale Stiege hinauf, um sich von den Kindern zu verabschieden. Die drei saßen im ausgebauten Giebel auf Matratzen und starrten gebannt auf die ausgerollte Leinwand. Eva lehnte sich an einen Holzpfeiler. Die große freie Fläche unter den offenen Holzbalken war nach der Restaurierung zu ihrem Lieblingsort geworden. Emma baute dort mit ihren Freunden Höhlen aus Decken und Tobekissen, Levin und Jacob schauten Fußballspiele mit dem Beamer, und Nelly veranstaltete Übernachtungspartys mit ihrer ständig kichernden Mädchenclique.

Fünfzehn! Was für ein Alter! Eva war damals in Generalopposition zu ihrer Familie gegangen, Nelly kam eindeutig mehr nach Jacob, vermittelnd, harmoniebedürftig. Vorhin hatte sich ihre schlechte Laune im Nu wieder verflüchtigt. Jetzt hatte sie ihre Beine über Levins gelegt, und Emma lag an ihre Seite gekuschelt. Wie eine Mäusefamilie im Nest. Eva fand jedes ihrer Kinder für sich großartig, und in Momenten wie diesen wurde sie schier von Liebe zu ihnen überwältigt.

Sie würde sie mit allem, was sie hatte, beschützen!

Eva löste sich vom Pfeiler und setzte sich neben Emma, die sich an sie schmiegte.

»Na, was schaut ihr?«

»*Ice Age*, das Eichhörnchen hat seine Nuss verloren.«

Eva zog Emma an sich und kitzelte sie. »Du bist auch so ein Hörnchen.« Emma quiekte.

»Und ihr? Alles gut?« Kurz flackerten die Blicke ihrer beiden Älteren herüber, abgelenkt von Faultieren und Mammuts.

»Na klar, alles gechillt.« Levin angelte eine Hand voll Chips aus der Schüssel.

»Ich muss gleich wieder nach Bremen.«

»Tschüss, Mama!«

Nelly und Levin nahmen es gelassen, Emma hängte sich an ihren Hals. »Nicht gehen, bleib hier!«

Eva strich ihr über den Kopf. »Tut mir leid, mein Schatz, aber ich muss arbeiten. Übermorgen bin ich wieder da, ja? Papa geht morgen früh mit euch an den See, und nachmittags wollten Oma und Opa vielleicht was mit euch unternehmen.«

»Super!«, sagte Levin, klaute von Nelly die Chipsschüssel zurück und schaute wieder auf die Leinwand.

Eva löste sich von Emma, küsste sie und stand auf. Sie würde sich noch kurz zu den anderen auf die Terrasse setzen. Kreta war eine gute Idee, sie alle zusammen. Sie wollte das gerade mehr als alles andere: einen Ausblick in eine helle Zukunft, wenn dieser Albtraum vorbei war.

FRAUKE

Linus sammelte die leeren Pizzakartons ein und brachte sie in die Kaffeeküche.

Frauke sah in die Runde. »So, jetzt haben wir das Wichtigste zusammengefasst. Wie machen wir weiter?«

Dünya strich sich die Haare aus dem Gesicht und blickte missmutig auf den ansehnlichen Stapel Papier in der Laufakte. Frauke wusste, was sie dachte. Erste Befragungen von Anwohnern, die Auswertung der Kameraaufnahmen aus dem Dschungel, Protokolle der Gespräche mit Selin und ihren Mitbewohnerinnen, Kim Baumanns Aussage, die Bestätigung des Alibis von Julia Cummings Freund Kevin Leibert oder Thomas Wielands emotionaler Ausbruch. Nichts zwischen den roten Pappdeckeln brachte sie wirklich weiter. Sie hatten bisher keine Nachricht aus der Forensik, ob Fremd-DNA in den Proben von Selins Körper war, auch genauere Angaben zu dem Strick, der um Selins Knöchel gewunden war, fehlten leider.

Thiel kaute auf seinem Stift. »Also Bayars Tasche war mehrere Tage verschwunden, bis sie in der Uni wieder abgegeben wurde? Ganz schön lange, wenn man weiß, dass die Besitzerin Papiere und Schlüssel vermisst.«

Dünya schüttelte den Kopf. »Manche Menschen denken nicht so weit. Ich kann mir nicht vorstellen, dass ausgerechnet ein Widerling die Tasche findet, der den Schlüssel nachmacht, die Adresse aufschreibt und sie anschließend abgibt. Ziemlich unwahrscheinlich.«

»Ich finde das schlau. Schlau und fies«, sagte Linus. »Und selbst wenn er anfangs gar nicht die Absicht hatte, das Mädchen zu vergewaltigen. Vielleicht ist es einfach aufregend, einen Schlüssel zu ihrer Wohnung zu haben, von dem niemand etwas weiß.«

»Und dann ist er ihr einige Zeit gefolgt und kannte ihre Gewohnheiten«, folgerte Dünya. »Lydia Werl, die Mitbewohnerin, war gestern bei ihren Eltern. Und es war anzunehmen, dass Cummings bei Kevin Leibert schläft. Baumann hat ein Foto gepostet, Selin ging immer früher als die anderen nach Hause.«

Frauke neigte den Kopf. »In der Wohnung hängt ein Familienplaner. Da war Lydias Elternwochenende eingetragen. Und wer einen Schlüssel besitzt …«. Sie rieb sich die müden Augen. Es war spät geworden. »Allerdings schwer herauszufinden, ob es wirklich so abgelaufen ist.«

»Wenn er das Haus beobachtet hat, müssen wir auch weiter entfernte Anlieger einbeziehen«, warf Thiel ein.

Linus zog die Augenbrauen hoch. »In der Humboldtstraße? Die ist wie eine Autobahn für Zweiräder.«

Frauke lehnte sich zurück. »Wir müssen dem nachgehen. Ich besuche mit Thiel das Fundbüro der Uni und die Schlüsseldienste in der Umgebung. Selin hatte einen auffälligen Schlüsselanhänger, vielleicht haben wir einfach Glück.«

Sie sah auf ihren Block. »Jetzt zu dem einzigen uns bisher bekannten Mann in Selins Leben. Thomas Wieland war, wie gesagt, auffallend bestürzt, hat aber kein Alibi.«

Linus warf einen konsternierten Blick in die Runde. »Dass er überhaupt das Fernsehproramm kennt, ist doch komisch. In dem Alter streamt doch jeder nur noch.«

Frauke nickte. »Wir werden ihn morgen zur Vernehmung ins Kommissariat holen. Wenn wir einen Anfangsverdacht haben, beantragen wir eine Hausdurchsuchung. Da wären die Handschuhe, das fehlende Bettlaken, womöglich Latexkleidung, Reste des Seils und Kabelbinder.« Sie sah in die Runde. »Außerdem werde ich für morgen Nachmittag einen Hund, einen Mantrailer, anfordern.«

Dünya nickte. »Gute Idee!«

Thiel fuhr sich durch die Haare. »Wir haben noch nicht über die Auswertung des Computers und der sozialen Netzwerke gesprochen. Es muss doch noch andere Männer, vielleicht Mitstudenten, geben, die sich für Selin interessiert haben.«

Dünya zog ihren Zopf fest, hob die Schultern. Um ihrer aller Augen hatten sich kleine Müdigkeitsfältchen gebildet.

Linus setzte sich auf und blickte in seine Unterlagen. »Sie hat einen Insta-Account, Twitter, Facebook, TikTok und Snapchat, BeReal. Kein Tinder. Insgesamt hat sie nur halbherzig gepostet: Tiere, Blumen, Essen, Sonnenuntergänge, Selfies. Bei TikTok gibt es auf Accounts ihrer Freundinnen spontane Tanzvideos, sie wirkt nicht so, als stünde sie gerne im Mittelpunkt. Ansonsten hat sie aktiv studiert. Allerdings fand ihr Dozent laut seiner Mail ihre letzte Hausarbeit nicht so toll. Sie sollte einen Termin vereinbaren.«

»Also keine Flirts, auch nicht in Nachrichten und Messengerdiensten?«, wollte Frauke wissen.

Linus schüttelte den Kopf. »Außer, sie hat sie gelöscht.«

»Bitte mach Backups, damit wir die Geräte zurückgeben können.«

»Schon passiert«, sagte er. »Übrigens hat Baumann nicht wenige Follower, über eintausend.«

Frauke seufzte. Dank Baumanns Post hatten all diese Menschen gewusst, wohin Selin und ihre Freundinnen am Samstagabend gehen würden.

»Wir haben eine Anfrage an die umliegenden Bundesländer geschickt. Vergewaltigung, Strangulation und Fesselung, womöglich bei dem Opfer zu Hause, aber auch im öffentlichen Raum oder anderen Wohnungen. Bisher keine Antwort.«

Thiel sah zur Wanduhr.

»Gut«, sagte Frauke, »wir haben schon einiges zusammengetragen.« Sie warf einen Blick in die Runde. »Wer nach Hause möchte, kann jetzt gehen. Ich bleibe und sehe mir die Überwachungsvideos weiter an. Linus, bist du dabei? Was ist mit dir, Thiel? Du kennst die meisten Pappenheimer, die im Dschungel rumlaufen.«

Thiel nickte. Linus ebenso.

EVA

Der Lichtkegel des Fernlichts schnitt eine schmale Furt zwischen die hohen Tannen links und rechts der Landstraße und verlor sich dann in der Finsternis. Wenn Eva durch ein düsteres Waldstück fuhr, fürchtete sie sich jedes Mal vor einem Wildunfall. Die gelben Markierungen nahmen sich vor der schwarzen Wand des Waldes aus wie Grabkreuze, und an einigen Streckenabschnitten blendeten gleich drei oder vier hintereinander auf. Dass sie um halb elf noch auf den Seitenstraßen im Oldenburger Land herumgurkte, statt pünktlich losgefahren zu sein, war keine gute Idee gewesen. Und so wie der Tag angefangen hatte, fehlte ihr nur noch ein Reh, das wie ein Geist auftauchte und mit dem Geräusch brechender Knochen auf der Motorhaube landete. Sie drosselte das Tempo und blinzelte, um die Konturen der Straße besser zu erkennen.

Die Atmosphäre, die sie empfangen hatte, als sie in den Garten zu Jacob und Miriam zurückgekehrt war, ließ sie nicht los. Die Leichtigkeit war fort gewesen. Jacob und sie waren schon durch einige gemeinsame Täler gegangen. Ganz am Anfang ihrer Karriere hatten sie ständig über Patienten geredet, deren Behandlungen, ihre Sorgen. Sie hatten Trauer über ihren Tod oder Freude über ihre Genesung geteilt. Dann kamen die Kinder, und vor einigen Jahren war Jacob ein junger Familienvater auf dem OP-Tisch verstorben. Es war nicht seine Schuld, ein tragischer Zufall, ein Aneurysma war geplatzt. Aber er hatte wochenlang gelitten, tat es immer noch und kasteite sich für vermeintliche Fehler. Eva hatte ihm beigestanden, es war fast, als hätten sie ein Familienmitglied verloren.

Umgekehrt, als bei ihr ein Frühchen die Geburt nicht überlebte, hatte er mit ihr getrauert. Daneben hatten sie versucht den Alltag mit der noch kleinen Nelly und Baby Levin zu wuppen. Da hatten sie beide das erste Mal gespürt, dass ihr Beruf sie immer wieder in solche Situationen brachte und sie das Leid vergrößerten, wenn sie die Arbeit mit nach Hause nahmen. Sie bevölkerten ihr Familienleben seitdem nicht mehr mit Patienten, lebenden oder verstorbenen, und spürten auch so, wenn dem anderen etwas besonders unter die Haut ging. Es war eine gewachsene Übereinkunft, und sie waren auch aufs Land gezogen, um Abstand zwischen sich und den Berufsalltag zu bringen. Sie hatten ihren Job reduziert, wollten viele Renovierungsarbeiten am Haus selbst erledigen. Und obwohl sie einer Zukunft mit Praxis auf dem Land entgegensahen und alles so weit gut lief, forderten Haus, Umzug, Pendeln und Kinder ihren Tribut.

Wann war das Schweigen so groß geworden? Was vor zwei Monaten passiert war, hatte Eva zunächst einfach nicht erwähnt, auch weil sie selbst so schockiert gewesen war. Später hatte sie es dann bewusst verschwiegen, weil sie das Gefühl hatte, Jacob würde ihren Standpunkt nicht verstehen. Er hätte sie gedrängt, zur Polizei zu gehen, und damit in Kauf genommen, dass sie in ständiger Angst leben mussten und das Leben einer jungen Frau womöglich zerstört wurde. Und inzwischen hatte sie den Zeitpunkt verpasst, ihm alles zu erzählen. Er würde unglaublich wütend werden. Zu Recht! Er hätte ein Recht darauf gehabt, zu wissen, was geschehen war.

Und jetzt? Jetzt war alles noch viel schlimmer. Seit sie Selin heute auf dem OP-Tisch untersucht hatte, meinte Eva, das Knacken von brüchigem Eis unter ihren Füßen zu hören. Hatte sie, als sie entschieden hatte zu schweigen, ihre Beziehung aufs Spiel gesetzt? Und hatte sie die Entscheidung bewusst getroffen, oder war sie nicht vielmehr erstarrt? Ebenso, wie es ein Reh im Scheinwerferlicht tun würde?

Als Eva das Ortsschild Bremens passierte und sich in die »Spaghetti« einfädelte, wie die Kinder die verschlungenen Einfahrten in die verschiedenen Bremer Stadtteile nannten, spürte sie, wie verkrampft ihre Hände das Lenkrad umklammerten.

Es dauerte lange, bis sie im Viertel einen Parkplatz fand, und es war nach Mitternacht, als sie die Wohnungstür aufschloss. Das

Licht der Deckenlampe fiel auf das Schlafsofa mit der gefalteten Decke. Über dem Sessel vor dem Sekretär hing die grüne Strickjacke, die sie gestern getragen hatte, ihr Kaffeebecher stand noch auf dem Beistelltisch. Und daneben eine Vase mit gelben Rosen. Eva hielt überrascht inne.

Sie hatte ab und an Andrea einen Strauß Blumen, Wein oder Schokolade mitgebracht, dafür dass sie sich in ihrer Abwesenheit um ihre Balkonpflanzen kümmerte. Aber Andrea ging normalerweise nicht in die Wohnung, auch wenn sie für Notfälle einen Schlüssel hatte. Hatte sie vorhin bemerkt, wie schlecht es ihr ging?

Eva legte den Schlüssel neben die gelben Blumen. Es waren die gleichen, die auch zu Hause gerade so üppig blühten und an jedem Zweig zahlreiche Knospen zeigten. Sie schnupperte an einer Blüte. Sie rochen sogar genauso wie die an ihrem Haus in der Geest. Seltsam.

Eva zuckte mit den Schultern. Es musste Andrea gewesen sein, wer sonst?

Eva gähnte, die Müdigkeit drückte ihr die Augen zu. Nichts wie ab ins Bett. Morgen war ein wichtiger Tag.

ER

Er war rechtzeitig aufgebrochen, um vor Eva Mares in der Vermeerstraße zu sein. Aus dem Schatten der abschüssigen Einfahrt gegenüber beobachtete er, wie sie die Treppe zur Haustür hinaufging. Selbst im schwachen Licht der Straßenlaternen war ihr die Erschöpfung anzusehen. Er selbst war nicht müde, obwohl er inzwischen seit über vierundzwanzig Stunden wach war. Das Adrenalin des Rauschs, dem er sich hingegeben hatte, war tiefer Zufriedenheit gewichen. Im Grunde hatte er nicht vorgehabt, das Mädchen so bluten zu lassen, er war selbst erschrocken. Als sich seine Wut entfesselt hatte, war das heftig gewesen, gleichzeitig großartig, monumental. Er hatte sich ganz gefühlt, nicht als das Abziehbild seiner selbst, das er täglich der Welt präsentieren musste. Das kam davon, wenn man ihn provozierte.

Er starrte auf das Haus gegenüber, sah, wie sie die Tür aufschloss. In der Wohnung im Hochparterre ging das Licht an. Er lächelte, als Eva Mares sich vorbeugte. Vermutlich roch sie an den Rosen. Zwei Geschenke an einem Tag. Ob sie sich doppelt geehrt fühlte?

Er wünschte, sie würde wissen, wie genau er das heute geplant hatte, doch als er die Wohnung betreten hatte, stand dort schon ein Blumenstrauß. Wahrscheinlich von dieser Bekloppten aus dem ersten Stock. Er hatte die violetten Rosen gegen die mit gelben Blüten ausgetauscht. Irgendwann würde Eva hoffentlich herausfinden, dass sie ein Gutenachtkuss von ihm waren.

FRAUKE

Als Frauke das kleine Einfamilienhaus in Findorff betrat, war es ruhig. Antje schlief oben, sie war Frühaufsteherin und deshalb um zehn üblicherweise komplett erledigt. Jetzt war es nach elf, und Frauke würde allein Abendbrot essen. Wie so oft. In der Küche stand ein Tablett mit Antjes selbstgebackenem Vollkornbrot unter einem Tuch, Gruyère, Frischkäse in einer Schale mit Kresse dekoriert, dazu Trauben und Tomaten. Frauke sah das kleine Arrangement, das so rustikal und liebevoll war wie Antje selbst, und lächelte wehmütig. Wie so oft hatte sie ein schlechtes Gewissen, auch wenn sie wusste, dass Antje es ihr nicht übelnahm, wie sehr sie sich für ihre Arbeit verausgabte.

Frauke fand es mehr als schade, dass sie den Sonntag mit ihrer Frau verpasst hatte. Noch gestern hatten sie darüber gesprochen, mit dem Fahrrad ins Blockland zu radeln. Doch schon bei dem Gespräch hatte Frauke geahnt, dass die sommerliche Nacht ihr einen

Strich durch die Rechnung machen könnte. Aber trotzdem, bei dem Gedanken an den verpassten friedvollen Tag wurde sie sehnsüchtig und ein wenig missmutig. Wenn es Männer wie Selins Vergewaltiger nicht gäbe, wäre ihr Leben ein besseres.

Frauke nahm ein Bier aus dem Kühlschrank, trug das Tablett ins Wohnzimmer und stellte den Fernseher an.

Seit Jahren spielte sie *Go* im Internet. In Bremen kannte sie niemanden, der sich mit dem japanischen Brettspiel beschäftigte. Frauke spielte online, um nach einem Arbeitstag herunterzukommen, oder sie sah sich Tutorials auf YouTube an. Damian war der Prototyp eines Nerds, schmal und blass, als hocke er Tag und Nacht in seinem Gamerstuhl in einem Wohnsilo in der Nähe von Cleveland, Ohio. Mit näselnder Stimme erklärte er gerade *Semeai*, den Kampf zweier Gruppen um Freiheiten. *Go* hieß auch »das Umzingelungsspiel«. Erfahrene Spieler wie Damian konnten voraussagen, in wie vielen Zügen sie gewinnen würden, wenn ihnen kein Fehler unterlief. Weniger geschulte Gegner waren ahnungslos, dass sie bereits in der Falle saßen.

Diese Situation kannte Frauke von ihrer Arbeit, und sie war nicht frei von Nervenkitzel. Wenn sie Verdächtige überführten, wogen diese sich ziemlich lange in Sicherheit; ein Zugriff erfolgte erst, wenn sie alles für eine wasserdichte Anklage beisammenhatten oder Fluchtgefahr bestand. Darin ähnelten sich *Go* und Polizeiermittlungen, es ging darum, unbemerkt immer mehr Bereiche des Spielfeldes zu sichern. Beim *Go* hieß das *Freiheiten nehmen*.

Bei dem Überfall auf Selin war die Sache allerdings komplizierter. Dem Täter gehörte quasi noch das Brett, und sie wussten noch nicht einmal, welche Stellungen es zu sichern galt. Irgendwo ergötzte ein Sadist sich an dem, was er der jungen Frau angetan hatte, und sie hatten bisher nur vage Anhaltspunkte. Doch kaum jemand hinterließ keine DNA-Spuren. Als vor einigen Jahren Frauen in ihren Wohnungen in Bremerhaven vergewaltigt worden waren, hatte ein Mann sich der Reihentestung entzogen. Das hatte ihn fünf

Jahre später überführt, als Kollegen ihn im Ruhrgebiet aufgespürt und die fehlende Probe gefordert hatten.

Während sie die Bewegungen der weißen und schwarzen Steine auf dem Spielbrett im Fernseher verfolgte, wartete Frauke darauf, dass das Bedürfnis nachließ, durch die Nacht zu laufen und das Arschloch zu finden. Ihr Beruf machte krank, wenn man dieses Gefühl nicht in den Griff bekam. Sie war nicht allein, es gab den Kriminaldauerdienst, die Streifen auf den Straßen.

Aber diese Brutalität. Frauke nahm einen Schluck Bier. Wenn Selin ein zufälliges Opfer war, würde dieser Mann nicht aufhören.

Als Frauke ins Bett ging, war es nach Mitternacht. Sie fühlte Antjes schlafwarmen Körper. Sie waren seit zehn Jahren ein Paar. Antje kam aus einer langen Beziehung, und Frauke hatte nur Partnerinnen gehabt, mit denen es nicht lange gehalten hatte. Entweder sie waren mit ihrem Beruf nicht zurechtgekommen oder mit ihrer teils spröden Art. Seit Frauke mit Antje zusammen war, war sie entspannter, und manchmal bereute sie, dass sie jetzt beide zu alt für Kinder waren. Zwischendurch hatten sie überlegt, ein Pflegekind aufzunehmen. Frauke kam immer wieder mit zerstörten Familien in Berührung, und es gab viel zu wenig Erwachsene, die bereit waren, sich um die traumatisierten Kinder zu kümmern.

Aber es wäre nicht fair gewesen. Bei ihren Arbeitszeiten müsste Antje sich allein um das Kind kümmern und die seelischen Wunden verarzten. Die meisten Kollegen im K32 hatten Kinder, trotz der Grausamkeiten, mit denen sie täglich konfrontiert waren. Frauke fragte sich gelegentlich, wie ihr Leben aussehen würde, wenn im Nachbarzimmer ein Kind schliefe. Zehn oder zwölf Jahre alt inzwischen, fast ein Teenager. Es gelang ihr nicht. Sie und Antje waren ein Tandem, das wie geschmiert lief. Und dann war da noch die Verantwortung für die Gewaltopfer. Sie konnte sich nicht vorstellen, für ihr persönliches Glück kürzer zu treten. Sie waren ohnehin schon so wenige.

EVA

Als Eva mitten in der Nacht aufwachte, war es so finster, dass sie die Hand nicht vor Augen erkennen konnte. Die blickdichten Vorhänge verwandelten die Wände des Zimmers in schwarze Unendlichkeit.

Was hatte sie geweckt? Eva lauschte in die Finsternis, hörte jedoch nur das leise Grundrauschen der Stadt. Sie streckte die Hand zum Beistelltischchen aus, fühlte schmerzhaft den Biss der Dornenranke einer Rose, dann flaumige Blüten, und schließlich ertastete sie ihr Handy. Das fahle Licht des Displays schimmerte in ihrem Sehnerv nach, als sie sich in die schweißklammen Laken zurücksinken ließ. Sie hatte nicht einmal gewagt, in der warmen Sommernacht das Fenster zu öffnen. Es war vier Uhr morgens. Eva starrte nach oben, wo die Zimmerdecke sein musste. Wie ging es Selin gerade? Schlief sie, oder lag sie ebenfalls wach? Erlebte sie das alles noch einmal?

Morgens um vier war die Stunde des Wolfs, in der Gedanken sich in die finstersten Winkel des Verstandes verirrten und Katastrophen und düsterste Prognosen wahrscheinlicher erschienen als zu jeder anderen Tageszeit. Vielleicht hielt sie den Schlüssel zu der Ergreifung eines Serienvergewaltigers in der Hand, und er würde weiter- und weitermachen, wenn man ihm nicht Einhalt gebot. Heute Nachmittag hatte sie gehofft, dass die Ereignisse keinen Zusammenhang hatten, aber das konnte auch eine naive Abwehrreaktion sein. Doch was konnte sie tun? Eva starrte ins Dunkel, in dem sich langsam die vagen Konturen des Raumes abzeichneten, unheimlich verzerrt.

Schlaf jetzt, dachte sie. Morgen früh musst du wieder fit sein. Doch jedes Mal, wenn sie die Augen schloss, schlug ihr Herz schneller. Eva wälzte sich auf die andere Seite, ihr Mund war trocken, die Haut kribbelte. Sie knipste die Lampe auf dem Tischchen an, stand auf, füllte ein Glas Wasser an der Spüle. Trank. So ging das nicht weiter! Sie hatte sich ebenfalls zum Opfer des Mannes machen lassen, geschwiegen, und nicht versucht, die junge Frau zu finden.

Sie betrachtete im Licht der Nachttischlampe das zerwühlte Bett. An Schlaf war nicht mehr zu denken. Aus dem Kleiderschrank zog sie einen dunklen Hoodie und eine Laufhose heraus, band ihr Haar zusammen und steckte das Pfefferspray ein. Kurze Zeit später öffnete sie die Haustür. Rennen! Das hatte zwar auch vor ein paar Wochen nicht wirklich gegen die Angst geholfen, aber kurze Zeit ihr Inneres betäubt. Sie musste aus diesem Korsett der Angst heraus. Aber wie, wenn das eigene Herz, drei Mal geteilt, auf eigenen Beinen draußen herumlief und von jemandem bedroht wurde?

Die Straßen waren menschenleer, nur wenige Laternen warfen diffuse Lichtkegel auf den Bürgersteig. Die Luft war frisch, aber nicht kalt. Eva verfiel in einen leichten Trab, bog Richtung Weser ab. Sie lief in großen Schritten auf den Deich und auf dessen Krone entlang. Ein später oder früher Radfahrer raste auf seinem E-Bike an ihr vorbei. Gegenüber auf der Weserinsel glänzten vereinzelte Lichter, die sich im schwarzen Wasser des Flusses spiegelten.

Eine halbe Stunde später war sie nassgeschwitzt, aber sie hatte eine Entscheidung getroffen. Sie musste sie finden und ihr erzählen, dass es ein weiteres Opfer gegeben hatte. Sie würde einlenken und mit ihr zur Polizei gehen. Dann hatte er keine Chance mehr, sich an ihr oder ihrer Familie zu rächen, und würde auch nicht nachvollziehen können, dass sie ihre Finger im Spiel hatte.

Wieder in der Vermeerstraße holte Eva den USB-Stick aus seinem Versteck unter den Pullovern hervor. Sie setzte sich an den Computer, steckte ihn ein und spulte an die richtige Stelle. Dann zog sie einen Screenshot und schickte ihn an ihr Handy.

JUNI

Eva war noch nie in diesem Flur gewesen. Tief im Keller, neben der Wäscherei und dem Materiallager, hatte die Krankenhaus-Security einen kleinen Raum, in den die Bilder der Sicherheitskameras übertragen wurden. Die Tür war nur angelehnt, und sie steckte ihren Kopf in das Kabuff. Die Luft hier war warm und stickig, ein junger Mann in hellem Hemd saß im Armlehnenstuhl und scrollte gelangweilt auf seinem Handy herum. Vor ihm auf den Monitoren waren graue, bewegte Bilder zu sehen, Ansichten in Fischaugenoptik des Eingangsbereiches und der für Krankenwagen reservierten Einfahrt zur Notaufnahme sowie etlicher Flure, von denen Eva nicht wusste, wo sie sich genau befanden.

»Ich habe eine Frage.«

Der Mann zuckte zusammen und drehte sich abrupt um. »Meine Güte, haben Sie mich erschreckt, es kommt sonst kaum jemand hier runter.«

Eva lächelte. »Zum Glück. Das heißt ja, es gibt nicht so viel, wonach es sich zu fragen lohnt.«

Er entspannte sich und lächelte ebenfalls. »Da haben Sie recht. Außerdem ist das in vielerlei Hinsicht gut für mich.« Er deutete auf einen Stapel Lehrbücher, der auf dem Schreibtisch lag. Eva kannte einige davon, er war offensichtlich am Ende des Studiums der Gesundheitswissenschaften. Dann wurde er rot und legte demonstrativ das Handy weg. »Also, wenn ich Lust habe zu lernen, dann ist es gut, dass hier so wenig Publikumsverkehr ist. Was führt Sie denn hierher?«

»Haben Sie auch Kameras in der gynäkologischen Abteilung auf dem Flur, am Stationsbüro vielleicht? Und Aufnahmen von gestern?« Eva war nervös. Wenn die Kameras aufgezeichnet hatten, wer das Kuvert in das Stationsbüro gelegt hatte, wüsste sie, mit wem sie es zu tun hatte.

Er schüttelte den Kopf. »Nur die Eingangsbereiche und Zugänge werden überwacht, dort, wo auch die Hinweisschilder auf die Kameras hängen. Es hat zu viele Diebstähle gegeben. Manchmal auch Rangeleien in der Notaufnahme, wenn jemand nicht schnell genug an die Reihe kam.«

Eva überlegte kurz. Es würde keinen Zweck haben, die Aufnahmen der Lobby von gestern Mittag anzusehen. Um die Zeit waren zu viele Menschen dort gewesen. »Wie lange werden die Aufnahmen denn aufbewahrt?«

»Einen Monat etwa. Aber erzählen Sie das niemandem. Das ist eigentlich viel zu lange, aber die IT schafft es irgendwie nicht, die Kameras umzuprogrammieren. Erst wenn die Festplatten voll sind, wird alles überschrieben.«

Evas Puls stieg. Damit hatte sie nicht gerechnet. Vielleicht hatte sie so eine winzige Chance, mehr zu erfahren.

»Also könnten Sie mir eine Kopie der Aufnahme des Eingangsbereiches von Sonntag vor zwei Wochen machen?«

Der Student wirkte plötzlich unsicher. »Ich weiß nicht …« Er warf einen Blick auf den Dienstplan, der an der Pinnwand rechts hinter ihm hing. »Da hatte ich auch Schicht. Die ganze Nacht ab zehn Uhr abends bis in den frühen Morgen. Ich kann mich an keinen besonderen Vorfall erinnern.«

Eva lächelte traurig. Natürlich erinnerte er sich nicht, sie dagegen schon. Aber der besondere Vorfall hatte sich auch nicht in der Lobby ereignet. Doch vielleicht war etwas auf den Aufnahmen, das ihr weiterhalf.

»Ich muss mich vergewissern, von wem eine Patientin abgeholt wurde.« Sie senkte die Stimme. »Wenn etwas Verdächtiges auf den Aufnahmen ist, werde ich sie der Polizei übergeben. Aber sollten die irgendwann anfangen zu ermitteln, ist es wahrscheinlich zu spät, dann ist tatsächlich alles gelöscht.«

Der Student musterte sie nachdenklich. Er war sympathisch, wenn sie Glück hatte auch ein wenig naiv. Jetzt dachte er gründlich nach. Er schien zu schätzen, dass sie sich über die medizinische Seite hinaus für ihre Patientinnen interessierte.

Eva war einen Blick auf die Uhr am Display. Es wurde Zeit, dass sie zurück zur Station kam.

»Ich will ihr nur helfen«, sagte sie.

Er sog die Unterlippe ein, dann nickte er. »Okay. Wir können ja mal schauen, was zu sehen ist.«

Er beugte sich vor, klickte auf eins der Displays durch Reihen von Daten und Zeiten. Eva trat näher an den Monitor, als er die Datei gefunden hatte.

»Es geht um den Zeitraum zwischen halb vier und halb sieben.«

Er spulte vor. Zunächst der leere Eingangsbereich. Dann öffnete sich die Glastür, und eine junge Frau trat ein. Sie ging langsam, fast gebrechlich. Selbst auf der grauen, verpixelten Aufnahme war ihr Schmerz zu erkennen. Am Empfang blieb sie stehen. Eva sah nur ihren Rücken, gebeugt, die schmalen Schulterblätter stachen unter der Strickjacke hervor. Kurz darauf kam Margarete um die Ecke und half ihr in Richtung der Fahrstühle. Dann war die Szene vorbei. Der Student wollte die Wiedergabe stoppen, aber Eva hielt ihn davon ab. Sie warteten, doch auf dem Bild geschah nichts weiter. Hätte die Kollegin am Empfang nicht zwischendurch gegähnt, hätte man meinen können, sie betrachteten ein Standbild.

»Können Sie den Vorlauf starten?«

Der Student drückte auf einen Knopf, das Bild veränderte sich eine Weile nicht. Dann kam eine Familie in aberwitzigem Tempo, ging nach einem kurzen Gespräch weiter in Richtung Notaufnahme. Schließlich eine Frau und ein Mann, hier drosselte der Student das Tempo, und Eva lehnte sich vor. Aber beide bogen relativ zügig ebenfalls in den Gang zur Notaufnahme. Es war nicht viel Betrieb in dieser Nacht gewesen. Erst als die Zeitanzeige in der Ecke auf fünf Uhr morgens stand, tauchte die junge Frau wieder auf. Sie trug die Krankenhauskleidung, die sie ihr gegeben hatten, hielt die Strickjacke und einen Umschlag in der Hand. Obwohl sie offensichtlich immer noch Schmerzen litt, ging sie schnell, sah sich nicht um und bog, knapp bevor sie außerhalb des Aufnahmeradius war, hinter der Eingangstür rechts ab.

Nur weitere fünf Minuten später sah Eva sich selbst, wie sie nach draußen eilte. Sie erinnerte sich, wie sie sie gesucht, ihr nachgesehen und frustriert auf der Straße gestanden hatte. Die Wände des Raumes schienen auf sie zuzukommen. Wie Schuppen fiel es ihr von den Augen. Er hatte außerhalb des Krankenhauses gestanden, erst sein Opfer verfolgt, dann sie beobachtet und den richtigen Schluss gezogen. Er hatte gewusst, dass sie bei ihr gewesen war. Es gab keine andere Erklärung.

»Alles okay?«

Erschrocken sah Eva den Studenten an »Was? Ja, alles klar. Ich bräuchte die Aufnahme. Bitte!«

Er seufzte, zuckte die Schultern und steckte einen USB-Stick an den Rechner. »Aber niemandem verraten, okay?«

»Natürlich nicht.«

Eva zog den USB-Stick ab, der Computer protestierte mit einem Warnfenster. Mit klopfendem Herzen eilte sie aus dem Keller.

JULI

TAG ZWEI

FRAUKE

Noch vor dem Weckerklingeln war Frauke wach.

Im Halbschlaf sortierte sie die anstehenden Aufgaben. Sie mussten noch einmal mit Selin sprechen, vielleicht erinnerte sie sich an etwas mehr. Sie musste zur Uni ins Fundbüro. Der Mantrailer war für mittags bestellt. Die Ergebnisse der DNA-Analyse waren heute zu erwarten.

Die weiteren aktuellen Fälle im K32 hatte sie in die Hände fähiger Kollegen gelegt und vertraute, dass die nicht auf ihre Hilfe angewiesen sein würden. Im Moment hatte der Überfall auf Selin Priorität.

Frauke kuschelte sich an Antje und verharrte noch einen Moment in dieser morgendlichen Blase aus Geborgenheit, in der sich Gedanken zielgerichtet und präzise anfühlten – bevor der Alltag mit tausend Ablenkungen dieser Energie die Wucht rauben konnte.

Die Hundetrainerin im Blockland hatte hervorragende Mantrailer. Sie standen schneller zur Verfügung als ein Hund aus Hannover. Mit einem Tier zu arbeiten war immer ein Schuss ins Blaue, aber Frauke hatte ein gutes Gefühl. Schon früher hatten Mantrailer Indizien geliefert, die für die Ermittlungen entscheidend waren. Dünya hatte bereits Selins Mitbewohnerinnen und die regelmäßigen Besucher der WG für den Nachmittag zusammengetrommelt. Sie selbst würde mit Thiel bis dahin die Schlüsseldienste abklappern und herausfinden, ob sich jemand an den Pinguin erinnerte und ob ein Mann einen Schlüssel von diesem Bund hatte nachmachen lassen. Das Szenario ließ Frauke nicht los. Es gab viel zu tun. Sie schob die Decke beiseite und stand auf.

Antje blinzelte. »Willst du schon los?«

»Die anderen warten schon.« Frauke küsste Antje, die ihr zärtlich die Hand auf ihre Wange legte, und wusste, dass sie sie verstand. Dafür hatte sie gestern genug mitbekommen.

Als Frauke eine halbe Stunde später im Präsidium eintraf, saß Linus am Schreibtisch, seine Augenringe schienen noch dunkler als gestern zu sein. »Du bist früh dran«, sagte sie.

Linus war unlängst mit seiner Freundin zusammengezogen, und seitdem verbrachte er mehr Zeit im Kommissariat als zuvor.

Linus heftete einen Zettel ab. »Du bist doch auch früh dran.«

Sein Ton ließ Frauke aufhorchen. Linus war unglücklich. Er war gestern lange geblieben, obwohl ihre Suche auf den Überwachungsvideos fruchtlos blieb. Selin war im Eingangsbereich des Dschungels durchs Bild gelaufen, vorbei an den Rauchern und verschwunden; niemand schien ihr gefolgt zu sein. Keine der Personen auf den Videos stand, soweit sie wussten, in Verbindung zu ihr. Frauke beklagte sich nicht, dass Linus Überstunden machte, aber sie kannte es, Schatten der Verbrechen mit nach Hause zu nehmen, die einen Alb einziehen ließen, der stumm zwischen der Liebe hockte.

»Erzähl mir gleich mal, was du über die ganze Sache denkst. Vielleicht hast du ja noch eine Idee.«

Linus sah Frauke überrascht an. »Gerne!«

Das Einzige, das gegen diese Trübsal half, war aktiv zu werden.

EVA

Eva trat müde durch den gläsernen Haupteingang des Krankenhauses. An diesem frühen Morgen gab es keinen Streifenwagen, die kalte Hand, die sie gestern im Nacken gepackt hatte, blieb aus.

»Eva! Guten Morgen!«

Ihre Kollegin Kateryna, ebenfalls Oberärztin, steuerte mit einem Kaffee in der Hand auf die Fahrstühle zu und sah sie freundlich an. »Was machst du denn hier?«

»Ich sollte doch um sieben da sein?!«

Kateryna schüttelte den Kopf. »Das kann ja nicht sein, ich habe diese Schicht. Soweit ich mich erinnere, habe ich dich heute überhaupt nicht auf dem Plan gesehen. Erst morgen.«

Eva fühlte Watte in ihrem Kopf. Konnte das sein? Hatte der Stress sie so aus der Bahn geworfen? Sie hatte noch nie ihre Schicht verwechselt. Sie sah in Katerynas wache Miene. Und dafür war sie gestern noch so spät in der Geest losgefahren?

»Ich habe gestern noch Termine für die Post-OP-Beratungen vereinbart«, sagte sie matt.

Kateryna lächelte. »Die kann ich ja auch machen. Lass uns auf den Dienstplan schauen, anscheinend hat eine von uns was durcheinandergebracht.«

Während sie gemeinsam zur Station hochfuhren, wünschte Eva sich plötzlich, dass sie sich geirrt hatte. Sie fühlte sich mitgenommen von der schlaflosen Nacht und den zahllosen Gedanken, die sie gleichzeitig lähmten und beunruhigten. Und das würde ihr die Zeit verschaffen, die sie brauchte.

»Sag mal, geht es dir gut?« Kateryna warf ihr einen Seitenblick zu, während sie das Büro aufschloss. »Du siehst total fertig aus.«

Eva sah zur Seite. »Ich habe nur schlecht geschlafen.«

Tatsächlich aber hatte Kateryna sich ihre Schicht falsch eingetragen. Sie schlug die Hand vor den Mund, als sie sah, dass sie erst am folgenden Nachmittag eine Schicht hatte.

»Verdammt. Das ist total blöd für mich! Ich habe alles durcheinandergebracht, morgen hat mein Sohn Geburtstag.«

Eva zog ihr Handy hervor und öffnete den Familienkalender. »Lass. Ich kann morgen einspringen, und du bleibst jetzt einfach hier.«

Kateryna war erleichtert. »Danke, du hast was gut bei mir.«

Eva winkte ab. »Na klar. Ich muss nur schauen, welche Patientinnen ich für heute früh eingetragen hatte.« Kateryna nickte und sah auf die Uhr. »Dann lege ich mal los.«

Eva setzte sich an den Schreibtisch, öffnete den Kalender. Sie wartete, bis Kateryna den Raum verlassen hatte. Dann bückte sie sich, schloss ihre Schublade auf und holte die Röhrchen heraus. Darunter lag auch die Klarsichthülle mit dem Foto und dem Umschlag darin. Aber daran wollte sie jetzt nicht denken.

Eva suchte im Internet nach Firmen für Genanalysen und wählte die Telefonnummer eines Instituts, das forensische Dienstleistungen für Behörden anbot, aber auch Genanalysen für Privatpersonen. Es war zwar noch früh, aber sie hatte Glück.

»Dr. Weingärtner, Klinikum Bremen. Ich möchte eine Probe von zwei Personen genetisch trennen und die männliche DNA daraus mit einer weiteren Probe vergleichen lassen.«

Nachdem sie ihr Anliegen ein zweites Mal und dann bei zwei weiteren Firmen geschildert hatte, gab Eva auf. Sie hatte gewusst, dass nur die Polizei einen solchen Auftrag erteilen konnte, aber gleichzeitig gehofft, dass ihr als Ärztin eine Hintertür offenstand.

Sie legte den Hörer auf und starrte ins Leere.

Ihr Mädchenname war ihr ganz selbstverständlich über die Lippen gekommen. Und sie hatte sogar zwei Mal gelogen. Sie hatte die weitere Probe noch gar nicht. Sie stand auf, warf noch einen letzten Blick in das leere Büro. Jetzt konnte sie tun, was getan werden musste.

Sie schaute kurz bei Selin vorbei, aber das Mädchen schlief noch.

Mit dem Gefühl, endlich wieder Herrin ihrer eigenen Entscheidungen zu sein, verließ Eva das Krankenhaus. Nach einer schnellen Fahrt mit dem Rad setzte sie sich auf eine Bank auf der Betontrasse zwischen Glaskubus und Mensa auf dem Campus der Bremer Universität. Noch hatte das Immatrikulationsbüro nicht geöffnet. Die Uni war ihr einziger Anhaltspunkt.

Sie sah sich um. Nur wenige Studierende schlenderten schon über die Brücke. In dem rissigen Holz der Bank hatten sich unzählige junge Menschen mit Sinnsprüchen und Liebesschwüren verewigt. Eva fuhr mit dem Finger über die Linien der Namen. Simon

+ Ragna, Ivonne + Stephan … so viel junge Liebe in altem Holz. Eva kannte nur wenige Paare, die seit Jahrzehnten zusammen waren. Jacob und sie, ja, sie schon.

Ragna. Ein schöner Name, ein gutes Gefühl, sich vorzustellen, dass sie und Simon irgendwo zusammenlebten, Kinder hatten und noch gerne an die wilde Zeit in der Uni zurückdachten. Dachten sie noch daran, wie sie sich kennengelernt hatten, und an den ersten Rausch der Verliebtheit? Auch Jacob und sie hatten sich bereits an der Uni kennengelernt, in Hamburg. Und dann waren sie gemeinsam in ihre Heimat zurückgegangen, auch Jacob stammte aus dem Bremer Umland. Eine Bank in Hamburg, auf der ihre Namen verewigt waren, gab es aber nicht.

Eine Mitarbeiterin schloss die Eingangstür zum Verwaltungsgebäude auf. Eva stand auf und folgte ihr in einen kleinen Raum mit Aktenschränken und zwei Schreibtischen. Die Sachbearbeiterin blinzelte ihre frühe Besucherin müde an.

»Was kann ich für Sie tun?«

Eva zeigte ihren Krankenhausausweis. »Ich bin auf der Suche nach einer Studentin. Ich glaube, sie studiert Psychologie. Es geht um einen medizinischen Notfall.«

Die Frau musterte ihren Ausweis, stellte ihre Tasche auf einen der leeren Drehstühle, schaltete den Computer an und wandte sich Eva zu.

»Wie heißt sie?«

»Ella Müller.«

Eva hatte ihr diesen Namen nicht abgenommen, aber vielleicht irrte sie sich ja auch.

Die Frau tippte. Kurze Zeit später schüttelte sie den Kopf. »Studiert hier nicht.«

Eva rief auf ihrem Handy das Standbild auf, das sie gestern aus der Videoaufnahme gezogen hatte. »Aber es ist wirklich wichtig, dass ich sie finde. Haben Sie sie schon einmal auf dem Campus gesehen?«

Die Frau musterte das unscharfe Bild. Ellas Profil war deutlich zu erkennen, aber gleichzeitig waren die Grautöne kontrastarm und verwaschen. Sie schüttelte den Kopf.

»Ein medizinischer Notfall sagen Sie?«

»Ja, danke, aber dann hatte ich sie wohl falsch verstanden.«

Eva drehte sich um und ging. Sie hatte geahnt, im Grunde fast gewusst, dass sie einen falschen Namen angegeben hatte. Deshalb hatte sie das Bild mitgenommen. Jetzt war sie sicher, dass die sogenannte Ella gelogen hatte. Ihre Verletzungen hatten ihr Martyrium belegt, doch worüber hatte sie noch die Unwahrheit gesagt? Aber den Geruch nach altem Leder hatte sie sich wohl kaum ausgedacht.

Eva setzte sich wieder auf die Bank, starrte in die warme Luft und versuchte sich zu erinnern. Was hatte sie gesagt, und was hatte ihre Körpersprache verraten?

Sie hatte ein Uni-Wohnheim erwähnt. Dabei hatten sich ihre Schultern gestrafft. Ein leiser Anflug von Stolz in dem zarten Körper, der sonst wenig Selbstvertrauen ausstrahlte. Es hatte sich wahr angefühlt. Bloß gab es für Studierende in Bremen unzählige Appartementhäuser. Und der Campus? Er war groß und weitläufig, sie hatte kaum eine Chance, sie hier zu finden. Trotzdem wollte sie nicht gleich aufgeben. Das Schicksal hatte ihr diesen freien Tag geschenkt, und einen Versuch sollte es wert sein. Sie schob den Gedanken an die Gefahr, die damit verbunden war, beiseite und suchte auf ihrem Smartphone im Internet nach dem Lageplan der Wohngebäude auf dem Campus.

FRAUKE

Frauke und Thiel hatten eine Weile gebraucht, um auf dem Gelände der Universität das Büro zu finden, in dem auch verlorene Gegenstände abgegeben werden konnten. Hinter einem Tresen aus hellem Holz standen vier besetzte Schreibtische, auf zweien von ihnen standen neben Stiftbehältern Minikakteen, gerahmte Familienfotos, Winkekatzen und weiterer Trödel, die beiden anderen waren penibel aufgeräumt. Frauke legte ihre Arme auf die Theke und fixierte die Frau, die ihr am nächsten saß, bis sie aufblickte und sich erhob. Thiel sah sich derweil das Vorlesungsverzeichnis an, das fast die ganze acht Meter lange Wand hinter ihnen einnahm.

»Kann ich Ihnen helfen?«

»Das hoffe ich.« Frauke zückte ihren Dienstausweis und legte ein Foto von Selins Tasche daneben. »Vor etwa drei Monaten wurde die bei Ihnen abgegeben. Wir würden gerne wissen, von wem.«

Die Frau runzelte die Stirn. »Vor drei Monaten? Also im April? Da war ich im Urlaub.« Sie drehte sich zu einem jungen Mann um, der an einem der aufgeräumten Tische saß und in seinen Computer tippte. »Pablo? Erinnerst du dich an diese Tasche?«

Pablo betrachtete das Foto. »Abgegeben, ja?«

»Sie gehört einer Studentin namens Selin Bayar.«

Pablos Gesicht erhellte sich. »An die erinnere ich mich. Ihre Ausweise waren in der Tasche, und da haben wir sie angerufen.«

»Und wer hatte sie abgegeben?«

Pablo blies die Backen auf. »Warten Sie, da klingelt was.« Er kniff die Augen zusammen. »Auch eine Studentin, braune Haare … grüne Jacke …«

»Aber den Namen wissen Sie nicht?«

»Die war ja nur kurz hier. Ich habe sie vorher noch nie gesehen.«

»Wenn Sie ihr auf dem Campus begegnen, richten Sie ihr bitte aus, dass sie sich bei uns melden soll.« Frauke legte ihre Karte auf den Tresen.

»Klar doch!« Pablo starrte sie neugierig an, doch Frauke ging nicht darauf ein.

»Wir brauchen eine Liste der Studierenden, die die gleichen Seminare wie Selin Bayar belegt haben.«

Pablo schaute, als erwarte Frauke, dass er das Gebäude in eine Pappschachtel stecken und als Geschenk überreichen sollte.

»Ich kann Ihnen nur die Liste der Pflichtseminare geben, die Teilnehmer müssen Sie bei den Dozenten erfragen. Was studiert sie denn?«

»Psychologie. Drittes Semester. Dann hätten wir gerne die Kontaktdaten der Dozenten, bitte.«

Pablo verschwand an seinen Schreibtisch. Der Drucker spuckte einen Stapel Papier aus. Pablo steckte alles in eine Klarsichtmappe und reichte sie Frauke.

»Obenauf ist die Liste der Dozenten, und darunter finden Sie die Seminare. Die, die innerhalb des Bachelors erfüllt werden müssen, sind mit einem Stern gekennzeichnet.« Er zuckte entschuldigend mit den Schultern. »Wir haben leider keine gedruckten Vorlesungsverzeichnisse mehr. Alles digital.«

»Führen die Dozenten die Anwesenheitslisten auch digital?«

»Schon, bis auf ein paar Fossilien, die einen Zettel rumgehen lassen.«

Das war doch mal ein Lichtblick. Dann gab es auch ein Login auf Selins Computer, dessen Festplatte Linus kopiert hatte. Frauke notierte sich den Namen des Onlineportals, bedankte sich, sammelte den Packen und Thiel ein, der immer noch die Angebote der Uni studierte.

»Willst du dich einschreiben?«, fragte sie, als die Tür hinter ihnen zugefallen war.

»Pauline sucht sich gerade eine Uni aus. Es wäre doch schön, wenn sie nach Bremen kommen würde.«

Frauke hörte die Hoffnung in seiner Stimme. Und ebenso vorauseilende Enttäuschung. Denn vermutlich würde es Pauline, die mit ihrer Mutter schon seit frühester Kindheit im Süden Deutschlands lebte, nicht nach Bremen verschlagen, nur weil ihr Papa hier wohnte. Frauke wusste, wie tief die Wunde in Thiels Herz war, weil sein Kind sich immer mehr von ihm entfremdet hatte. Oder entfremdet worden war.

Draußen schrieb Frauke an Linus, dass er sich mit Selins Login die Seminarteilnehmer anschauen sollte. Dann blieb sie überrascht stehen.

»Schau mal da!«

Auf einer Bank auf der anderen Seite der Betonbrücke saß Dr. Eva Mares.

ELLA

Sie hatte sie erspäht, als sie aus der Mensa kam.

Zunächst konnte sie nicht glauben, dass es wirklich die Ärztin war. Was sollte sie hier wollen? Doch nachdem sie ihr unauffällig gefolgt war, hatte sie Gewissheit: Das war die Ärztin aus dem Krankenhaus!

Mit klopfendem Herzen und einem kalten Gefühl auf der Haut, als würde sie schwitzen und gleichzeitig frieren, sah sie zu ihr hinüber. Sie saß auf einer Bank und schaute auf ihr Handy. Dr. Mares, so hieß sie. Sie war der einzige Mensch, dem sie je alles aus der entsetzlichen Nacht erzählt hatte. Suchte sie nach ihr? Durfte sie das überhaupt? Hatte sie ihr gegenüber erwähnt, dass sie studierte? Ja, wahrscheinlich, dachte sie. Die Erinnerung war zerfasert und lückenhaft, überschattet von einem gleißenden Schmerz und abgründigem Grauen. Sie hatte sich so hilflos gefühlt, vermutlich hatte sie das Psychologiestudium erwähnt, auch, um nicht so erbärmlich und beklagenswert zu wirken. Vermutlich hatte sie gedacht, das Studium gebe ihr ein wenig Würde zurück, denn manchmal erfüllte sie es mit Stolz, dass sie es bis nach Bremen und an die Uni geschafft hatte. Aber nur dann, wenn sie in der Lage war, einen Blick von außen auf sich zu werfen, anstatt sich im Inneren selbst zu zerfleischen. Und sie war ja auch kurz davor, alles hinzuschmeißen.

Aber warum sollte die Ärztin sie suchen? Weil sie sich um sie sorgte? Der Gedanke war wie warmer Regen und gleichzeitig so schmerzhaft, dass sie die Lippen aufeinanderpresste, um nicht zu weinen. Sie lehnte sich gegen einen Betonpfeiler im Schatten des flachen Gebäudes und presste ihre mit Büchern gefüllte Tasche gegen den Bauch.

Sie hatte ja recht damit, sich zu sorgen. Sie merkte selbst, dass sie allein nicht klarkam und ihre Kopf-in-den-Sand-Strategie nur dazu führte, dass sie sich unendlich einsam fühlte. Und täglich einsamer wurde. Sie spähte zu Dr. Mares. Sie sah weniger offiziell aus als im Krankenhaus, mit ihrer hellen Bluse, dem Pferdeschwanz und der blauen Strickjacke, die unordentlich aus ihrem großen Lederbeutel hing. Sie hatte bestimmt etwas ganz anderes an der Uni zu tun, als ausgerechnet nach ihr zu suchen. Wenn sie jetzt zu ihr ging, würde sie sie in Verlegenheit bringen. Und sich selbst auch.

»Wie geht es Ihnen?«, würde sie fragen.

Und was sollte sie darauf antworten?

Siedend heiß fiel ihr ein, dass sie, sollte sie nach ihr suchen, inzwischen wusste, dass sie nicht Ella Müller hieß.

Sie entschied sich, zu verschwinden. Schnell, bevor sie sie entdeckte. Sie ging ein paar Schritte im Schatten des Gebäudes zu den Hörsälen.

Ihr Herz galoppierte. Sie war da. Vielleicht konnte sie nur einen Moment mit ihr reden? Vielleicht würde das alles besser machen. Sie drehte sich um, ging ein paar halbherzige Schritte in Richtung der Bank.

Zwei Menschen kamen jetzt auf Dr. Mares zu. Beide waren groß und schlank, fast sehnig. Der Mann trug ein leichtes Sakko zu seiner schwarzen Jeans, die Frau einen dunkelgrauen halblangen Leinenmantel. Sie redeten mit der Ärztin, die ihre Augen gegen die Sonne mit der Hand abschirmte, wirkten dabei wachsam und geschäftig.

Ella starrte die Dreiergruppe an. Waren das Polizisten?

Genau in diesem Moment ließ der Mann seine Augen über den Campus schweifen, und sein Blick blieb an ihr hängen.

Sie drehte sich unauffällig um und eilte davon.

Die Ärztin hatte sie gesucht. Und sie hatte die Polizei mitgebracht.

Ihr war übel. Statt in die Vorlesung zu gehen, schloss sie sich in der Toilette ein. Sie holte ihr Büchlein aus dem Rucksack, nahm einen Kuli und notierte: *Ärztin ist hier, mit Polizei. Was soll ich nur tun?*

Wie immer gab ihr Tagebuch keine Antwort, aber sie hatte ja niemanden sonst, mit dem sie sprechen konnte.

EVA

Eva stand in dem breiten Gang und starrte in die moderne Glashalle der Mensa. Nachdem Herrschmann und ihr Kollege gegangen waren, war sie hierhergeflohen, als wolle sie ihrer Lüge Gewicht verleihen, sie sei mit einer befreundeten Uni-Mitarbeiterin zum Essen verabredet.

Wie um einen Stein in einem Bach floss ein Strom hungriger Studenten um sie herum. Auf verschiedenen Ebenen, durch Treppen verbunden, standen lange Tische, von denen viele besetzt waren. Die hohe Decke sorgte für einen entsprechenden Lärmpegel. Eva betrachtete die Studentinnen an der Essenausgabe. Ellas Körperhaltung hatte sich in ihr Gedächtnis gebrannt, leicht kauernd, die Wirbelsäule etwas gekrümmt. Dazu die langen blonden Haare, an deren Enden Spliss wucherte wie Reisig. Sie würde sie zweifellos zwischen all den lebensstrotzenden jungen Frauen an ihrer Aura eines aus dem Nest gefallenen Vogels erkennen. Aber gleichzeitig fragte Eva sich, ob das Mädchen gerade überhaupt in der Lage war zu studieren oder ob sie sie allein deshalb hier nicht finden würde.

Eine Gruppe Studentinnen schob sich an ihr vorbei. Die Frauen trugen Leggins, ihre langen Haare waren geglättet, schimmernd wie Seide, perfektes Make-up, danach kam eine Gruppe mit Dreadlock-Türmen auf dem Kopf und buntgewebten Jacken aus Naturgarn. Sie alle wirkten patent und lebenshungrig. Dann spürte sie eine Unregelmäßigkeit im Fluss der Menschen um sie, eine Person, die dicht hinter ihr stehen blieb. Erschrocken trat sie einen Schritt zur Seite.

»Eva! Was machst du denn hier?«

Überrascht schaute Eva den Mann an, der sie breit angrinste. Dirk, der neue Mieter in der Vermeerstraße. Stimmt, der arbeitete ja hier. Seit dem Einbruch hatte sie ihn kaum gesehen, nur kurz auf der Treppe. Einmal hatte er ihr die Tür aufgehalten, als sie gerade hinein- und er hinauswollte.

»Oh, hallo Dirk!«

Er sah sie unverwandt an, die grünen Augen wirkten amüsiert. An seiner Seite hing eine abgewetzte Ledertasche, hier sah er aus wie ein typischer Dozent.

»Willst du auch etwas essen? Das Frühstück ist nicht so schlecht, wie man meinen würde, Mensa-Fraß und so.« Sein Lächeln vertiefte sich.

Eva wand sich. Nein, sie hatte keine Lust, mit Dirk zu essen. Sie hatten immer ein gutes Verhältnis zu allen im Haus gepflegt, aber es war der falsche Zeitpunkt am falschen Ort. Außerdem stand er schon wieder zu dicht und war ein bisschen zu viel von allem. »Nein, ich …«

Ein Student rempelte Dirk an. »Pass doch auf!« Er sah ihm ungehalten nach, dann lächelte er wieder Eva an. »Wir stehen ganz schön im Weg. Wenigstens ein Kaffee?«

»Tut mir leid, ich habe gar keine Zeit, ich war nur auf der Suche nach jemandem. Wir sehen uns.« Eva hob vage die Hand und wandte sich zum Gehen.

»Alles klar, bis bald.«

Eva hatte das Gefühl, er würde ihr nachsehen. Wieder an der frischen Luft auf der Betontrasse hielt sie inne.

Sie war an die Uni gekommen, um Ella zu finden, aber die Einzige, die die ganze Zeit gefunden wurde, war sie. Ihr Nacken prickelte. Hier waren zu viele Leute.

Ihr Fahrrad hatte Eva an der anderen Seite des Campus geparkt. Es gibt vielleicht kaum eine hässlichere Uni, dachte sie mit Blick auf die älteren Gebäude aus den Siebzigern, als sie über die Schienen der Straßenbahn eilte, die den Campus in zwei Teile schnitten. Früher hatte sie etliche Freunde gehabt, die hier studiert hatten. Zum Glück wurden die älteren Gebäude nun von repräsentativeren Neubauten aus Glas und Rotklinker flankiert. Aber diese Uni war irgendwie typisch für Bremen: Es gab auch schöne Ecken, und man konnte über ihre Unansehnlichkeit hinwegschauen, weil sich hier wenige Menschen elitär gaben.

Eva bog in Richtung der Wohnheime ab. Auf der großen Wiese davor standen Birken. Eine kleine Oase inmitten des Betons. Vor einem der älteren Plattenbauten blieb sie stehen und schaute zur Fassade hoch.

Wo bist du Ella?

FRAUKE

Frauke und Thiel betraten den kleinen Laden im Souterrain in der Scharnerstraße. Sie waren nach ihrem Besuch im Immatrikulationsbüro noch in drei Geschäften in der näheren Umgebung der Uni gewesen, aber auf das Vorzeigen von Selins Schlüsselbund hatten alle Mitarbeiter nur mit Schulterzucken reagiert. Dieser Laden lag auf ihrem Weg zum Krankenhaus und sollte die letzte Station sein.

»Ja, bitte?«

Über der Tür stand der gleiche Name wie auf der Latzhose des älteren Mannes hinter dem Tresen. Ein kleines Geschäft, vollgestopft mit Bildern von Schließanlagen und Rohlingen. Der Inhaber der Schlosserei warf nicht mal einen Blick auf den Pinguin. »Mir geben die Kunden nur den Schlüssel, den sie nachmachen wollen, nicht das ganze Bund.«

Thiel beugte sich vor. »Und an eine junge Frau, die einen einzelnen Schlüssel davon nachgemacht haben wollte, erinnern Sie sich an die?«

Der Mann zog die Stirn in Falten. »Hier kommen viele Kundinnen rein.«

Frauke zeigte ihm das Foto von Selin Bayar. Er schüttelte den Kopf, schaute sie aus seinen tiefliegenden, wasserblauen Augen an. Hinter ihm war ein Durchgang zu weiteren Räumen. Frauke meinte, ein leises Rattern zu hören.

»Arbeitet sonst noch jemand hier?«

Der Mann betrachtete sie einen Moment. Dann schüttelte er wieder den Kopf.

Frauke bedankte sich, Thiel folgte ihr hinaus. »Wollen wir weitere Geschäfte aufsuchen?«

»Wir müssen einen Radius festlegen, der realistisch ist. Eine Studentin hat die Tasche abgegeben, aber das hat mehrere Tage gedauert. Es ist unwahrscheinlich, aber wir müssen es versuchen.« So war Polizeiarbeit. Tasten nach der Nadel im Heuhaufen.

»Wir suchen nach einem Mann, der vor drei Monaten in einem dieser Schlüsseldienste, mit wechselnden Mitarbeitern, einen einzelnen Schlüssel von diesem Bund hat nachmachen lassen. Das ist korrekt, oder?«

»Ja. Aber wenn jemand den Schlüsselbund wiedererkennt, würde uns das direkt zu ihm führen.«

Frauke hatte insgeheim auf einen schnellen Treffer gehofft. Man durfte ja auch mal Glück haben. Heute früh war sie hochmotiviert gewesen, aber sie musste den Tatsachen ins Auge blicken, für dieses kleinteilige Klinkenputzen hatte sie keine Kapazitäten.

»Ich werde Unterstützung bei der Schutzpolizei anfragen.« Sie verdrehte die Augen. »Jetzt zufrieden?«

Thiel lächelte.

Hinter ihnen erklang eine Glocke, als sich die Tür des Geschäfts erneut öffnete und der Inhaber der Schlosserei heraustrat. »Ich kann mich doch an das Mädchen erinnern. Sie hatte zwar nicht diesen Bund, aber war mit ihrem Freund hier und hat zwei Schlüssel nachmachen lassen. Aber das ist schon Monate her.«

Frauke warf Thiel einen triumphierenden Blick zu. Der zog die Augenbrauen hoch.

»Wie sah der Freund aus?«

Der Mann kniff die Augen zusammen. »Dünn, Zopf, sie haben gekichert, und es war irgendwie romantisch, als sie ihm den Schlüssel gegeben hat. Sie hat ein bisschen heimlichgetan.«

»Und Sie sind sicher, dass es zwei Schlüssel waren?«

Er nickte.

»Danke, Sie haben uns sehr geholfen!«

Frauke zückte den Autoschlüssel und wartete, bis der Mann wieder in seinem Geschäft verschwunden war.

»Wir wollten ja ohnehin zum Krankenhaus fahren. Mal sehen, ob Selin nicht doch Thomas Wieland einen Schlüssel gegeben hat. Dann schauen wir, ob Linus jemanden gefunden hat, der aus den Teilnehmerlisten der Seminare heraussticht, und später steht noch der Termin mit dem Hund an.«

»Wollen wir uns Wieland erst greifen, wenn Selin bestätigt hat, dass er einen Schlüssel zu der Wohnung hatte? Die Beschreibung stimmt doch wie die Faust aufs Auge.«

Frauke nickte. »Stimmt, aber erst Selin.« Sie dachte an das Umzingelungsspiel. »Thomas Wieland ist ein Schauspieler, zwar kein guter, aber er würde im Verhör mauern. Wir brauchen mehr.« Sie riss die Autotür auf. »Da er mit Selin zusammen war, gibt es einen Grund, dass seine DNA in ihrem Zimmer ist und er ihr in den sozialen Netzwerken folgt. Aber Julia Cummings hat gleich an ihn gedacht. Vielleicht findet der Hund eine frische Spur.«

Thiel verzog mürrisch das Gesicht.

»Ja, ich weiß, du magst die Hunde nicht. Aber was ist denn heute los mit dir?«, fragte Frauke, während sich Thiel anschnallte.

»Pauline wird nicht in Bremen studieren, stimmt's?«

»Das kannst du nicht wissen.«

Er sah aus dem Fenster.

Aber was sollte sie da machen? Pauline war siebzehn und Thiel viel zu bescheiden, seine Tochter zu nötigen, Zeit mit ihm zu verbringen, obwohl sie wenig Interesse daran zeigte.

Frauke würde ihn gerne trösten, aber nichts, was sie sagen konnte, würde dieses Loch stopfen.

Sie konzentrierte sich auf den Verkehr und die Ermittlungen. Wieland hatte gelogen. Eine Hausdurchsuchung? Es gab die Möglichkeit, dass ihn jemand in der fraglichen Nacht gesehen hatte. Sie konnten ihn unter Druck setzen. Aber zuerst wollte sie hören, was Selin dazu sagte, dann den Termin mit dem Hund wahrnehmen. Wieland sollte sich noch einen Moment in Sicherheit wiegen, laut Register war er noch nie strafrechtlich aufgefallen, nicht einmal durch Schwarzfahren. Seine gespielte Arroganz und Angst würden verhindern, dass er abgängig wurde. Heute Abend war er dran.

Frauke setzte den Blinker. »Wenn du schon erlebt hättest, wie ein Hund der Spur eines Verdächtigen folgt, der einen Tag zuvor auf einem Fahrrad quer durch den Bürgerpark gefahren ist, wärest du nicht so skeptisch.«

Thiel lächelte. »Du magst die Hunde.«

»Das auch. Aber vor allem bewundere ich ihre Fähigkeiten.« Frauke fuhr in die Tiefgarage des Krankenhauses. »Sag mal, findest du nicht auch, dass etwas an Dr. Mares seltsam ist. Als wolle sie was vor uns verbergen.«

»Ja, mit der stimmt was nicht.«

JUNI

Eva hatte sich einen Überblick über kommende Operationen und Untersuchungen verschafft und brachte die fertigen Akten zum Stationsbüro. Wenn sie sich beeilte, konnte sie nachmittags hier raus sein. Seit letzter Woche wünschte sie sich mehr Abstand zum Krankenhausalltag, sie machte sich immer noch Sorgen um Ella, auch wenn sie nach fast einer Woche begriffen hatte, dass sie nicht zurückkommen würde. Das Mädchen war verschwunden. Aber vielleicht sollte sie etwas unternehmen?

Farah, die im Stationsbüro am Rechner saß, reichte ihr einen Umschlag mit ihrem Namen.

»Es wurde etwas für dich abgegeben.«

Nicht selten schickten frisch gebackene Eltern den Hebammen oder ihr Geburtsanzeigen; sie hingen im Pausenraum, bis die Wand zu voll wurde und sie die älteren Karten ausmisten mussten.

»Danke.«

Eva nahm das braune Kuvert und öffnete es noch während des Gehens. Doch statt des Fotos eines zerknautschten Babys fand sie ein Bild von sich selbst. Irritiert blieb sie stehen. Im Hintergrund waren Bäume, ein Stück Himmel und anscheinend der Giebel ihres Hauses in der Geest zu erkennen. Sie trug ihre bequeme helle Leinenbluse, zerknittert wie nach einem langen Tag. Die ausgeblichenen Strähnen in ihrem Haar reflektierten goldenes Abendlicht, und sie schaute nach oben auf einen entfernten Punkt. War sie nicht vorgestern in der Einfahrt stehen geblieben und hatte einem Bussard oder Habicht hinterhergesehen, der am Himmel kreiste?

Eva war beunruhigt. Offenbar hatte sie jemand in diesem Moment von dem verwilderten Grundstück auf der gegenüberliegenden Seite der Straße fotografiert!

Sie drehte das Bild um. Auf die Rückseite hatte jemand ausgedruckte Worte geklebt.

Such nicht nach ihr. Kein Wort zu niemandem!

Beinahe hätte Eva das Foto fallen gelassen.

Sie zweifelte keinen Moment, worüber sie schweigen sollte: Ellas Untersuchung. Sie hatte Sperma in den Proben gesehen. DNA, die nun in dem Archiv lagerte, und jemand wusste, dass sie das wusste. Dass es Beweise gab, die den Täter einer brutalen Vergewaltigung überführen könnten. War es der Vergewaltiger, der ihr drohte?

Das Gefühl von Gefahr war so intensiv, als würde sie in Eiswasser getaucht. Noch immer stand Eva wie angewurzelt mit dem Umschlag in der Hand im Flur, ihre Finger zitterten.

»Schlechte Nachrichten?«, fragte Farah und steckte den Kopf aus der Glastür.

Eva versteckte das Foto unter dem Kuvert.

»Wer hat das abgegeben?«

Farah zuckte mit den Schultern. »Keine Ahnung, lag hier auf dem Schreibtisch.«

Die Tür zum Stationsbüro stand häufig offen. Es war meist besetzt, aber ging jemand zur Toilette oder holte Kaffee, machte er sich nicht immer die Mühe, die Tür zu schließen. Auch wenn das so vorgesehen war.

Eva sah sich um. Die Besuchszeit hatte noch nicht begonnen. Die Gänge waren wie ausgestorben, es war niemand da, den sie fragen konnte. Sie warf einen Blick auf Farah, die sie neugierig anstarrte, verzog den Mund zu etwas, von dem sie hoffte, dass es als Lächeln durchging, und setzte mit weichen Knien ihren Weg zu ihrem Büro fort. Ihre Gedanken rasten.

Hatte der Mann sie bis in die Geest verfolgt? Oder dort auf sie gewartet? Warum?!

Die Erkenntnis schoss ihr brennend durch die Glieder. Ich sehe dich, sagte das Bild. Dich und deine Familie! Das Bild war ein Hinweis darauf, dass sie nicht allein war und es nicht nur um sie ging.

Fahrig schloss Eva das Büro auf und steckte mit spitzen Fingern Foto und Umschlag in eine Klarsichthülle. Dann blieb sie einen Moment wie betäubt sitzen und starrte auf das Bild. Sie sollte sofort zur Polizei gehen. Wenn er ihr drohte, mussten die Proben eine echte Gefahr für ihn sein. Vielleicht war seine DNA bereits aktenkundig. Aber ohne das Einverständnis des Mädchens durften die Proben wahrscheinlich gar nicht aus dem Archiv entfernt werden. Die Polizei würde zunächst versuchen, Ella zu finden, die einzige Verbindung zu dem Erpresser und Vergewaltiger. Wenn er wusste, dass die Proben direkt zu ihm führen würden, war er sehr unvorsichtig gewesen. Wäre es nicht naheliegend, dass er sie gut kannte? Er würde zweifellos mitbekommen, wenn die Polizei nach ihr suchte, und das führte ihn direkt zu ihr.

Eva war übel. Die Polizei war keine Lösung. Es fühlte sich an, als habe jemand ihr ein Messer in die Brust gejagt und gleichzeitig ihre Füße am Boden festgenagelt. Sie wusste, wozu dieser Mann imstande war, und konnte nicht riskieren, dass er ihre Familie ins Visier nahm. Was auch immer mit der jungen Frau war, sie konnte nicht zur Polizei gehen. Ihre Kinder waren wichtiger.

Aber wie sollte sie das aushalten?

Mit beiden Händen hielt Eva sich am Schreibtisch fest und starrte auf die Buchstaben, die vor ihren Augen flimmerten, dann verschwammen. Verdammt!

JULI

TAG ZWEI

FRAUKE

Frauke hatte noch ein Brötchen in der Krankenhauskantine gekauft. Jetzt saß sie an ihrem Schreibtisch, die Lehne des Bürostuhls wippte zurück, als sie sich anlehnte, um zu essen und nachzudenken. Es war ruhig, zwölf Uhr, die meisten Kollegen waren gerade in der Mittagspause.

Selin hatte sich an neue Details erinnert und durch Dr. Mares' Mail hatte sie gewusst, wonach sie fragen musste. Er hatte schwarze Kleidung getragen, sie gepackt, ihr den Mund zugehalten. Sie erst gewürgt, dann das erste Mal vergewaltigt. Sie hatte einen intensiven Geruch von gammeligem Leder in der Nase gehabt. Und den süßlichen Gestank von Latex. Frauke stellte sich die Handschuhe vor, alte, abgewetzte Teile. Darunter noch Gummi-Handschuhe, möglicherweise sogar ein Latex-Anzug. Das wäre sogar eine Möglichkeit, keine DNA zu hinterlassen.

Frauke hatte während der Befragung in Selins Augen gesehen, dass sie den Schmerz und das Ausgeliefertsein noch in jeder Faser ihres Körpers spürte und weitere Erinnerungen hinter diesen Gefühlen begraben lagen. Es lag nicht daran, dass sie nicht sprechen wollte, sie hatte keine Worte dafür; ein unendlicher, namenloser Schrecken.

Dennoch hatte Selin Thomas Wieland mit aller Kraft verteidigt. Sie hatten sie nach dem Schlüssel gefragt, und Frauke erinnerte sich an jedes Wort. Auch, weil sie so nüchtern und offen gesprochen hatte, als ginge es um ein anderes Leben, ein anderes Mädchen. Als habe das alles nichts mehr mit ihr zu tun.

»Ich habe ihm den Schlüssel gegeben, damit er sieht, dass es mir ernst ist. Das war sein großes Thema, dass ich ihn nicht genug liebe. Und irgendwann war mir das dann tatsächlich zu viel. Die Eifersucht.«

War auf Selins Erinnerung Verlass? Würde sie für Wieland lügen? Wohl kaum.

»Haben Sie den Wohnungsschlüssel wiederbekommen?«, hatte Frauke gefragt.

»Er hat gesagt, dass er ihn verlegt hat, aber bei ihm zu Hause ist es immer chaotisch. Es hätte mich gewundert, wenn er ihn gleich gefunden hätte, aber vor drei Wochen ungefähr hat er ihn mir dann wiedergegeben.«

»Könnte er in Ihrer Wohnung auf Sie gewartet haben?«

Selin hatte nicht gezögert. »Nein. Das war er nicht. Der Mann hatte größere Hände, sein Geräusch beim Atmen, einfach alles … das war auf gar keinen Fall Thomas.«

Natürlich konnte die junge Frau sich irren. Vielleicht wollte ihr Gedächtnis nicht, dass ein Mann, in den sie verliebt gewesen war, sie misshandelt hatte. Aber Frauke konnte diese Aussage auch nicht außer Acht lassen.

Selin hatte ihnen eine Liste der Freunde und Freundinnen gegeben, bei denen sie in den letzten Wochen zu Besuch gewesen war. Frauke würde sie nach und nach befragen lassen. Aber zuerst Wieland. Linus saß auch noch an dem Abgleich der Seminarteilnehmer, da kamen ebenfalls hunderte Namen zusammen. Ein Berg Arbeit. Sie würden Überstunden machen, wie eigentlich immer, und ihn Stück für Stück abtragen. Aber was fehlte, war eine eindeutige Richtung. Nur Wieland war auf dem Silbertablett serviert worden, und was Selin über seine Eifersucht gesagt hatte, belastete ihn zusätzlich. Nein, sie war noch nicht bereit, ihn vom Haken zu lassen. Und was war eigentlich mit Dr. Mares los?

Frauke beugte sich vor, legte das Brötchen auf den Teller und gab Eva Mares Namen in das System ein. Sie hatte nicht wirklich erwartet, etwas zu finden, aber es tauchte eine Anzeige aus jüngerer

Zeit auf. Frauke überflog den Text. Dr. Mares lebte in Niedersachsen, hatte aber mit ihrem Mann eine Zweitwohnung im Viertel, in die eingebrochen worden war. Die Verwüstungen hielten sich in Grenzen. Bei der Begehung war nicht Eva Mares anwesend gewesen, sondern Dirk Blinkaus, ein Nachbar. Mares war später vorbeigekommen, hatte ihre Fingerabdrücke abgegeben. Es hatte sich nichts von Wert in der Wohnung befunden, und es war augenscheinlich auch nichts abhandengekommen. Spuren waren dennoch gesichert worden. Es gab Fingerabdrücke an der Tür, aber ein Abgleich mit ihren Datenbanken hatte nichts ergeben. So, wie sie die Lage einschätzte, würden die Ermittlungen vermutlich zeitnah eingestellt werden, ohne dass der Täter gefasst worden war. Wie bei den meisten Einbrüchen.

Es schien, als hätte Eva Mares insgesamt Glück im Unglück gehabt, ein Zusammenhang zu ihrer Nervosität war allerdings unwahrscheinlich. Einbrüche im Viertel waren häufig, die Wohnung nicht besonders gesichert.

Dünya klopfte an den Türrahmen und riss Frauke aus ihren Gedanken.

»Wollen wir los?«

ER

Er war schon zuvor einige Male wieder in dem Studentenwohnheim gewesen, hatte auf ihrem schmalen Bett gesessen und sich erinnert. An ihr ersticktes Winseln durch den festen Knebel. Die Wände hier waren wie aus Pappe. Die Kraft in ihren dünnen Beinen, die sie zusammenpresste. Was ihr nicht gelungen war. In jener Nacht war kaum jemand sonst im Haus gewesen, darauf hatte er geachtet. Es war ein langes Wochenende, die meisten waren verreist. Und er war sich auch sicher gewesen, dass in einem Studentenwohnheim die Geräusche, die sie beim Akt von sich gaben, nicht ungewöhnlich waren. Dem ein oder anderen vielleicht sogar ein Lächeln entlocken würden, was einen besonderen Reiz gehabt hatte.

Er hatte alles klug überlegt, und dieses unerfahrene, weltfremde Mädchen war eine solide vorbereitete Wahl gewesen. Nur sein Vorgehen, das war nicht solide und gut vorbereitet gewesen. Er hatte sich von seinen Fantasien leiten lassen, die Konsequenzen für handhabbar gehalten.

Und jetzt machte sie ihm nichts als Scherereien! Aber er würde das in den Griff bekommen. Seine Überlegenheit lag in der Vorbereitung und dem Wissensvorsprung. Wer seine Opfer kannte, konnte in ihr Leben schlüpfen und wieder hinaus. Es waren ihre Naivität und Gutgläubigkeit, die für offene Flanken sorgten. Jetzt jedenfalls hatte er dazugelernt.

Dieses Mal verzichtete er darauf, sich aufs Bett zu setzen, die Lederhandschuhe über die Gummihandschuhe zu ziehen und ihren Geruch einzusaugen, obwohl es ihm schon bei dem Gedanken daran im Schritt spannte. Stattdessen öffnete er den Rucksack, der auf dem Schreibtischstuhl stand. Er flippte durch Mappen und Notizblöcke, bis er fand, was er suchte: ihr Tagebuch. Dieses dumme Ding. Er hatte es damals gründlich gelesen, war sich sicher gewesen, dass sie nie zur Polizei gehen würde. Dass er alles mit ihr machen konnte und sie darüber schwieg. Sie hatte ja schon so viel Scheiße gefressen. Deshalb hatte er sie ausgesucht.

Er schlug die letzten Seiten auf, die mit winziger, stark nach rechts geneigter Schrift gefüllt waren. Nichts als Drama und Wehklagen. Doch auf der allerletzten stand etwas, das ihm die Nackenhaare sträubte: Sie hatte Eva Mares auf dem Campus erkannt. Und die hatte die Polizei ins Boot geholt. Sie suchten nach ihr.

Er hatte früher immer geglaubt, es gebe so etwas wie roten Wutnebel nicht, der sich in das Sichtfeld schob. Er hatte Momente der Ohnmacht erlebt, aber da war alles schwarz geworden. Jetzt kochte ein Zorn in ihm hoch, der seine Glieder glühen ließ.

Dafür würde sie büßen!

FRAUKE

Selins Schlüssel passte nicht mehr in die Wohnungstür. Sie klingelten.

»Sehr gut!«, sagte Frauke, als Julia Cummings und Lydia Werl sie und Dünya hereinließen. »Sie haben das Schloss austauschen lassen. Und schließen Sie die Tür ab, wenn Sie alle außer Haus sind?«

»Ja, natürlich.« Die beiden wechselten einen Blick. Lydia Werl war eine zierliche Frau mit dunklem Bob, in ihren großen braunen Augen stand Angst.

Die Studentinnen gingen voran in die Küche.

»Glauben Sie, Sie finden den Mann bald?« Kevin Leibert und eine junge Frau, die sich als Frederike Most, beste Freundin von Lydia, vorstellte, starrten sie fragend an.

»Ich suche schon nach einem neuen Zimmer«, platzte es aus Cummings heraus. Lydia Werl sah peinlich berührt zu Boden. »Meine Eltern möchten, dass ich erst mal wieder bei ihnen einziehe.«

»Wir tun unser Bestes. Ist Ihnen inzwischen etwas eingefallen, das uns bei dieser Suche helfen könnte?« Das Bild des bestürzten Thomas Wieland tauchte wieder vor Fraukes innerem Auge auf. »Also, egal was. Sie müssen sich nicht scheuen. Ein komisches Gefühl ist noch keine Beschuldigung, und wir werden jeden Hinweis diskret behandeln.«

Frauke verteilte Visitenkarten und musterte die Anwesenden. »Man sieht den meisten Tätern nicht an, was sie tun. Viele leben ein normales Leben, womöglich sogar in einer Partnerschaft. Sie sind nicht unbedingt seltsame Außenseiter, wie Sie sie vielleicht aus Krimis im Kopf haben. Wir haben vor einigen Jahren einen Serienvergewaltiger verhaftet, der studierte auch und wohnte in einer großen WG. Er war beliebt. Aber er war eben auch gewalttätig und psychisch krank.«

Die vier jungen Leute wussten nicht so recht, wo sie nach Fraukes Ansprache hinschauen sollten. Kevin Leibert starrte auf seine Füße. Natürlich war es unangenehm, anzudeuten, jeder könne es gewesen sein – Verwandte, Kommilitonen, Freunde, die zu Besuch gekommen waren. Aber es war nun mal die Wahrheit. Sie mussten sie kennen, denn nur dann kam auch etwas Verwertbares bei ihren Überlegungen heraus.

Es klingelte.

»Legen wir los!«, sagte Frauke.

Der Mantrailer war eine braune Hündin mit Schlappohren und Augen hell wie Karamellbonbons.

»Das hier ist Nuna.« Birgit, eine kräftige Frau, die ein ganzes Rudel Hunde ihr Eigen nannte und selbst trainierte, hielt sie an der Leine.

Nuna beschnüffelte Frauke und wedelte mit dem Schwanz. Nachdem sie jeden der Anwesenden so begrüßt, Frederike Most ihr auf den Rücken geklopft und Julia Cummings entzückt gegurrt hatte, löste sich für einige Sekunden die klamme Atmosphäre in der Küche.

Bis sie zum Tatort gingen. In Selins Zimmer war nichts verändert worden, und keiner ihrer Freunde hatte so viel Blut erwartet.

Lydia Werl schlug die Hand vor den Mund, und ihre Augen füllten sich mit Tränen. »Ich habe mich hier noch nicht reingetraut.« Sie hielt sich an Frederike fest, die sie in den Arm nahm. Kevin Leibert sah aus, als wolle er sich am liebsten in Luft auflösen. Er nahm Julia Cummings in den Arm, die blass wie ein Laken war.

Frauke holte einen Pullover aus dem Wäschekorb. »Ist das Selins?«

Julia Cummings nickte, und Frauke reichte ihn an Birgit weiter. Dünya gab ihr in einer Plastiktüte aufbewahrte T-Shirts von zwei Mitarbeitern der forensischen Spurensicherung, die ebenfalls in diesem Zimmer gewesen waren. Birgit hielt alles nacheinander Nuna hin. Die Hündin tauchte ihre Nase hinein.

»Wer fehlt, Nuna? Wer fehlt?«

Die Hündin lief um das Bett herum, die Nase ständig am Boden, dann schnüffelte sie die Studenten ab, die nun stocksteif aufgereiht standen, roch an Dünya und an den Kleidungsstücken in Birgits Hand. Sie gab einen kurzen Laut von sich und wandte sich zur Tür. Birgit zog die Leine an, während Nuna aus dem Zimmer drängte.

Nuna raste die Treppe hinunter, gefolgt von Birgit mit der Leine, Dünya und Frauke. Die Studenten blieben in der Wohnung. Auf der Straße wandte sich Nuna nach rechts und hechelte mit gesenkter Nase den Bürgersteig entlang.

Dünya stupste Frauke an. »Woher weiß der Hund, wen er suchen muss?« Frauke sah die Skepsis in ihrem Gesicht. Wie vorhin bei Thiel. Allmählich handelte sie sich den Ruf einer Hundenärrin ein.

»Nuna sucht eine Person, die kürzlich im Zimmer war und weder zu der Kleidung noch den Anwesenden gehört.«

Frauke war bei ihrem ersten Hundeeinsatz ebenfalls kritisch gewesen. Wie Lawinen-, Leichen-, Sprengstoff- oder Drogenhunde ausgebildet wurden, war logisch, aber was Mantrailer leisteten, grenzte schon an ein Wunder der Natur.

»Und woher weiß sie, dass die Person in diese Richtung gegangen ist, sie hätte ja auch von dort kommen können?«, fragte Dünya.

»Die Duftspur ist durch den Aufenthalt in der Wohnung verändert. Und wenn sie in eine Bahn gestiegen ist, könnten wir die Strecke abfahren, den Hund an jeder Haltestelle aussteigen lassen, bis er riecht, wo die Spur weitergeht. Aber das müssen wir bei den Verkehrsbetrieben anmelden. Also hoffen wir mal, dass dieser Täter zu Fuß oder mit dem Fahrrad unterwegs war.«

Frauke war angespannt. Nuna konnte sie zu einer Adresse führen, einer Wohnung. Ihre Nase verhalf ihnen zwar nur zu Indizien, aber sie wussten dann zumindest, wo sie suchen mussten. Die eigentliche Arbeit kam erst danach.

Nuna folgte der Humboldtstraße, überquerte den Dobben und lief in die Straße Auf den Häfen. Hier wurde sie langsamer und blickte zu Birgit, die sie streichelte, bevor sie sich wieder dem Boden zuwandte.

»Sie ist ein Naturtalent«, sagte Birgit zu Frauke. »Wenn der Hund gut riecht, aber keine Lust auf die Suche hat, wird das nichts. Nuna ist ganz wild darauf, sich zu beweisen.«

Nuna scharwenzelte in die Vermeerstraße, blieb dort stehen und kläffte, dann kehrte sie um. Frauke betrachtete die Häuser auf der gegenüberliegenden Straßenseite. Hausnummer 67, ein graues Gebäude in typischer Bremer Bauart mit halbhoher Treppe zur Eingangstür und Terrasse, auf der einige Blumenkübel und ein Tischchen mit zwei Stühlen standen. Das war das Haus, in dem Eva Mares die Wohnung im Hochparterre gemietet hatte. An den Fensterrahmen und Balkontüren war der Anstrich in die Jahre gekommen. Frauke merkte, dass die anderen bereits vorausgegangen waren, und folgte ihnen nachdenklich. Der Täter könnte hier stehen geblieben sein, dann aber kehrtgemacht haben. Zufall?

Sie schloss zu den anderen auf. Nuna bog in die Ostendorpstraße ein und hielt vor einem geparkten Wagen. Sie lief um das Auto herum, einmal in jede Richtung. Roch am Kantstein und sah Birgit dann traurig an.

»Verdammt!«, sagte Birgit. Sie holte einen Hundekeks aus dem Beutel an ihrem Gürtel. Nuna nahm die Belohnung freudig entgegen. »Tut mir leid!«

Dünya sah verblüfft von Birgit zu Frauke. »Das war's?«

»Leider, ja. Mantrailer können keinem Auto folgen. Aber hier hat er anscheinend geparkt.«

Frauke sah sich um. Eine kleine Straße, idyllisch, viele Menschen würden für eines der alten Reihenhäuser in ruhiger zentraler Lage ein Vermögen zahlen, aber hier wohnten alteingesessene Viertelbewohner, da wechselten die Eigentümer selten.

»Hier gibt es keine Überwachungskameras«, sagte Dünya resigniert. »Wir werden die Anwohner befragen müssen, ob sie sich an das Auto erinnern, das vorgestern hier gestanden hat.«

Fraukes Handy klingelte, die Nummer der Rechtsmedizin. Mit einem kalten Gefühl im Bauch nahm Frauke ab. Alles oder nichts.

»Es gibt keine verwertbare Fremd-DNA«, sagte Irida Sawati, die wie immer gleich auf den Punkt kam. »Er hat Handschuhe getragen, Rindsleder, schon älter, Latexwäsche, es gab Spuren von Kunststoff, an der genauen Zusammensetzung sind die Chemiker dran. Ohne das fehlende Laken kommen wir nicht weiter. Ich schicke den vollständigen Bericht ins Präsidium.«

»Danke!«

Frauke legte auf. Nuna kam, wedelte mit dem Schwanz und versuchte ihre Hand zu lecken. Sie schien ihre Frustration zu spüren.

»Scheiße!«, sagte Frauke. »Keine DNA, er hat sich abgesichert.« Die Tat war nicht nur geplant gewesen, sondern gut geplant.

Sie drehte sich von den anderen weg, blinzelte in den Himmel, damit sie die Wucht ihrer Emotionen nicht sahen. Sie standen mit leeren Händen da, und wenn jemand mit so etwas durchkam, sank die Hemmschwelle, es wieder zu tun, gewaltig.

EVA

Eva hatte im Internet die Wohnparks für Studenten herausgesucht, war zunächst in die Wohnanlage in Horn-Lehe gefahren und hatte sich dort umgesehen und war dann weiter in den Wohnpark Luisental direkt um die Ecke geradelt. Hier standen etliche zweckmäßige weiße Kastenbauten auf einem großen Areal verteilt. Dazwischen gab es Grünflächen und ein paar ältere Bäume, dennoch wirkte die Anlage trist, es waren kaum Menschen unterwegs.

Wenn sie jemanden traf, zeigte Eva das Foto der vermeintlichen Ella vor, doch sie erntete nur Kopfschütteln und Schulterzucken. Nach zwei erfolglosen Stunden schrieb Eva eine SMS an Andrea, ob sie sich mit ihr im Viertel zu einem späten Frühstück treffen wollte. Sie sehnte sich nach Gesellschaft. In ihrer Brust hatte sich ein Knoten aus Angst und Mutlosigkeit gebildet, und immer wieder liefen die Ereignisse der letzten Wochen in ihrem Hinterkopf ab, während eine innere Stimme ihr abwechselnd vorwarf, zu übertreiben oder nicht rechtzeitig gehandelt zu haben.

Andrea schrieb, dass sie sich freuen würde, und schlug einen Treffpunkt vor. Eva kannte das schattige Lokal abseits des Ostertorsteinwegs. Als sie ankam, saß Andrea bereits mit einem Latte Macchiato an einem Holztisch unter einem großen Baum und studierte die Karte des kleinen Cafés.

Eva umarmte sie kurz. »Ach, das tut gut, hier zu sein, eine Kollegin hat ihre Schicht verwechselt. Wir haben getauscht, und jetzt habe ich frei.«

Andrea lächelte. »Ich habe jetzt noch fünf Wochen frei. Aber wahrscheinlich sollte ich das nicht so an die große Glocke hängen, Lehrer werden deshalb immer beneidet.«

Eva schüttelte den Kopf. »Ich weiß, was du sonst leistest. Mit meinen drei allein zu Hause ist es manchmal wie Flöhe hüten, und ich muss ihnen nur beibringen, ihren Teller selbstständig abzuräumen. Und selbst das klappt nicht immer.« Sie lachten.

Bisher waren erst wenige Tische besetzt, die Kellnerin war sofort bei ihnen. »Ich nehme eine Rhabarberschorle und einen doppelten Espresso.« Als die Bedienung gegangen war, legte Eva ihr Handy auf den Tisch. »Ich bin so müde. Seit dem Einbruch schlafe ich schlecht.«

Andrea nickte mitfühlend. »Kann ich mir vorstellen. Aber ich habe gute Nachrichten: Die Terrassen- und Balkontüren werden ausgetauscht. Allerdings wird das dauern, alle Handwerker scheinen für Monate ausgebucht.«

»Das ist aber doch schon mal was.« Vielleicht half das bei der Entscheidung, was sie bezüglich der Wohnung unternehmen sollten. »Der Schlosser, der da war, ist wohl auch beschäftigt, bisher hat er noch keine Rechnung geschickt.«

Andrea grinste schelmisch. Sie war eine rundliche Frau, deren ganzes Gesicht wackelte, wenn sie lachte.

»Kommt schon noch. Und wenn nicht, wen juckt's?« Evas Saftschorle kam, und sie stießen an.

»Übrigens danke für die Blumen!«, sagte Eva. »Meine absolute Lieblingsfarbe.«

Andrea stutzte. »Die Blumen?!« Dann schmunzelte sie. »Ach, die Rosen. Ich hatte meine große Vase zerdeppert und nur noch kleine, da habe ich dir die Hälfte des Bundes in die Wohnung gestellt. Erst war ich unsicher, ob das okay ist, aber schön, dass sie dir gefallen haben. Bei dem ganzen Drama zuletzt sind sie vielleicht ein Trost. Ich möchte euch als Mitmieter nicht verlieren, auch wenn ihr viel zu selten da seid.«

Evas Kaffee kam, und sie prosteten sich mit ihren Tassen zu.

»Und violett ist deine Lieblingsfarbe? Ich fand die so ungewöhnlich …«

»Wieso violett?« Eva starrte Andrea an, ihr wurde kalt. »Die waren doch gelb, genau wie die an unserem Haus in der Geest.«

»Gelb?« Andrea sah sie verwirrt an. »Aber … na ja, dann habe ich das vielleicht falsch in Erinnerung.« Sie verzog zweifelnd das Gesicht. »Nee, die waren violett, ich hatte doch eine grüne Vase …«

Handyklingeln unterbrach sie, Jacobs Foto erschien auf dem Display von Evas Smartphone. Sie lächelte Andrea entschuldigend an und nahm den Anruf entgegen.

»Du ich sitze hier gerade …«,

»Nur kurz.« Jacobs Stimme klang alarmiert. »Ist Nelly bei dir?«

»Nein, ich dachte, sie ist zu Hause?«

»Sie hatte keine Lust, mit an den Badesee zu fahren, und wollte lieber lesen. Aber als ich nach Hause kam, war sie nicht da, auf dem Tisch lag ein Zettel, ich solle mir keine Sorgen machen. Ich habe ihr Handy geortet, es war zuletzt am Hauptbahnhof in Bremen eingeloggt. Jetzt ist es aus, und ich kann sie auch nicht erreichen.«

»Ist sie nach Bremen gefahren?«

Eva sah in Andreas neugierig geweitete Augen, Terrasse, Menschen und das Glas vor ihr verschwammen zu einer unwirklichen Kulisse. Bitte nicht!

»Sie wollte doch gestern schon, dass du mir ihr shoppen gehst. Und als du nein gesagt hast …«

»Ich gehe sie suchen! Ich kenne ein paar Läden, die sie besonders mag.«

Panik wie ein Fieberschub ergriff Eva. Sie sah Andrea mit gequältem Lächeln an.

»Ich muss nach Nelly suchen. Sie ist anscheinend allein nach Bremen zum Shoppen gefahren, obwohl wir es ihr verboten hatten.«

Andrea legte die Stirn in Falten. »Ich dachte, sie ist fünfzehn, da sollte sie doch schon in die Stadt fahren dürfen.«

»Gerade geworden und außerdem …«

Eva wollte ihre Tasche nehmen, sank jedoch auf dem Stuhl zurück. Machte sie sich unnötig verrückt? Sie dachte an den Brief. Sie hatte seine Existenz vor allen geheim gehalten. Sich in trügerischer Sicherheit gewogen, weil sie mit niemandem gesprochen hatte, nicht einmal mit Jacob, genau wie der Mann verlangt hatte. Aber dann war sie vor fünf Wochen zur Polizei gefahren, es hatte nur eine Winzigkeit gefehlt, und sie hätte Anzeige erstattet, und nur eine Woche später hatte sie die Schuhabdrücke im Schlamm gesehen, und die Kabeltrommel hatte auf dem Rasen neben Emmas Planschbecken gelegen. Und heute, ihr wurde heiß, war sie an der Uni gewesen, den Wohnheimen, sie hatte ein Foto von Ella herumgezeigt. Aber das konnte er doch nicht wissen? Doch da war die Vergewaltigung von Selin während ihrer Schicht. Der Einbruch.

»Die Blumen waren wirklich violett?«

Andrea nickte langsam. Sie musterte Eva mit gefurchter Stirn und zusammengekniffenen Augen.

»Was ist passiert?«

Eva sprang so hastig auf, dass der Stuhl hinter ihr zu Boden fiel, und griff mit fliegenden Händen nach ihrer Tasche.

»Ich muss los, es tut mir leid!«

Ihr war schwindelig. Jemand war in ihrer Wohnung gewesen und hatte Andreas lilafarbene Rosen gegen gelbe ausgetauscht. Vermutlich gepflückt an ihrem Haus! Und Nelly lief allein durch Bremen. Wieso war ihr Handy aus? Ihr Handy war nie aus!

FRAUKE

Wieland hatte jegliche Arroganz eingebüßt, als er auf dem Stuhl im Vernehmungszimmer kauerte. Den Pappbecher, den Thiel vor ihm abgestellt hatte, hielt er umklammert, als sei wärmender Tee darin und nicht laues Wasser.

»Wir haben erfahren, dass Sie doch von Selin Bayar einen Schlüssel für ihre Wohnung bekommen hatten.«

Wieland sah sie nicht an, sondern kaute auf seiner Unterlippe und wippte mit dem rechten Fuß. Frauke konnte sich sehr gut vorstellen, was in ihm vorging. Er hatte sie angelogen, weil er nicht geglaubt hatte, dass das je rauskommen würde. War es aber. Zum einen fragte er sich, ob Selin ihn belastet hatte, und zum anderen, ob es besser sei, weiterhin zu leugnen. Er konnte immer noch behaupten, sie wäre verwirrt. Von dem Schlosser als Zeugen wusste er ja nichts.

Doch dann nickte er knapp und sah auf. »Ja. Habe ich. Aber das ist schon ewig her, und ich habe ihn ihr wiedergegeben.« Er klang kleinlaut.

»Und warum haben Sie uns angelogen?«

Frauke führte das Verhör, während Thiel nur zusah. Im Hintergrund stand eine Kamera und nahm auf, was Wieland sagte. Seit sie von dem Schlüssel wussten, galt er als dringend tatverdächtig. Und das wusste er anscheinend auch.

»Sie hätte mir den Schlüssel gar nicht geben dürfen, deshalb war ich sicher, sie würde das für sich behalten. Sie wollte die Freundschaft mit ihren Mitbewohnerinnen ja nicht gefährden. Gerade jetzt, wo …«

»Das haben Sie sich gedacht? Dass niemand auf Sie kommt, weil ja keiner von dem Schlüssel weiß. Ein Schlüssel, den Sie hätten nachmachen lassen können, während er in Ihrem Besitz war?«

»Ich … So meinte ich das nicht. Ich meinte, dass ich sie nicht noch tiefer reinreiten wollte. Dass ihre Mitbewohnerinnen gerade jetzt sauer auf sie werden würden. Außerdem wusste ich ja noch nicht, dass sie in ihrer Wohnung überfallen wurde. Sie hatten nur gesagt, dass sie von einem Mann überfallen wurde.«

Frauke erinnerte sich an die Vernehmung in Wielands Küche. Er war so mitgenommen gewesen, dass es schwer war, sich vorzustellen, dass er in diesem Augenblick so weit gedacht hatte. Aber unmöglich war es nicht. Er schien relativ intelligent zu sein.

»Sie haben also nicht an sich gedacht, sondern an Selin?«

»Ja. Genau.«

»Sie haben, in einem Moment, in dem Sie verdächtig sind, einen Überfall begangen zu haben, ein wichtiges Indiz gegen Sie unterschlagen, damit die Freundinnen Ihrer Exfreundin nicht sauer auf sie sind?«

Wieland schaute etwas perplex. »Wenn Sie das jetzt so darstellen … dann war das wohl ziemlich dumm.«

Frauke nickte. »Sie sind nicht dumm, oder?«

Er schüttelte langsam den Kopf. Gleichzeitig weiteten sich seine Augen, als würde er gerade eines Besseren belehrt.

»Wir machen eine kurze Pause, und Sie überlegen, ob das wirklich der Grund war, uns nichts von dem Schlüssel zu erzählen.«

Frauke und Thiel gingen nach draußen. Sie holten sich einen Kaffee, standen schweigend vor der Maschine.

»Ich mag ihn nicht besonders«, sagte Frauke.

Thiel musterte sie. »Weil er so dumm ist?«

Sie seufzte. »Er ist klug, ich habe in der Uni angerufen. Ein brillanter Student der Physik und Informatik, aber gleichzeitig völlig lebensfremd, hat seine Dozentin gesagt. Also klug und dumm gleichzeitig, wenn es dafür ein Wort gibt.«

»Vielleicht ist er auch einfach lieb?«

»Thiel! Das kann ja wohl nicht wahr sein.«

Thiel lächelte. »Weißt du, er erinnert mich irgendwie an dich, bevor du dir diese harte Schale zugelegt hast.«

Frauke runzelte die Stirn. »Er hat lang genug geschmort.«

Als sie erneut den Raum betraten, hatte Wieland sich in ein Häufchen Elend verwandelt. Kurz ahnte Frauke, was Thiel ihr hatte sagen wollen. Es könnte sein, dass Wieland wirklich sensibel und gleichzeitig ein guter Logiker war. Letzteres würde sie auch für sich beanspruchen. Ersteres? Nun ja, schwer zu sagen, vermutlich hatte Thiel auch damit recht.

Sie setzten sich. Wieland seufzte. »Woher soll ich wissen, ob ich für mich oder für sie gelogen habe? Ich wollte Selin wirklich schützen, ich liebe sie immer noch. Aber natürlich haben Sie recht, es könnte sein, dass ich nur mich selbst im Sinn hatte. Ich verstehe das auch alles nicht.« Er wurde blass. »Ich glaube, ich muss mich übergeben.«

Frauke warf Thiel einen vernichtenden Blick zu. So viel zu der Ähnlichkeit.

Doch Thiel grinste nur süffisant und flüsterte: »Ganz lange her, ganz lange.«

EVA

Eva eilte durch den Ostertorsteinweg auf Nellys Lieblingsladen zu. Dort gab es Secondhand-Mode, Vintagejacken aus den Siebzigern und lange bunte Röcke. Im Laufschritt suchte sie derweil erfolglos den blonden Schopf ihrer Tochter in der Menge. Mit einem leisen Klingeln der Türglocke betrat sie das kleine Geschäft, in dem Nelly Stunden zubringen konnte.

»Haben Sie heute dieses Mädchen gesehen?«

Die junge Frau, die gerade Hosen faltete, warf einen Blick auf Evas Handy-Display und schüttelte dann den Kopf.

»Nein, tut mir leid!«

Eva verließ den Laden, stand ratlos auf dem Gehsteig. Hatte Nelly nicht gesagt, sie brauche Sneaker? Weiter hinten im Viertel, Richtung Innenstadt, gab es einen hochpreisigen Turnschuhhandel. Nelly hatte gespart, um sich diesen Herbst ein besonderes Paar zu gönnen. Eva rannte los, schlängelte sich durch flanierende Fußgänger, umkurvte Obdachlose, die an den Fassaden der Häuser hockten, hetzte vorbei an in die Sonne gestellten Tischen der Cafés und Restaurants. Der Laden war noch kleiner als das Vintage-Geschäft, und Eva sah auf einen Blick, dass die Preise selbst für Nellys pralles Sparkonto noch zu hoch waren. Sie zeigte dennoch ihr Foto. Auch der Typ mit den Rastas, der hier an dem Tresen lehnte und auf seinem Handy herumtippte, hatte Nelly heute nicht gesehen. Eva machte kehrt und versuchte, sich in ihre Tochter hineinzuversetzen, während sie die Geschäfte musterte. In einem Laden mit indischem Silberschmuck fragte sie erneut.

»Doch, ich glaube, die war heute Vormittag hier.« Eva schloss vor Erleichterung für einen Moment die Augen.

Die Verkäuferin musterte das Bild genauer. »Nein, doch nicht. Das Mädchen, das ich meine, war älter.«

Eva dankte ihr und trat wieder auf die Straße. Sie hatte ein schlechtes Gewissen. Wäre sie nicht so abweisend gewesen, wäre Nelly jetzt nicht in Bremen. Sie hätte sie auf einen anderen Tag vertrösten können. Sie hätte sie heute Morgen anrufen können, als ihre Schicht ausgefallen war, statt sinnlos in unübersichtlichen Wohnanlagen nach Ella zu suchen. Während Eva sich in Richtung Vermeerstraße wandte, rief sie Jacob an.

»Ich habe sie bisher nicht finden können.«

»Na ja,«, er seufzte, »das war ja eigentlich zu erwarten, dass sie sich auf eigene Faust aufmacht. Vielleicht waren wir zu streng.«

»Nein!« Eva hörte selbst, dass sie hysterisch klang. Jetzt wäre der richtige Moment, Jacob alles zu sagen. Sie zögerte. Nein, nicht am Telefon. Nicht, während sie durch das Viertel hetzte.

Vielleicht gleich, vielleicht sollte sie in die Geest fahren. Wenn Nelly ihr Handy verloren hatte, würde sie wieder nach Hause fahren. Oder zu ihr, die sie im Krankenhaus vermutete. Eva rief im Stationsbüro an, doch ihre Tochter war heute nicht aufgetaucht. Sollte sie zum Hauptbahnhof fahren? Dort war Nelly zuletzt online gewesen. Tränen traten ihr in die Augen.

Plötzlich hatte sie das Schlüsselbrett in der Geest vor Augen. Dort hingen diverse Ersatzschlüssel, auch einer für das Appartement. Hatte Nelly den genommen? War sie womöglich auf dem Weg in die Wohnung, wohl wissend, dass sie auf der Arbeit war?

Eva begann zu rennen.

Bitte lass Andrea sich geirrt haben, dachte sie. Ihre Freundin hatte ihr gelbe Blumen gebracht, keine lilafarbenen, und niemand Fremdes war erneut in dem Appartement gewesen.

Das alles war nur ein schlimmer Traum, der mit dieser schrecklichen Nacht vor zwei Monaten begonnen hatte.

MAI

Eva saß im Hinterhof des Krankenhauses, hatte die Beine hochgelegt, nippte an ihrem starken Kaffee und versuchte, einzelne Sterne auszumachen, die den Lichtern der nächtlichen Stadt trotzten. Eine milde Sommernacht mit samtschwarzem Himmel ist wie eine Decke, unter der man sich wohlig ausstrecken kann, dachte sie.

Es war die erste warme Frühlingsnacht, in der man den kommenden Sommer mit jeder Faser spürte. Bis vor einigen Minuten hatte Eva alle Hände voll zu tun gehabt, doch jetzt schien das ganze Krankenhaus zu schlafen, und sie war hinausgegangen, um für die restlichen zwei Stunden Nachtschicht Kraft zu tanken.

Doch die Pause währte nicht lang. Die Glastür öffnete sich, und Margarete Klein schaute in den Hof. »Kannst du bitte kommen?«

Eva setzte sich auf. Margarete sah erschrocken aus, fahl im Gesicht.

»Was ist passiert?«

»Komm mit. Das Mädel ist ganz allein gekommen.«

Die junge Frau, von der Margarete gesprochen hatte, war übel zugerichtet, Blut tropfte von ihrer Lippe, und ein großes Hämatom zierte ihre Wange. Sie zog die ausgeleierten Ärmel ihrer Strickjacke bis über ihre Handgelenke und hatte offensichtlich Schmerzen bei jedem Schritt, während sie an Eva vorbei in das Untersuchungszimmer schlüpfte. Mit gesenktem Kopf kauerte sie sich auf die Liege.

Eva wollte etwas sagen, aber da warf die junge Frau ihr einen schmerzerfüllten Blick zu, und die Worte blieben ihr im Hals stecken. Das Mädchen erinnerte sie an Nelly – die hellen blauen Augen, die Farbe des Teints und der Haare waren fast identisch. Diese Patientin war nur ein paar Jahre älter, dünner.

Eva schluckte, zog ihren Hocker näher an die Liege und versuchte erneut Augenkontakt mit ihr aufzunehmen. Eva hatte schon

Todgeweihten die Diagnose überbracht und um Leben von Frühchen gekämpft, doch plötzlich erschien ihr alles unwirklich. Diese junge Frau wirkte, als habe sie jemand zerrissen und sie hielte mühsam die beschädigten Einzelteile ihres Selbst zusammen. Eva wusste, das, was sie ihr gleich erzählte, würde sie nicht mehr loslassen. Es würde sie verfolgen, wenn Nelly bei ihren Freundinnen übernachtete oder im Dunkeln mit dem Fahrrad nach Hause radelte.

Der Blick der jungen Frau glitt immer wieder von Eva ab und verlor sich in einem Grauen, das nur sie sehen konnte.

Margarete kam mit einem Sexpack in der Hand herein. Sie trat zu Eva und flüsterte: »Sie möchte ihren Namen nicht sagen, sondern eine anonymisierte Spurensicherung.«

Eva sah Margarete verblüfft an. Sie würde die junge Frau gerne stationär aufnehmen, eine Therapeutin und die Polizei rufen. Aber sie hatte natürlich das Recht, selbst zu entscheiden.

Eva versuchte, unter ihren dichten Pony zu schielen. »Sie möchten, dass wir die Spuren eines Sexualverbrechens sichern?«, fragte sie sie sanft.

Die Frau hob den Kopf. Ihre Stimme war kratzig und leise. »Ja. Aber keine Polizei. Ich gehe, wenn Sie die Polizei holen.«

Eva holte tief Luft. Sie durfte sie nicht erschrecken. Die Ähnlichkeit mit Nelly verwirrte sie und gab der Situation etwas Unwirkliches.

»Aber ich muss Ihren Namen in die Akte eintragen, damit die Spuren gerichtsfest sind. Wir anonymisieren Ihre Daten mit einer Chiffre. Dann wird alles in ein sicheres Archiv gebracht.«

»Ella«, ächzte die Frau. Sie zögerte. »Müller.«

»Haben Sie einen Ausweis dabei?«

Ella zog die Strickjacke enger um ihren schmalen Körper. »Ich dachte, das ist anonym.«

Eva schüttelte den Kopf. »Nicht ganz, aber niemand außer mir wird erfahren, wie Sie wirklich heißen.«

Ella machte Anstalten aufzustehen, hielt sich mit schmerzverzerrtem Gesicht den Bauch.

Eva legte ihr sacht die Hand auf das Bein. »Bleiben Sie. Wir helfen Ihnen, um alles andere kümmern wir uns später.«

Ella begann zu weinen. Eva hielt ihr ein Taschentuch hin, und diese einfache Geste brachte sie zurück in die Gegenwart. Ella war ihre Patientin, egal, wie sie wirklich hieß und wie sehr sie Nelly ähnelte. Margarete half ihr, Ella auf den Untersuchungsstuhl zu betten, dann verließ sie den Raum.

Eine Stunde später war Eva ausgelaugt, emotional und körperlich. Sie hatte zwar erwartet, Folterspuren zu sehen, aber es war noch schlimmer, als sie es befürchtet hatte. Die Untersuchung war für das Mädchen eine Tortur, auch wenn sie sich tapfer hielt und Schmerzmittel bekommen hatte. Außerdem hatte sie eine Verhütungspille eingenommen sowie das Antibiotikum Doxycyclin, gegen eine Ansteckung mit Geschlechtskrankheiten. Und sie hatte einer HIV-Prophylaxe zugestimmt.

Eva warf die Handschuhe in den Mülleimer und sagte Margarete Bescheid, die eine Decke und saubere Krankenhauskleidung brachte. Ellas eigene Kleidung war sicher in dem Sexpack verstaut.

»Wir müssen noch den Bericht aufnehmen«, sagte Eva, nachdem Ella auf der Liege unter der Decke lag.

Ella schüttelte den Kopf, wandte den Blick ab.

Eva setzte sich auf den Hocker und sah sie ernst an.

Ella erschauerte. »Ich …« Sie schloss die Augen. »Er kam von hinten an mich heran und packte mich … Ich habe die Tür aufgeschlossen, er hat im Dunkeln in meiner Wohnung gewartet.«

»Kannten Sie den Mann?«

Ella schüttelte den Kopf, ihr Schluchzer verwandelte sich in einen rasselnden Atemzug. »Er war einfach da, in der Wohnung, hat gewartet, bis ich an ihm vorbeigegangen war. Ich wohne im Studentenwohnheim, ich hätte nicht gedacht …« Sie verstummte, eine Träne lief ihr über die Wange.

Eva lächelte erneut aufmunternd, dabei war ihr jetzt eiskalt. Ein Fremder hatte Ella aufgelauert. Ein gemeingefährlicher Einbrecher, mit dem Ziel, Frauen zu vergewaltigen. Und der Bericht, den sie gleich verfassen würde, war die einzige unmittelbare Aussage aus dieser Tatnacht. Der Gedanke überforderte sie für eine Sekunde. Eva riss sich zusammen, Ella hatte Unvorstellbares erlebt. Und anders als bei ihrem Namen hatte sie nicht das Gefühl, dass sie hier log.

»Was passierte dann?«

Im Folgenden war es von Vorteil, dass Eva Ärztin war. Wörter wie »vaginal« oder »anal« klangen aus ihrem Mund weniger anrüchig, medizinisch notwendig, anders, als wenn die Polizei nach Details fragte.

Es schien Ella zu helfen, sich ihr anzuvertrauen. Eva hätte am liebsten losgeheult.

»Es ist sinnvoll, dass die Polizei bei Ihnen zu Hause Spuren nimmt.«

Ella setzte sich auf. »Meine Eltern dürfen nichts davon erfahren.«

»Das müssen sie auch nicht. Sie sind volljährig. Sie brauchen sich noch nicht einmal gleich zu entscheiden, wir nehmen Sie stationär auf, und Sie überlegen sich alles in Ruhe. Sie bekommen psychologische Hilfe.«

Eva flehte innerlich, dass die junge Frau ihr Angebot annahm. Dieses Schwein, das ihr das angetan hatte, durfte so nicht davonkommen.

»Bleiben Sie bei uns. Was, wenn der Täter das noch anderen Frauen antut? Wenn er es schon getan hat?«

»Ich denke darüber nach.«

Was sollte Eva machen, wenn Ella gehen wollte?

Ihr wurde schlecht bei dem Gedanken, dass dieser Sadist gewusst haben könnte, dass dieses schüchterne, fast kindliche Wesen sich nicht der Polizei anvertraute. Es musste Ella große Überwindung gekostet haben, ins Krankenhaus zu kommen. Vermutlich hatte sie es nur aus Angst vor inneren Verletzungen, Infektionen oder einer Schwangerschaft geschafft.

Ella hob ihr Gesicht und sah sie an. Traurig, erschöpft. »Ich kann nicht hierbleiben!«

»Bitte«, sagte Eva, »denken Sie darüber nach.«

Eva hörte den Drucker nebenan und stand auf. Margarete hatte eine Bestätigung über die Untersuchung und die Chiffre erstellt. Eva steckte den Zettel in einen Umschlag, zögerte. Dann bückte sie sich, nahm eine ihrer Visitenkarten aus der untersten Schublade. Wer wusste, ob Ella noch einmal den Mut aufbrachte, sich jemandem anzuvertrauen. Sie sollte das alles nicht allein durchmachen.

Als sie zu der Liege zurückkehrte, hatte Ella den Kopf auf die Knie gelegt, ihre langen Haare verbargen erneut ihr Gesicht.

Eva legte den Umschlag auf die blaue Krankenhausdecke und daneben die Tabletten, die Ella die nächsten Wochen nehmen musste.

»In dem Umschlag ist die Chiffre der Spurensicherung für die Polizei, meine Telefonnummer und die des Notruf Bremen. Der Verein bietet psychologische Hilfe für Opfer sexueller Gewalt. Wir können Ihnen aber auch jetzt ein Bett besorgen. Ganz unbürokratisch, niemand muss wissen, dass Sie hier sind. Sie erholen sich, und morgen überlegen wir gemeinsam, wie es weitergeht.«

Ella presste die Lippen zusammen. »Bitte, ich muss mal auf die Toilette.«

Eva half ihr von der Liege, begleitete sie zu der Toilette im Flur. Ella zitterte nicht mehr, ihr Gang war sicher. Nachdem sie die Tür hinter sich geschlossen hatte, ging Eva zu Margarete ins Stationsbüro.

»Sie sagt, ein Fremder hat sie in ihrer Wohnung überfallen. Sie will nach Hause, aber wir können sie doch nicht dahin zurücklassen!«

Margarete neigte den Kopf. »Ich rede auch noch mal mit ihr.«

Eva sah Margarete nach. Oder doch die Polizei rufen? Dieser Überfall war ein Kapitalverbrechen, dennoch hatte sie nicht das Recht, für Ella zu entscheiden.

Margarete kam zurück. »Die Toilette ist offen, sie ist weg!«

Eva lief ins Behandlungszimmer, der Briefumschlag und die Tabletten waren verschwunden.

Margarete, die ihr gefolgt war, seufzte. »Sie will halt nicht.«

Eva rannte zu den Fahrstühlen, fuhr ins Erdgeschoss und lief auf die Straße. In der aufziehenden Morgenröte zwitscherten erste Vögel.

Eva sah die stille, leere Straße entlang. Verdammt. Das Mädchen war allein, verletzt und schutzlos.

Und nun war sie sogar vor denen geflohen, die ihr helfen wollten.

JULI

TAG ZWEI

FRAUKE

Frauke saß gerade drei Minuten an ihrem Schreibtisch, als Thiel hereinkam.

»Eva Mares ist hier und möchte mit dir sprechen.«

Frauke starrte ihn an. »Tatsächlich?«

Dann hatte ihr Instinkt sie nicht getäuscht. Sie hatte etwas zu sagen. Neugierig betrachtete sie die Ärztin, als sie eintrat. Sie sah erschöpft aus. Frauke stand auf und begrüßte sie mit festem Händedruck. Eva Mares stellte ihre Tasche auf einen Stuhl am Konferenztisch ab. Die Falten um ihren Mund waren tiefer als bei ihrer letzten Begegnung. Doch obwohl sie fragiler wirkte, war auch die Fassade verschwunden, die Frauke bisher gespürt hatte.

»Möchten Sie Kaffee?«

Dr. Mares lächelte. Sie erkannte die Anspielung auf ihre erste Begegnung und schüttelte traurig den Kopf. »Ich habe keine Zeit.«

Frauke wies auf einen Stuhl am Konferenztisch, die Ärztin setzte sich auf die äußerste Kante, rang die Hände. Dann schluchzte sie laut auf.

»Ich habe Angst, dass der Vergewaltiger von Selin meine Tochter in seiner Gewalt hat!«

Frauke hatte mit allem Möglichen gerechnet, aber nicht damit. »Wie kommen Sie darauf?«

Eva Mares blinzelte kurz zur Zimmerdecke und wischte sich eine Träne aus dem Augenwinkel. »Der gleiche Mann hat womöglich vor zwei Monaten schon mal eine Frau vergewaltigt. Sie kam zu uns ins Krankenhaus, um anonym die Spuren sichern zu lassen.

Und danach hat er mir einen Drohbrief geschickt, in dem stand, dass ich mit niemandem darüber sprechen dürfte.«

Frauke schüttelte den Kopf vor Erstaunen, als die Ärztin schilderte, was seit der verhängnisvollen Nacht vor zwei Monaten passiert war. Von dem Einbruch hatte sie ja selbst gelesen, aber allmählich stellten sich ihre Nackenhaare auf. Dr. Mares könnte recht haben, und ihre Tochter war in Gefahr.

»Der gleiche Täter?«

»Womöglich.« Eva Mares zog die Schultern hoch. »Und ich habe Sperma gesehen, das war definitiv anders.« Sie kramte in ihrer Tasche. »Ich habe ein Überwachungsvideo, auf dem das Opfer zu sehen ist. Die Zeiten sind hier notiert.« Sie schob einen USB-Stick und einen Notizzettel zu Frauke hinüber.

Frauke stand auf, nahm den Stick und stützte die Hände auf den Tisch. »Wir haben keine verwertbare DNA an Selins Körper gefunden.«

Ihr war warm vor Aufregung. Sie streckte den Kopf in den Flur und rief nach Thiel, dann nahm sie einen Notizblock von dem Stapel in der Mitte des Tisches und schrieb eine Anweisung auf.

»Schicken Sie mir bitte ein Foto Ihrer Tochter.«

Eva Mares atmete schwer, als sie ihr Telefon herausholte und ein Bild heraussuchte. Sie sah auf.

»Er war in unserem Appartement.« Ihre Augen glänzten. »Es tut mir wahnsinnig leid, dass ich erst jetzt zu Ihnen komme. Ich war wie erstarrt. Es fühlte sich manchmal an, als würde das jemand anders passieren, nicht uns.«

Frauke presste die Lippen aufeinander, neigte den Kopf und nickte. Dr. Mares war nicht die einzige Frau, die gestalkt wurde und die versuchte sich einzureden, es werde schon nicht so schlimm, die Hinweise auf einen Verfolger und eine reale Bedrohung seien nur eine Summe von Zufällen, Übertreibungen und Hirngespinsten. Manchmal endete das tödlich.

Sie gab Thiel, der mit schmalen Augen von Dr. Mares zu ihr und wieder zurückblickte, den Zettel.

»Ich leite dir gleich ein Bild von Dr. Mares' Tochter Nelly weiter.«

Thiel überflog die Notiz und nickte wortlos.

»Mein Kollege wird das Foto Ihrer Tochter an alle Funkstreifen durchgeben, wir werden die Präsenz im Viertel verstärken und bei den Kollegen der Bahnhofspolizei nachhaken, ob sie jemand gesehen hat. Sie fahren ins Krankenhaus und schicken mir per Mail die Chiffre. Ein Kollege der Forensik wird den Drohbrief dort abholen. Wir werden auch die Kriminaltechnik in Ihrer Bremer Wohnung vorbeischicken. Versuchen Sie weiter, Nelly auf ihrem Handy zu erreichen.«

Eva Mares nickte matt.

»Wir werden alles tun, Ihre Tochter zu finden. Und denken Sie daran, noch wissen wir nicht, ob sie wirklich in Gefahr ist.«

Eva Mares' Gesicht sagte, dass sie das nur zu gerne glauben würde. »Was ist mit der DNA im Archiv?

Frauke zog Luft durch die Nase ein, presste die Lippen aufeinander und atmete aus. »Wir können es versuchen, aber die Chancen, dass wir eine richterliche Freigabe bekommen, stehen schlecht. Wir müssten erst beweisen, dass der Drohbrief direkt mit dieser Vergewaltigung zusammenhängt. Und selbst dann hat die Frau immer noch Rechte. Wenn sie Anzeige erstatten würde, könnten wir vermutlich sofort eine Analyse bewirken.«

Eva Mares sah todunglücklich aus, als sie ging.

Frauke lehnte sich gegen den Schreibtisch, spürte, wie das Muster des Falles sich veränderte und neu ordnete, während sie die gerade gewonnenen Informationen mit allem, was sie wussten, in Beziehung setzte. Ihr Adrenalinpegel stieg, und die Konturen der Dinge schienen schärfer zu Tage zu treten. War Nelly Mares dem Vergewaltiger in die Arme gelaufen, als sie nach Bremen fuhr?

Wahrscheinlich würde kein Richter bei dieser Indizienlage eine Untersuchung der Proben im Archiv anordnen. Aber sie mussten es versuchen! Auch ließe sich ein genetischer Fingerabdruck darin womöglich nicht mit Selin in Verbindung bringen, aber vielleicht gab es einen Treffer in ihrer Datenbank. Frauke federte vor und ging in den Flur, um ihre kleine Sondereinheit zusammenzutrommeln.

»In einer Minute in meinem Büro!«

Linus sprang gleich auf. Dünya legte ihre Ordner aufeinander und zog ihren Zopf fest. Die Stimmung hatte sich schlagartig verändert.

EVA

Als sie das Polizeigebäude verließ, schlug Evas Herz ihr bis zum Hals. Mit Frauke Herrschmann zu sprechen hatte alles realer gemacht, und das Verbrechen, sonst nur im Schatten oder im Leben anderer verborgen, blickte ihr direkt ins Gesicht. Eva hatte mit Opfern gearbeitet, sich oder ihre Familie aber nie in Gefahr gewähnt. Jetzt kam sie sich unglaublich dumm vor, dass sie den Brief nicht gleich gemeldet hatte. Ja, sie hatte Angst gehabt, gedacht, alles würde von allein vorübergehen, wenn sie sich nur still verhielt. Aber so ein Mann gab nicht auf. So jemand fand Vergnügen daran, sie zu quälen und zu ängstigen.

Wie hatte sie sich so in Sicherheit wiegen können? Niemand hatte einen Freifahrtschein für ein sorgloses Leben! Und sie hatte sich noch eingeredet, Ella schützen zu wollen. Aber was immer die junge Frau verbarg, es konnte nicht so schlimm sein wie das, was ihr in jener Nacht angetan worden war.

Eva rief Nelly auf dem Handy an und hörte erneut die Computerstimme, die ihr mitteilte, dass der Teilnehmer nicht zu erreichen sei. Wo war sie?

Sie zog die Nase hoch und setzte sich hinter das Steuer. Die Chiffre an Frauke Herrschmann schicken, dann weiter nach Nelly suchen. Ein Schritt nach dem anderen. Eva ließ den Motor an. Sämtliche Polizeieinheiten auf Bremens Straßen hielten jetzt die

Augen nach Nelly auf. Aber reichte das? Sie hatte gehofft, Herrschmann und ihr Team hätten bereits durch ihre Ermittlungen mehr in der Hand. Jemanden aus Selins Umfeld, den sie verdächtigten. Verdammt!

Eva stellte den Wagen in der Tiefgarage des Krankenhauses ab und ging direkt zum Büro.

»Eva!« Kateryna sah ertappt auf.

»Ich muss nur noch mal kurz an den Computer.«

»Wenn ich das gewusst hätte, dass du noch so viel hier zu tun hast … jetzt habe ich ein schlechtes Gewissen.« Kateryna stand auf und überließ ihr ihren Stuhl. »Aber dir geht es gut, oder?«

Eva wischte sich den Schweiß von der Stirn. Sie hörte Katerynas Stimme, das Echo in ihrem Kopf: Nein, es geht mir nicht gut. Könnte sie je wieder zu jemandem sagen: Gut! Es geht mir gut? Bitte lass mit Nelly alles in Ordnung sein. Sie versuchte, an die vielen Beamten zu denken, die wachsam nach ihr Ausschau hielten. Aber das beruhigte sie nicht.

»Es ist alles in Ordnung!« Sie starrte auf den Bildschirm, damit Kateryna die fette Lüge in ihrem Gesicht nicht sehen konnte.

Ihre Kollegin verstand den Wink und ging zur Tür. »Ich lass dich mal in Ruhe arbeiten.«

Eva kopierte die Chiffre, die sie für Ella angelegt hatte, in eine E-Mail, fotografierte das Bild von ihr und dessen Rückseite ab und schickte alles per Mail an Herrschmann. Dann steckte sie Umschlag und Foto mit der Klarsichthülle in ein Kuvert, nahm ihre Tasche und stand auf. Sollte sie die anderen Proben entsorgen? Die Röhrchen, die sie bei Selins Untersuchung eingesteckt hatte? Es befand sich ohnehin keine DNA darin, wie sie jetzt wusste. Und letztlich war es besser, niemand erfuhr jemals davon, dass sie sie mitgenommen hatte. Sie nahm den Beutel mit den Proben und steckte ihn in ihre Tasche. Den braunen Umschlag mit dem Foto hinterließ sie im Stationsbüro und instruierte die Kollegin, dass jemand von der Polizei ihn gleich abholen würde, was ihr einen neugierigen Blick eintrug. Dann verließ Eva das Krankenhaus, die Augen auf den Boden geheftet, um niemanden zum Gruß herauszufordern.

FRAUKE

Frauke hatte ihr Team ins Bild gesetzt.

Linus verschränkte die Arme vor der Brust. »Ich finde, Dr. Mares hätte uns sofort informieren müssen.«

Stimmengewirr erhob sich.

»Aber eine Frau hat das Recht …«, versuchte Dünya zu Wort zu kommen.

Frauke hob ihre Hand, um möglichen Diskussionen Einhalt zu gebieten. »Es ist jetzt, wie es ist. Das Sexpack mit den Abstrichen ist im Archiv der anonymisierten Spurensicherung. Das hätten wir natürlich gerne.« Frauke sah Linus an. »Du kennst doch Richterin Verl ein bisschen. Kannst du sie fragen, unter welchen Umständen es möglich wäre, die Probe für uns freizugeben? Eva Mares hat mir die Chiffre geschickt.«

Linus hob eine Augenbraue. »Ich habe sie ein paar Mal getroffen. Sie ist superkorrekt, ich frag sie.«

»Wie gehen wir weiter vor?«, fragte Dünya. »Wir haben jetzt womöglich einen Serienvergewaltiger.«

Thiel rieb sich über die Augen. »Wir müssen trotz der spärlichen Informationen die Gemeinsamkeiten der beiden Frauen finden.«

Frauke nickte. »Und da es unwahrscheinlich ist, dass wir ohne die sogenannte Ella Müller an die Probe im Archiv kommen, ist unsere Priorität, ihre Identität herauszufinden.« Sie seufzte. »Und wenn Nelly Mares nicht in einer Stunde aufgetaucht ist, weiten wir die Suche nach ihr bundesweit aus.«

EVA

Eva lenkte den Ford langsam durch den chaotischen Verkehr des Montagmittags. Überall in Bremen zogen sich Straßenbahntrassen über die Hauptverkehrsstraßen, häufig genug kam es an Ampeln zu Staus.

Es war trotz der Klimaanlage heiß im Wagen, dennoch fror sie und blinzelte gegen ein Brennen hinter ihren Lidern an. Sie musste die Kriminaltechniker in das Appartement lassen. Und dann mit Jacob sprechen.

Dieser Gedanke machte ihr Angst. Jacob würde ihr zu Recht Vorwürfe machen. Eva hatte ihn mit den Kindern allein gelassen, im Wissen, dass ihre Familie bedroht wurde. Sie hatte sich darauf verlassen, dass er ohnehin wie ein Habicht über ihren Nachwuchs wachte – und dass der Mann es nur auf sie abgesehen hatte. Was für ein Selbstbetrug!

Aber hinter ihrem Schweigen Jacob gegenüber verbargen sich noch andere Gefühle: Scham und Wut. Jacob schätzte angeblich ihre Arbeit mit den Gewaltopfern, aber er schien zu glauben, dass sie zu emphatisch dafür sei. Und er fühlte sich obendrein verantwortlich für ihr Wohlergehen. Auch deshalb sprach Eva weniger über leidvolle Momente mit Patientinnen; es steckte zu viel Sprengstoff für ihre Beziehung darin. Zu viel Wut darüber, dass sie sich ihm nicht anvertrauen konnte, ohne dass er ihr den Vorwurf machte, zu emotional zu sein.

Eva trat auf das Gaspedal, als der Verkehr wieder floss. Nur wenn zwischen ihnen immer noch alles war wie früher, würde er sie verstehen. Dass sie Ella hatte schützen wollen. Dass sie vieles mit sich selbst ausmachte, statt andere damit zu belasten. Der Schmerz war wie ein stacheliger Igel in ihrem Magen. Sie brauchte Jacob gerade mehr denn je.

Eva bog in die Vermeerstraße ein und hielt Ausschau nach einem Parkplatz. Gegenüber dem Haus stand ein weißer Van mit zwei Männern, das musste die Spurensicherung sein. Eva sah zu ihrem Haus hinüber. Ihr Herz tat einen Satz. Im Schatten auf dem Balkon im Hochparterre saß eine schlanke Gestalt mit butterblonden Haaren, den Kopf über ein Buch geneigt. Sie zog in die nächste Einfahrt, sprang aus dem Auto und rannte.

»Nelly!« Als ihre Tochter aufblickte und sie ansah, hatte Eva das Gefühl, nie ein schöneres Lächeln von ihr gesehen zu haben. Eine Welle der Erleichterung lief durch ihren Körper.

»Wir haben uns Sorgen gemacht!« Sie ging in die Hocke, drückte Nelly an sich.

Nelly machte sich los und zog eine Schnute. »Alles gut, kein Grund zur Aufregung. Mein Handy war leer, und ich dachte, vielleicht sollte ich es hier aufladen, bevor ich nach Hause fahre. Ich wusste ja, dass du bald Schluss hast.«

Eva trat zurück und staunte, wie nonchalant Nelly das sagte. Ihr war doch klar, dass sie nicht allein nach Bremen fahren durfte.

»Wir fahren zusammen im Auto zurück. Ich gehe nur kurz was holen, dann geht es los.«

Evas Tonfall ließ Nelly aufhorchen, denn sie sah sie mit großen Augen an. »Ich finde, ich bin alt genug, um …«

»Darüber reden wir noch!«

Eva schloss die Haustür auf und ging in das Appartement. Sie nahm den Laptop vom Schreibtisch und steckte ihn in ihren Lederbeutel. Dann sah sie sich um. Gab es noch weitere Wertgegenstände, die sie mitnehmen sollte? Sie hatte nicht vor, in nächster Zeit noch einmal wiederzukommen, sie würden ihre Übernachtungen in Bremen anders regeln müssen. Die Musikbox war klein und stand auf dem Regal neben der Küche, die war nicht viel wert. Sie reckte den Kopf. Warum lag das alte Handy nicht darauf? Sie nutzten hier ein altes Smartphone mit einem Riss im Display, um Musik zu streamen. Egal, das war auch nicht wichtig. Eva trat wieder auf die Eingangstreppe.

»Komm, wir gehen!«

Während Nelly ihre Sachen einsammelte, überquerte Eva die Straße und trat an den Van, die Fenster waren heruntergekurbelt.

»Eva Mares?«, fragte der Mann am Steuer. »KHK Herrschmann hat uns geschickt, wir sollen die Wohnung einer gründlichen Untersuchung unterziehen.«

Eva nickte. »Ich weiß. Die Vase, in der die gelben Rosen stehen, sollten Sie sich genauer ansehen, Sie können sie auch mitnehmen. Hier ist der Schlüssel!« Sie zog ihn von ihrem Schlüsselbund ab, der Mann griff durch das Fenster.

»Danke. Wir machen keine Unordnung, versprochen.«

Eva schrieb eine SMS an Frauke Herrschmann, dass Nelly wieder da war, und an Jacob, dass sie jetzt nach Hause kommen würden. Dann winkte sie Nelly, die sich auf den Beifahrersitz fallen ließ.

Eva kaute auf ihrer Unterlippe. Sie konnte Nelly verstehen, trotzdem war sie sauer auf sie. Sie mussten sich darauf verlassen können, dass sie sich an das hielt, was sie ihr sagten. Wenn sie mit Jacob gesprochen hatte, war es vielleicht besser, auch ihr von der Bedrohung zu erzählen? Dann würde sie wissen, dass sie nur aus Liebe zu ihr so streng gewesen waren, und in Zukunft vorsichtiger sein.

Als sie ausparkte, hatte Eva das Gefühl, Bremen würde für sie nie mehr die gleiche Stadt sein wie zuvor.

FRAUKE

Die Erleichterung in der Ermittlungsgruppe war groß, nachdem Frauke die SMS von Eva Mares vorgelesen hatte. Falscher Alarm!

»Dann konzentrieren wir uns jetzt auf die Unbekannte.« Frauke nahm den USB-Stick und verband ihren Laptop mit dem Beamer. »Das ist ein Überwachungsvideo, das Eva Mares mir gegeben hat. Es zeigt den Eingangsbereich des Krankenhauses in der Nacht, als sie bei ihr die Spuren gesichert hat.«

Eine kurze Sequenz eines graustichigen Films flimmerte vor ihnen auf. Eine schmale Frau, vornübergebeugt, als ob sie Schmerzen hätte, durchquerte die Lobby. Sie stand einen Moment am Empfang, dann tauchte von der Seite eine ältere Frau in Krankenhauskluft auf. Sie legte ihr den Arm um die Taille, um sie zu stützen, und verschwand mit ihr in Richtung der Fahrstühle.

»Man erkennt nicht viel, aber die Beschreibung stimmt: schmal, relativ klein, lange blonde Haare«, sagte Frauke.

Sie klickte auf eine andere Sequenz. Die junge Frau verließ das Krankenhaus zwei Stunden später in Krankenhauskleidung und mit einem Pflaster auf der Stirn. Sie sah sich über die Schulter, als fühlte sie sich verfolgt. Allmählich begann auch der Betrieb in der Klinik, ein Mann kam herein, gefolgt von einem Pärchen.

Thiel starrte auf das graue Bild. »Können wir sie zur Fahndung ausschreiben? Als Zeugin?«

Frauke nickte. »Wir müssen mit der Krankenschwester sprechen und mit der Frau vom Empfang. Der Typ hat sie auch gesehen.«

Dünya machte eine Notiz. »Ich kümmere mich darum.«

Frauke verschränkte die Finger. »Eva Mares sagte, sie sei einundzwanzig, Geburtsdatum elfter August. Dünya, starte doch bitte eine Suche nach allen Ellas im Bremer Melderegister, die an diesem Tag geboren sind. Vielleicht hat sie nur den Nachnamen geändert.« Frauke sah zu Thiel. »Und du holst unseren Hauptverdächtigen Thomas Wieland wieder zur Vernehmung her, wir müssen sein Alibi für Mai überprüfen.«

Thiel kniff die Augen zusammen. »Gibt es irgendwelche anderen persönlichen Informationen über das Mädchen?«

Frauke nahm einen Schluck Wasser. Ihr Hals fühlte sich inzwischen an wie ein Reibeisen. »Eva Mares sagte, sie käme ihr irgendwie altmodisch vor. Ich schicke euch allen das Protokoll. Aber einstweilen müssen wir auch diskret vorgehen. Vielleicht kennt das Mädchen den Täter. Er kennt sie mit Sicherheit, da er wusste, wo sie wohnt. Wir wollen nicht seine Aufmerksamkeit erregen.«

Frauke war elektrisiert. Das Blatt hatte sich gewendet. Nelly Mares ging es gut, und sie hatten endlich eine heiße Spur.

»Und was wir jetzt nicht vergessen dürfen«, fuhr Frauke fort, »Selin war schwerer verletzt als Ella vor acht Wochen. Das nächste Mal könnte eine Frau sterben.«

Dünya biss sich auf die Lippe und nickte ernst.

»Wir sehen uns nachher wieder!«

Mit neuer Energie sprangen alle auf.

EVA

Sie waren erst dreißig Minuten gefahren, als Nelly sagte: »Ich muss mal.«

»Wir sind gleich zu Hause.« Eva wollte jetzt keine weitere Pause einlegen.

Nelly schüttelte den Kopf. »Das dauert zu lange.«

Eva seufzte, stellte den Ford in einer kleinen Parkbucht neben der Landstraße ab und lehnte sich an die Kühlerhaube, während Nelly im Unterholz auf der gegenüberliegenden Fahrbahnseite verschwand. Das hatte sie jetzt davon, dass sie sie so gehetzt hatte. Aber sie hatte auch keine Minute länger mehr in der Vermeerstraße bleiben wollen. Eva hob den Blick in die Linden und sog die frische Luft ein in der Hoffnung, die Angst würde nachlassen. Nelly war wohlbehalten bei ihr. Aber die Panik, die sie gefühlt hatte, war immer noch spürbar, wie ein Kater nach einer ausgiebigen Feier. Ein Sonnenstrahl durchdrang den Blatthimmel und zeichnete einen Stern mit hellgrüner Aureole, doch die Schönheit des Schauspiels ließ sie kalt.

Kriminaltechniker waren in ihrer Wohnung. Der Mann war in dem Appartement gewesen. Sobald sie zu Hause war, würde sie Jacob alles erzählen. Sie würden auch darüber sprechen müssen, warum sie sich ihm nicht anvertraut hatte.

Eva sah auf den Horizont. Eine Schwalbe zischte nah über die Ähren, die sich bereits golden färbten, dazwischen wuchsen Kornblumen und vereinzelt Klatschmohn.

Sie war zur Polizei gegangen. Frauke Herrschmann sah keine Möglichkeit, ohne Ella an die Proben zu kommen.

Was würde der Täter jetzt tun? Wochenlang hatte sie versucht, ihn nicht zu provozieren, und nun wiederum alles in eine Waagschale geworfen. Sich in ihn hineinzudenken war, als krieche etwas Kaltes ihre Wirbelsäule entlang. Diese Männer ergötzten sich an Schmerz und Angst! Die elektrische Luftpumpe neben Emmas Planschbecken zu legen war Psychoterror.

Eva fröstelte, und sie trat aus dem Schatten der Linde an den Rand des Feldes. Unterhalb der Blüte waren die Kornblumen von kleinen schwarzen Insekten umschlossen. Blattläuse, die sich von der Pflanze ernährten. Auch solche Männer hefteten sich an das Schöne, bluteten die Unschuld aus.

Plötzliche Wut pulsierte so schnell durch ihren Körper, dass ihre Nackenmuskeln sich zusammenzogen. Sie würde den Mann umbringen, wenn er sich an den Kindern vergriff! Jacob und sie würden einen Plan schmieden, ihre Familie zu schützen. Eine Alarmanlage, ein Sicherheitsdienst.

Nelly kam zurück, und sie stiegen wieder in das Auto. Die Stimmung war nach wie vor auf dem Tiefpunkt.

Nach einigen Minuten Fahrt klagte Nelly erneut. »Mein Fahrrad steht an der Haltestelle in Dötlingen.«

Eva schüttelte den Kopf. »Wir fahren direkt nach Hause.«

Nelly quietschte entsetzt. »Das kann da nicht über Nacht bleiben!«

Eva seufzte und überlegte. Es waren nur wenige Minuten von der Bushaltestelle zu ihnen nach Hause, und das Rad war Nellys heiß ersehntes Geburtstagsgeschenk gewesen.

»Okay, ich setz dich ab. Dann fährst du schnurstracks nach Hause.«

Kurz hatte Eva den Impuls, Nelly anzuweisen, sie solle den längeren Weg über die Landstraße nehmen statt die Abkürzung über die Wiesen und durch das kleine Waldstück. Aber sie würde ohnehin nicht im Schritttempo neben ihr fahren können, es war mitten am Tag, und von Norden zogen jetzt graue, brodelnde Wolken auf. Nelly wäre zu Hause, bevor das Gewitter begann.

Sie erreichten die Haltestelle, und Nelly stieg aus.

»Bis gleich!«

Damals

Als er von der Schule nach Hause kam, war in der Küche der Tisch gedeckt. Verwundert blieb er stehen. Neben einem Teller stand eine Tasse mit Kakao, ein Korb mit hellen Brötchen, die dufteten, als seien sie gerade erst aus dem Ofen gekommen. Rote Marmelade in einem Glas. Besorgt sah er sich um, traute sich nicht, sich zu bewegen. Hatte Mama für ihn gedeckt?

Wie eine verkümmerte Blume, die lange nicht mehr gegossen worden war, hob eine kleine, traurige Hoffnung in ihm ihren Kopf. Er lauschte. Es war ruhig. So ruhig, als sei niemand da. Aber er wusste, dass sie ihn damit schon häufiger aufs Glatteis geführt hatte. Panisch suchte er in seiner Erinnerung nach etwas, das er getan hatte und hätte nicht tun dürfen oder nicht getan hatte, aber hätte tun sollen. Ihm fiel nichts ein.

Er kam zu dem Schluss, dass Mama gestern einen guten Tag gehabt hatte. Irgendwie hatte sie fast glücklich gewirkt. Erleichtert trat er näher an den Tisch und betrachtete die Brötchen. Sie sahen glatt und glänzend aus, süße Hefewecken, und er wusste, im Inneren wären sie flauschig weich, das konnte er fühlen. Sein Magen zog sich vor Hunger zusammen. Er ließ den Ranzen vom Rücken gleiten und setzte sich. Nahm ein Brötchen in die Hand. Es war noch warm. Er hielt es an die Nase, schloss die Augen. Für einen Moment spürte er die Sonne in seinem Gesicht, fühlte ein kleines Glück, süß und lebendig wie ein Küken.

Dann verdunkelte sich das Licht. Er hatte sie nicht kommen hören.

»Willst du etwas essen?«

Erschrocken riss er die Augen auf, ließ das Brötchen fallen und rutschte vom Stuhl.

»Ich wusste nicht …«

Seine Mutter trat näher und beugte sich bedrohlich über ihn.

»Du wusstest nicht, dass das nicht für dich ist? Wie konntest du denn glauben, dass du so etwas verdient hast? Hast du?«

»Ich weiß nicht, vielleicht, aber …«

Er stammelte, unsicher, was sie von ihm wollte, schon gepackt von der Ahnung, dass er keine Chance hatte. Dass alles, was er sagte, falsch war und sie ihm eine Falle gestellt hatte. Warum war er so dumm? Immer wieder.

Wehmütig sah er zu den Brötchen hinüber, senkte den Kopf. »Nein, ich habe das nicht verdient!«

»Stimmt! Aber ich weiß, was du verdient hast.«

Er hörte, wie sie den Stock vom Haken neben der Tür nahm, und kniff die Augen zusammen. Er wusste, was jetzt kommen würde. Und danach. Wenn sie traurig war, dass sie ihn schlagen musste, und darauf wartete, dass er sie tröstete.

JULI

TAG ZWEI

ELLA

Ella lehnte die drei kleinen Umzugskartons an die schmale Wand zwischen Bett und Badezimmertür. Mühsam hatte sie die gefalteten Pappen von der Straßenbahn hergeschleppt. Da würde alles hineinpassen, das sich in den letzten sechs Monaten angesammelt hatte. Mehr besaß sie nicht.

Sie setzte sich auf die bereits abgezogene Matratze, versuchte, die Tränen herunterzuschlucken. Dann stopfte sie ihren Computer und das Tagebuch in den Rucksack, stellte ihn ans Fußende und sah sich um. Das Zimmer wirkte noch trister als in den ersten Wochen nach ihrem Einzug. Das Bett unter dem Fenster, die winzige Küche, der Schreibtisch waren perfekt eingepasst, aber die Kammer war insgesamt so eng, dass die Sperrholzmöbel zwangsläufig Schleif- und Kratzspuren bekamen, was dem Ensemble, obwohl nicht alt, bereits einen ramponierten Eindruck verlieh.

Sie konnte sich kaum überwinden, die Einbauschränke auszuräumen. Sie hatte das Zimmer auch nach jener Nacht behalten, weil sie sich zu gelähmt gefühlt hatte, irgendetwas zu tun. Es hätte sich auch wie Aufgeben angefühlt. Inzwischen hatte sie zwar keine echte Entscheidung getroffen, aber ihre Hoffnung hatte sich mehr und mehr verflüchtigt. Hoffnung auf Leichtigkeit, Lebensglück, Freiheit, die sie befähigt hatte, die traurige, beklemmende Enge ihrer Familie und Gemeinde hinter sich zu lassen. Sie tolerierten höchstens eine Auszeit, danach durfte sie nie wieder Kontakt zu den Eltern und Geschwistern aufnehmen. Wenn sie jetzt nicht zurückkehrte, würde sie sie nie wiedersehen.

Ella stand auf, öffnete den Schrank, sah die Pullover, allesamt beigefarben, grau, dunkelblau. Die Röcke, die sie so lange nicht mehr getragen hatte, hingen auf Bügeln, daneben ein Stapel Jeans und einige bunte Blusen. Die konnte sie eigentlich gleich hierlassen.

Seufzend steckte sie den ersten Karton zusammen, legte die Pullis hinein, die Ersatzbettwäsche. Hoffentlich hielt ihre Mutter ihr Versprechen, dass sie zurückkommen durfte, wenn sie es innerhalb eines halben Jahres tat. Hoffentlich waren die Ältesten der Gemeinde nicht inzwischen dagegen.

Sie stellte sich auf die Zehenspitzen und fuhr mit der flachen Hand über das oberste Regalbrett. Sie erwartete, trockenes Papier zu fühlen, doch da war nichts.

Mit pochendem Herzen holte Ella den Hocker unter dem Schreibtisch hervor und kletterte darauf. Das oberste Fach war leer.

Der Briefumschlag aus dem Krankenhaus mit den Untersuchungsdaten, der Chiffre und der Visitenkarte der Ärztin war verschwunden.

EVA

Der kleine VW, den sie als Zweitwagen fuhren, stand nicht in der Einfahrt. Jacob war nicht zu Hause. Eva stieg aus, trat zurück, blickte zum Giebel der Scheune und drehte sich zu dem brachliegenden Grundstück auf der gegenüberliegenden Straßenseite um. Von dort hatte er das Foto aufgenommen, versteckt hinter dem Knick, der die Wiesen teilte. Wieder packte sie Wut. Sie musste die Nachbarn fragen, ob sie einen fremden Mann in der Nähe ihres Hauses gesehen hatten.

Schnell und regenschwer zogen die Wolken inzwischen auf die sommerlich verdorrten Wiesen zu. In der Diele ließ Eva die Sandalen von den Füßen gleiten und schlüpfte in ihre Pantoletten. So menschenleer wirkte das Wohnzimmer mit der offenen Holzdecke, den alten Kacheln und dem großen Kamin riesig.

Sie trat auf die Terrasse. Auch die Luft war bereits feucht. Schwüle Böen drückten die dünnen Rispen der Prachtkerze zu Boden und zwirbelten die Finger des Lavendels. Auf der Weide hinter dem Garten standen die Nachbarskühe am Zaun und blickten so vorwurfsvoll in ihre Richtung, als sollte sie ihnen Obdach gewähren, bevor das Gewitter niederging. Eva schloss die Tür, stellte die Kaffeemaschine an. Sie wählte Jacobs Nummer, doch er ging nicht ran. Sie lehnte sich auf die Granitarbeitsplatte, sah hinaus. Das Waldstück hinter der Weide lag im Schatten der Wolken, der Himmel war jetzt fast schwarz.

Wo blieb Nelly?

Kurz hatte Eva den Eindruck, eine Bewegung im Unterholz wahrzunehmen, eine Gestalt, die zurücktrat und mit den Ästen der Sprösslinge verschmolz. Sie kniff die Augen zusammen. Doch es schien, als habe auch dort nur der Wind die Blätter gezaust. Sie schauderte und sah auf die Uhr. Es war erst einige Minuten her, dass sie Nelly abgesetzt hatte. Hätte sie sie doch im Wagen mitgenommen. Scheiß auf das teure Rad!

Im Internet suchte sie eine Firma für Alarmanlagen heraus und wählte online den nächstmöglichen Termin aus. Dann legte sie das Gerät weg, schäumte Milch. Nelly müsste längst hier sein.

Eva unterdrückte ein schmerzhaftes Prickeln im Brustkorb. Draußen fing es heftig an zu regnen. Sie rief Nellys Handy an, doch es war natürlich immer noch ausgeschaltet. Hätten sie es doch aufgeladen! Sie lauschte der Ansage, unfähig aufzulegen. Aber sie hatte sie heute schon einmal für entführt erklärt, so voreilig würde sie kein zweites Mal reagieren. Dennoch war es, als ob sich nicht nur am Himmel etwas zusammenbraute.

Eva hörte den Schlüssel in der Haustür, drehte sich erleichtert um und erstarrte.

FRAUKE

Dünya folgte Frauke ins Büro. »Keine Ella Müller oder Ella gleichen Geburtsdatums in den Melderegistern oder auf der Immatrikulationsliste der Uni. Ich habe Selin angerufen, die kennt auch keine Ella.«

»Die Frau ist also nach wie vor ein Phantom«, stellte Frauke fest.

Dünya schaute auf ihren Notizzettel. »Linus hat versucht, Richterin Anke Verl zu erreichen, aber die sitzt in einem Prozess. Wenn er in der nächsten halben Stunde nichts von ihr hört, versucht er es beim richterlichen Notdienst. Und ich wusste, dass dich das nerven würde, deshalb die gute Nachricht zum Schluss: Thiel sitzt mit Wieland im Verhörraum. Der sagt, er habe ein Alibi, aber wir checken das noch. Eine Ella kennt er nicht.«

Frauke hob den Kopf. »Ein Alibi, ja?«

Wieland als Täter war so eine naheliegende, einfache Lösung. Aber an diesem Fall war nichts einfach.

»Er sagt, er sei im Mai auf den Kanaren gewesen, hat uns die Bordkarte gezeigt. Wir fragen gerade bei der Airline nach, ob er tatsächlich eingecheckt hat.«

»Dann ist er raus, zumindest für die Nacht.«

»Und jetzt? Die Uni? Sollen wir da ansetzen?«

»Geh zurück zu Wieland, solange wir ihn noch festhalten können. Er soll noch einmal in sich gehen, was mögliche Stalker oder Männer angeht, die ihm irgendwie verdächtig vorkamen. Er war eifersüchtig, er hat sich die Typen um Selin herum also genau angeschaut.« Frauke seufzte. »Ich gehe noch einmal die Akte durch. Womöglich liest sie sich anders, jetzt, da wir von Ella wissen. Wenn ihr mit Wieland durch seid, ruft ihr die Studentinnen an, mit denen ihr schon gesprochen habt. Fragt sie, ob sie eine Ella oder so ähnlich kennen, und nach einer Studentin, die unserer Beschreibung entspricht.«

Nachdem Dünya davongeeilt war, starrte Frauke auf ihre Hände. Die Uni. Sollte sie Kollegen mit dem Foto von Ella dort hinschicken?

Aber es gab nur eine matte Ansicht ihres Profils, und dieses Vorgehen wäre alles andere als diskret. Sie hatten längst nicht mit allen Kommilitonen von Selin gesprochen. Sie mussten sie jetzt fragen, ob eine ihrer Freundinnen oder Bekannten sich im Mai im Gesicht verletzt hatte, ob jemand Ella genannt wurde. Ob eine Mitstudentin verstört gewirkt hatte. Und das alles, obwohl Ella nicht gefunden werden wollte.

Sie ging nach nebenan.

»Linus?«

Linus drehte sich in seinem Schreibtischsessel um.

»Gibt es eine Ella in den sozialen Netzwerken, die irgendwie mit Selin verbunden ist?«

»Keine Ella. Außer, sie benutzt ein Alias.«

»Gibst du mir die Listen der Studenten in Selins Seminaren?«

Linus holte einen schmalen Packen Papier aus einer Schublade. »Ich habe aus Selins Account die Teilnehmerlisten ausgedruckt. Die, mit denen jemand von uns bereits gesprochen hat, sind gelb markiert. An eine Ella kann ich mich nicht erinnern, sonst hätte ich was gesagt.«

»Danke, gute Arbeit.«

»Hm«, Linus wandte sich wieder dem Bildschirm zu, er sah traurig aus.

»Geht es dir gut?«

Sie vergaß manchmal, dass Linus erst seit einem Jahr bei ihnen im Kommissariat war, wie neu und erschreckend einiges immer noch für ihn war.

Er starrte auf seinen Bildschirm. »Das ist ein ganz schöner Scheiß, der da abgeht.«

»Da hast du recht.«

Wenn das hier alles vorbei war, würde sie mal ein Bier mit ihm trinken gehen, ihn fragen, wie es lief mit der frischen Beziehung. Jetzt war nicht der richtige Zeitpunkt dafür.

Frauke kehrte mit den Ausdrucken an ihren Schreibtisch zurück und griff nach einem Stift. Sie schlug die erste Seite auf. In der Kopfzeile standen jeweils Thema, Dozent, Uhrzeit und Ort. Darunter eine lange Liste mit Namen. Sie blätterte vor. Bei Vorlesungen hatten über hundertdreißig Studierende sich für die Begleitmaterialien angemeldet. Was natürlich nicht hieß, dass alle dann auch im Hörsaal gesessen hatten. Bei manchen Seminaren standen nur zwanzig oder weniger Personen auf dem Blatt. Bei den Pflichtveranstaltungen tauchten die meisten Namen erneut auf.

Nachdem Frauke fünfzehn Seiten gelesen hatte, war klar, dass die meisten Teilnehmer, die in den gleichen Veranstaltungen wie Selin gesessen hatten, von dem Team, das der Soko zuarbeitete, bereits kontaktiert worden waren. Die, die auch in Selins Telefon mit ihren Kontakten gespeichert waren, hatten Dünya und Linus selbst angerufen. Nur ein Name war Frauke bisher ins Auge gesprungen. Eine Elisabeth hatte teilweise die gleichen Seminare wie Selin belegt, nicht viele, aber ein paar.

Frauke starrte den Namen an. Elisabeth konnte man zu Ella abkürzen, der Name klang altmodisch. Sie googelte die junge Frau, aber online war nichts über sie zu finden. Sie war in keinem Sportverein aktiv, hatte kein öffentliches Konto in den sozialen Netzwerken, zumindest nicht unter ihrem Klarnamen.

Sie schrieb Dünya eine Nachricht: *Fragt bei den Telefonaten nach der Beschreibung von Elisabeth Pötz.*

Dann las sie weiter. Auf der nächsten Seite stutzte sie, als sie die Kopfzeile überflog. Der Dozent hieß Dirk Blinkaus.

Wieso kam ihr der Name bekannt vor?

EVA

Jacob sah so wütend aus, dass Eva unwillkürlich ihren Becher Kaffee zum Mund führte, um ihre Panik zu verbergen. Jetzt war die Stunde der Wahrheit gekommen, und er war stocksauer. Wasser tropfte an ihm herab auf den Fußboden, während er aus den nassen Schuhen schlüpfte. Er nahm die Einkaufstüte hoch, die er abgestellt hatte, und kam auf sie zu. Seine Socken hinterließen feuchte Flecken auf den Fliesen. Anscheinend war er nicht nur einkaufen gewesen, sondern auch spazieren, wie er es oft tat, wenn er aufgebracht war. Dann hatte ihn wohl der Regen überrascht.

»Also Nelly kann sich auf etwas gefasst machen!« Er stellte die Tüte neben Eva ab. »Ich verstehe ja, dass sie meint, sie sei alt genug, aber wir haben gesagt, dass sie nicht allein nach Bremen fahren darf und basta!«

»Wenn sie denn endlich kommt. Ich habe Nelly in Dötlingen bei ihrem Fahrrad abgesetzt, und sie müsste seit mindestens zehn Minuten wieder hier sein. Ihr Handy-Akku war leer und ist es immer noch. Und das ist meine Schuld, weil ich sie so gehetzt habe.«

Eva hatte das hohle Gefühl, Nelly verteidigen zu müssen. Sie selbst war an allem schuld. Sie hatte ihr nicht gesagt, warum sie ihr die Freiheit, allein loszuziehen, nicht geben konnten.

Jacob seufzte. »Na ja, wenigstens lässt sie ihr Handy nicht auf der Türschwelle liegen. Ist dir das runtergefallen? Jetzt ist das Display kaputt.«

Er lächelte müde und hielt ihr ein iPhone entgegen, über dessen Bildschirm sich Sprünge wie ein Spinnennetz zogen.

Eva starrte es an. »Aber …« Sie machte einen Schritt rückwärts. »Das ist nicht mein neues Handy, das ist das iPhone, auf dem ich Musik gehört habe. Es gehört in die Vermeerstraße.«

Es hier in der Wildeshauser Geest in Jacobs Hand zu sehen war, als sei etwas in der Welt aus den Angeln gesprungen.

»Es lag vor der Tür?«

Jacob musterte perplex das Gerät in seiner Hand. »Ja, aber vielleicht ist das gar nicht unser …« Er drückte auf den Knopf am Rand, und auf dem Display leuchtete das Foto ihrer drei Kinder auf.

»Als ich vorhin gekommen bin, war es noch nicht da«, flüsterte Eva.

Sie nahm Jacob das Handy aus der Hand. Levin, Nelly und Emma, die sich gemeinsam vor der Kamera drängelten. Ein Schnappschuss, den sie liebte und damals als Bildschirmfoto eingerichtet hatte.

»Oh Gott, oh Gott … es war nicht gesperrt. Es ist in der Cloud angemeldet, aber es hatte keinen Code, weil das so nervig war, beim Musikhören den Code einzugeben, und eine SIM-Karte war ja auch nicht drin.« Eva hielt das Handy von sich wie eine Handgranate und ging damit zum Sofa. »Er hat es zurückgebracht. Warum hat er es zurückgebracht?«

Sie legte es mit spitzen Fingern auf den Couchtisch, bemüht, das Display nicht zu berühren, und nahm ihr eigenes iPhone in die Hand. Mit zitternden Fingern rief sie die Nummer von Frauke Herrschmann auf. Doch bevor sie wählen konnte, klingelte das Handy auf dem Tisch. Eva erstarrte. Der Dieb hatte das alte Gerät mit einer SIM-Karte ausgestattet. Und nur er konnte die Nummer kennen. *Unterdrückte Rufnummer* stand hinter den Rissen im Glas.

»Sag mal, was ist hier eigentlich los?« Jacob zog sich den nassen Pullover über den Kopf. Über seine feuchte Haut zog sich Gänsehaut. »Ich muss mir was anziehen, vielleicht erklärst du mir dann …«

»Bleib, bitte!«, unterbrach Eva ihn. Sie stellte den Lautsprecher an und nahm den Anruf entgegen. »Hallo?«

FRAUKE

Frauke ging ins Verhörzimmer, wo Thomas Wieland angespannt hinter dem angeschraubten Tisch saß.

»Kennen Sie eine Elisabeth?«

Er warf ihr einen müden Blick zu. »Nee, wer soll das sein?«

»Eine Mitstudentin von Selin.«

Sie hielt ihm das Bild von Ella hin, und er richtete sich auf, wohl im Versuch, Bereitschaft zu signalisieren. Dann schüttelte er den Kopf.

»Nein, an die kann ich mich nicht erinnern.«

Frauke nickte und überließ Wieland seinen Gedanken. Und Ängsten. Sein gestriger Besuch hier war ihm sicher noch präsent.

In der Kaffeeküche war die Schublade mit den Süßigkeiten komplett leergeräubert. Hinter den Kaffeebechern versteckt fand Frauke eine angebrochene Packung Kekse und nahm sich drei der sechs verbliebenen, nicht ohne schlechtes Gewissen und sich vorzunehmen, welche nachzukaufen.

Sie holte die Laufakte, legte sie neben die Listen der Seminare und sah auf die Uhr. Es war kurz nach drei. Der Ordner war seit gestern zu einem beachtlichen Packen Papier angewachsen. Frauke begann von hinten zu lesen, angefangen bei dem ersten Ereignis, dem Notruf von Julia Cummings. Sie las ihr eigenes Protokoll der Befragung von Selins Mitbewohnerin wenige Stunden nach der Tat. Die Tasche war ihr wichtigster Fingerzeig gewesen. Eine Spur, die sich bisher als dünn erwiesen hatte.

Immerhin hatten sie den Hinweis auf den Zweitschlüssel bekommen, den Selin Thomas Wieland gegeben hatte. Es war eine Studentin gewesen, die die Tasche gefunden hatte. Frauke blätterte vor. Eine Viviane Kunz hatte sich heute Vormittag gemeldet, nachdem Pablo sie auf dem Campus wiedererkannt hatte. Sie habe die Tasche an einer Bushaltestelle außerhalb des Campus gefunden.

Frauke blätterte einmal vor und zurück. Konnte sie ausschließen, dass es sich so abgespielt hatte, wie sie zunächst befürchtet hatten? Selin selbst hatte ausgesagt, sie in den Toiletten vergessen zu haben. Und sie fuhr Straßenbahn. Aber beide Frauen hatten sich nicht genau erinnern können, die ganze Sache lag Monate zurück.

Frauke tippte sich mit ihrem Kugelschreiber gegen die Stirn. Kleine Klopfzeichen, um die Gedanken in der Bewegung zu halten. Auch Ellas Vergewaltigung lag zwei Monate zurück. Und wenn diese ebenfalls Studentin war und der Vergewaltiger seine Opfer ausspähte, trieb er sich womöglich an der Uni herum. War in den Stunden zwischen dem Verschwinden der Tasche und dem Augenblick, in dem Viviane Kunz sie gefunden hatte, keine weitere verantwortungsbewusste Person an der Bushaltestelle gewesen? Das Bargeld war auch weg gewesen.

Frauke notierte *Tasche/Schlüssel?*.

Sie blätterte zu ihrem Gedächtnisprotokoll des Gesprächs mit Laiba Bayar im Hof des Krankenhauses zurück. Es gab eine Bemerkung, der sie bisher keine Beachtung geschenkt hatte: Selin habe für einen ihrer Dozenten geschwärmt. Laiba hatte es so gesagt, als unterstreiche es Selins Desinteresse an Beziehungen.

Frauke schrieb *Dozent? Schwärmerei?*.

Sie dachte an Wieland. Da er eine Bordkarte hatte, war es unwahrscheinlich, dass er nicht auch im Flugzeug gesessen hatte, als Ella vergewaltigt wurde. War sie objektiv gewesen, als sie sein Verhalten als theatralisch empfunden hatte? Dünya hatte ihn anders gesehen. Musste sie aufpassen, dass sie nicht kalt und ungerecht wurde? Frauke wusste, dass sie manchmal hart war. Zu sich selbst und anderen. Nachdem er gestern bei der Befragung zusammengebrochen war, hatte er wieder geweint. Er hätte Selin nie etwas antun können. Wenn sie vom gleichen Täter bei beiden Vergewaltigungen ausgingen, war Wieland nicht der Gesuchte.

Sie hatten vermutet, dass Selin beobachtet worden war. Sie gab Elisabeth Pötz' Namen in das Einwohnermeldeverzeichnis ein. Wie so viele Studentinnen war sie bei ihren Eltern gemeldet, in der Nähe von Duisburg. Als Zweitwohnsitz hatte sie das Studentenwohnheim auf dem Campus angegeben.

Frauke notierte *Elisabeth = Ella?*.

Studenten, Dozenten und Professoren, Mitarbeiter, Hausmeister, Handwerker – Ella und Selin mussten viele gemeinsame, wenngleich teils flüchtige Kontakte gehabt haben. Gab es eine Verbindung zwischen Eva Mares und den Studentinnen? War es Zufall, dass Selin während ihrer Schicht eingeliefert wurde, oder steckte womöglich Kalkül dahinter? Sie hatte gestern doch nachgesehen, was über Dr. Mares in ihrer Datenbank stand.

Frauke hielt sich mit beiden Händen an der Schreibtischkante fest. Jetzt wusste sie, woher sie den Namen Dirk Blinkaus kannte. Er hatte nach dem Einbruch in Dr. Mares' Wohnung die Polizei empfangen. Er wohnte im gleichen Haus!

EVA

Eva ließ sich auf der Sofakante nieder.

Eine verzerrte Stimme klang aus dem Lautsprecher. »Ich weiß, dass Sie etwas haben, das mir gehört. Ich will es zurück!«

»Wie kommen Sie an das Handy?«, fragte Eva, obwohl sie die Antwort bereits erahnte. »Das ist meins.«

Das leise Lachen ihres Gesprächspartners klang durch den blechernen Ton wie eine statische Entladung. Eva starrte in Jacobs Gesicht, der den Mund öffnete, und gab ihm durch ein leichtes Kopfschütteln zu verstehen, still zu bleiben. Sein Blick wanderte von Eva zu dem Handy, das zwischen ihnen auf dem Tisch lag, und zurück. Sein Kiefer mahlte.

»Und ich habe es dir ja auch wiedergegeben«, schnarrte die Stimme. »Jetzt allerdings habe ich wieder etwas, das dir gehört, und dieses Mal stelle ich Bedingungen.«

Eva hörte ein Knacken, ein dumpfes Geräusch, deutlicher als zuvor Keuchen und dann einen Schrei, der ihr durch Mark und Bein ging: Nellys Stimme, hoch, benommen, ängstlicher, als sie sie je gehört hatte.

»Lassen Sie mich los!«

Erneutes Keuchen, noch einmal Nellys Stimme: »Nicht …«

Schließlich war es totenstill in der Leitung.

»Hallo!«, schrie Eva.

Ihr war, als sei das Mark in ihren Knochen durch glühende Lava ersetzt worden. Sie sah Jakob straucheln. Mit einem Ächzen, wie ein gefällter Baum, stolperte er zum Sessel.

Wieder ertönte die verzerrte Stimme.

»Deine Tochter schläft jetzt im Dornröschenschlaf. Es liegt an dir, ob sie wieder aufwacht. Ich will die Proben, die du bei der kleinen Schlampe genommen hast. Um zehn melde ich mich wieder. Keine Polizei, du kommst allein.« Dann wurde der Anruf unterbrochen.

Als Eva aufblickte, sah sie in die lodernden Augen von Jacob, sein Gesicht war kalkweiß. Er spuckte jedes Wort einzeln aus: »Wovon, zum Henker, spricht dieser Mann?!«

Eva nahm alles wie durch eine Taucherglocke wahr. Ihre Gedanken und Gefühle überschlugen sich, gepeinigt von einem gellenden Schrei in ihrem Kopf: Nelly! Was tat er ihr an?

Ihr Blick flog zur Uhr, erfasste die Zahlen jedoch nicht. Sie hatte die Proben nicht, sie wusste nicht einmal, wo sie waren! Ihr Brustkorb wurde eng, sie bekam keine Luft mehr, und ihr wurde eiskalt.

»Er darf das nicht. Das darf nicht wahr sein!«

Eva versuchte, ihren Atem unter Kontrolle zu bekommen, sie war kurz davor zu hyperventilieren. Für einen Moment zog sich ihr Sichtfeld auf einen schwarzen Punkt zusammen.

»Wir müssen die Polizei rufen!« Jacob packte Eva an den Schultern.

»Auf keinen Fall. Ich weiß, was er will, und er wird es bekommen.« Eva riss sich los. »Ich weiß nur noch nicht wie.«

Jacob starrte sie entgeistert an. »Es gibt keine Alternative, wir müssen die Polizei informieren.«

Eva schüttelte den Kopf. »Ich habe vorhin mit der Polizei gesprochen. Sie wissen nichts über den Typen. An die DNA-Proben von ihm kommen sie nicht heran. Mit dem, was sie haben, finden sie Nelly nicht rechtzeitig.« Der Schmerz machte sie plötzlich glasklar im Kopf. »Es sind nur sieben Stunden. Die Polizei ist vollkommen machtlos.« Sieben Stunden, dachte Eva. Sieben endlose Stunden des Grauens. Sie zitterte.

»Welche DNA, verdammt noch mal?« Seine Fassungslosigkeit war Jacob ins Gesicht geschrieben.

»Ich habe bei einer jungen Frau, die dieser Typ vergewaltigt hat,

DNA gesichert.« Eva zeigte angewidert auf das Telefon auf dem Tisch. »Und jetzt will er, dass ich die Probe aus dem Archiv hole und ihm gebe. Im Austausch gegen Nelly.«

»Was hast du mir alles verschwiegen?«

Eva begann zu berichten. Als sie fertig war, beugte Jacob sich vor und barg seinen Kopf in den Händen.

»Das heißt, er ist zu allem bereit!« Er klang, als würde er in seinem Inneren in tausend Stücke bersten. »Das ist ein Albtraum.«

FRAUKE

Frauke googelte Dirk Blinkaus. Nicht nur auf der Website der Universität war ein Foto von ihm, es gab auch zahlreiche Schnappschüsse im Internet und in den sozialen Netzwerken. Blinkaus als Redner vor einer Gruppe Studenten. Im Drachenboot an der Weser, im Wattenmeer, auf einem Kliff mit Helm und Gurt um die Windjacke, den Arm um eine Frau gelegt. Im Hintergrund segelten weitere Kite-Surfer über einen betonfarbenen Himmel. Er sah gut aus, wirkte dynamisch und selbstbewusst. Womöglich der Typ, auf den eine junge Studentin abfahren würde. Und er kam ihr bekannt vor. Sie kniff die Augen zusammen.

Natürlich: Kim Baumann! Dirk Blinkaus war am Sonntagvormittag aus ihrem Haus gekommen und hatte sie geküsst. Frauke lehnte sich zurück. Was hatte die junge Frau gesagt? Sie sei erst früh morgens nach Hause gekommen. Sie gab ihm kein Alibi.

Frauke vergrößerte ein Porträtfoto von Blinkaus. Er wirkte fast zu selbstbewusst, mit einem breiten Lächeln, das ein wenig einstudiert wirkte. Sie ließ seinen Namen durch die Datenbank laufen. Geschwindigkeitsübertretung, sonst nichts weiter. Er war erst seit sechs Wochen in der Vermeerstraße gemeldet, davor hatte er in Schwachhausen gewohnt, in einer Straße, die sie kannte, mit großen, repräsentativen Reihenhäusern.

Frauke holte sich das Protokoll des Einbruchs in der Vermeerstraße auf den Bildschirm. Das Appartement der Mares war klein, lag im Hochparterre, das Haus war in drei Einheiten unterteilt. Wer zog von einem spitzenmäßigen Altbremer Haus in eine winzige Dachgeschosswohnung? Geldsorgen? Sie suchte erneut nach Blinkaus' vorheriger Adresse. Es war dort niemand Neues gemeldet, offiziell stand das Haus leer.

Linus steckte den Kopf durch die Tür.

»Wieland war im Mai tatsächlich auf den Kanaren.«

Frauke nickte, sah auf die Uhr. Kurz nach drei.

»Habt ihr noch ein paar Studentinnen erreicht?«

»Ja, bisher hat sich keine an Ella erinnert oder kennt Elisabeth Pötz. Eine Kommilitonin hat überlegt und gesagt, es gebe eine unscheinbare Blonde, die vielleicht Elisabeth hieße. Aber sie war sich nicht sicher. Nicht mal, als ich ihr das Bild gemailt habe.«

»Besorg die Telefonnummer von Elisabeth Pötz, wenn möglich. Und wir sollten uns auch noch mal zusammensetzen, es gibt da was. Sagst du allen Bescheid, wenn sie wieder da sind?«

EVA

Eva atmete bemüht kontrolliert ein und aus. Jetzt nicht hyperventilieren, nichts überstürzen, keine Fehler machen. Was wusste sie über den Mann? Das schummrige Licht im Wohnzimmer und die Leere des Raumes wirkten wie losgelöst von der Welt, die nur aus einem einzigen Fixstern bestand: Nelly!

Jacob tigerte durch den Raum, die Hände an seinem Kopf, als müsste er die Gedanken daran hindern, in alle Richtungen davonzurasen. »Ich denke immer noch, dass die Polizei unsere beste Option ist.«

Eva dachte an das Gespräch mit Frauke Herrschmann. »Die tappen komplett im Dunkeln.«

Jacob raufte sich die Haare, setzte sich zu ihr. Sprang wieder auf. »Wir müssen doch etwas tun!«

Eva deutete auf das Telefon. »Er hat mit dem alten Gerät anscheinend kompletten Zugriff auf die Cloud gehabt. Er konnte uns alle jederzeit orten. Er war in unserer Wohnung in Bremen. Vielleicht sogar hier im Haus? Jedenfalls am Schuppen. Wer weiß, was er alles sieht und hört?«

Erschrocken von diesem Gedanken hob Eva den Kopf, musterte die Deckenbalken. Es gab heutzutage winzige Überwachungskameras im Internet zu kaufen.

Jacob folgte ihrem Blick. »Glaubst du das wirklich?«

»Ich weiß nicht mehr, was ich glauben soll!« Eva erhob sich, lehnte sich haltsuchend gegen den Esstisch. »Erinnerst du dich an die elektrische Luftpumpe, die plötzlich auf dem Rasen lag? An Emma, die sie fast ins Wasser geworfen hätte?« Sie schluckte. »Er spielt mit uns. Und unserem Leben.«

Jacob schüttelte den Kopf. »Ich kann nicht klar denken. Das ist alles so … unfassbar.«

»Ich habe dem Mädchen, das er vergewaltigt hatte, unsere Privatadressen gegeben.«

Jacob starrte Eva an.

»Ich dachte, sie braucht mich vielleicht.« Eva wollte sich nicht rechtfertigen müssen. Das alles zählte jetzt nicht, die Schuldgefühle würden ohnehin kommen, das wusste sie.

Eva fühlte Nelly als Verlängerung ihrer selbst in jeder Faser ihres Körpers, wie den Phantomschmerz eines fehlenden Gliedes. Ihre wundervolle Tochter, deren Gesicht im Schlaf immer noch so glatt und weich war wie das eines Kleinkindes. Des Babys, das sie nächtelang im Arm gehalten hatte. Sie selbst nur im Halbschlaf, um keine Sekunde davon zu verpassen, wie perfekt der kleine Körper in die Wölbung ihres eigenen passte. Sie konnten nicht riskieren, dass die Polizei den Mann in die Ecke drängte. Wenn er ihre Adressen von Ella hatte, was war dann mit ihr? Lebte sie noch?

Eva biss sich auf die Unterlippe. »Ich hole das, was er will, und gebe es ihm. Wir kriegen das hin!«

Jacobs Gesicht verzog sich vor Schmerz. »Geht nicht auch etwas, das so aussieht wie die Proben? Er hat sie ja nie gesehen.«

Eva schüttelte den Kopf. »Ella hat uns persönliche Gegenstände gegeben. Unterwäsche, eine Bluse, grau mit weißen Blümchen. Daran wird er erkennen, ob es das richtige Paket ist. Er wird sich nicht mit irgendetwas zufriedengeben. Ich muss zur Rechtsmedizin. Die einzige Person, die ich kenne, die weiß, wo das Archiv ist, ist Irida Sawati.«

»Ich komme mit.« Jacob zog den nassen Pullover wieder an.

»Ich muss allein fahren. Er kann sehen, wo wir sind. Vielleicht beobachtet er unser Haus. Und wenn ich dein Handy jetzt aus der Familiencloud lösche, weiß er auch Bescheid.«

»Dann bleibt eben das Scheißtelefon hier!« Jacob war außer sich vor Wut.

Eva schossen Tränen in die Augen. »Dann kann ich dich nicht erreichen. Dann kann Nelly dich nicht anrufen oder hierherkommen, falls es ihr gelingt zu fliehen. Meine Eltern sind nachher mit Levin und Emma zurück. Jemand muss hier die Stellung halten.«

Sie sahen sich in die Augen. Jacobs Blick war gepeinigt, doch er hatte Eva verstanden. Er kam um den Tisch, nahm sie in die Arme. Sie hielten sich fest; Eva atmete Jacobs Geruch ein, Geborgenheit, Nähe.

Es waren jetzt noch über sechs Stunden, bis der Entführer sich wieder melden würde. Ein ganzer Nachmittag und Abend, in denen Nelly einem Serienvergewaltiger ausgeliefert war. Sie durfte nicht daran denken, was er ihr antun konnte, sonst würde sie nur noch schreien.

Eva machte sich los, schluchzte, nahm das Telefon mit dem geborstenen Display und ihr eigenes, schnappte sich ihre Tasche und rannte hinaus in den Regen.

FRAUKE

Als sie sich erneut am Konferenztisch versammelten, wirkten ihre Kollegen frustriert. Wie eine Verbindung zwischen den Frauen finden, wenn sie nicht einmal wussten, wie die eine hieß?

Frauke rief ein Foto von Blinkaus auf die Leinwand. »Es gibt einen Mann, bei dem Selin in der Uni ein Seminar belegt hat. Er ist zwei Wochen nach der Vergewaltigung von Ella, nennen wir sie der Einfachheit halber mal weiter so, in das Haus gezogen, in dem Eva Mares in Bremen eine Wohnung hat.« Sie sah Dünya fragend an. »Wenn ich mich nicht täusche, haben wir diesen Mann am Vormittag nach dem Angriff auf Selin aus der Wohnung von Kim Baumann kommen sehen?«

Dünya musterte das Bild. »Ja, das ist der Typ. Und sie war erst früh morgens zu Hause, also kein Alibi von dieser Seite.«

Thiel zog die Brauen hoch. »Eine interessante Verbindung. Und gehen wir tatsächlich von einem Täter aus, ist Dr. Mares dann mehr als nur die Ärztin der beiden Frauen?«

»Das ist die entscheidende Frage. Sie hat kurz nach Blinkaus' Einzug Anzeige wegen Einbruchs in die Wohnung im Viertel erstattet.«

Linus schüttelte den Kopf. »Das kann auch Zufall sein. Es gab da in letzter Zeit viele Einbrüche.«

Frauke stützte ihre Ellenbogen ab und legte das Kinn in die Hände. »Aber nehmen wir an, er war es. Es wurde nichts gestohlen. Dann hat der Täter nach persönlichen Informationen gesucht, in ihren Privatsachen gewühlt, wollte sich einen Überblick über ihr Leben verschaffen. Es gibt mit Sicherheit Kinderfotos und alles Mögliche in der Wohnung, das ihm genutzt hat. Kalender. Dann wäre es kein Zufall mehr, dass Selin genau zur ersten Schicht nach Dr. Mares' Urlaub überfallen wurde.«

Thiel lehnte sich zurück und faltete die Hände hinter dem Kopf. »Sind wir uns sicher, dass sie uns alles erzählt hat?«

Frauke schüttelte den Kopf. »Sie sagt, der Mann habe eine elektrische Luftpumpe im Garten neben das Kinderplanschbecken ihrer jüngsten Tochter gelegt. Und den Stecker eingesteckt. Wir können nicht sicher sein, dass die da nicht aus Versehen lag, aber Eva Mares bestreitet das.«

»Aber warum macht der Typ das? Das ist krank.« Dünya starrte Frauke an. »Um sie zu verunsichern oder den Ernst der Lage begreifbar zu machen?«

Frauke nickte und sah die nachdenklichen Gesichter ihrer Kollegen. Sie malten sich bestimmt ebenso wie sie aus, wie der Täter in Rage geriet, als er von der Ärztin und den Spuren erfuhr, die sie genommen hatte. Wie er hochkochte, sie ausspähte. An den Mienen der anderen konnte Frauke erkennen, dass sie zu dem gleichen Schluss kamen wie sie: Es war möglich. Es passte in die perfide Logik eines antisozialen Täters mit Aggressionsproblemen: Er war unvorsichtig gewesen, hatte genetische Spuren hinterlassen – und seine Wut richtete sich auf eine Person, der er die Schuld gab, wenn er deshalb überführt werden konnte.

»Wir müssen Ella finden.« Frauke sah Thiel und Linus an. »Und ihr schnappt euch Blinkaus und bringt ihn her.«

EVA

Das Institut für Rechtsmedizin war in Bremens größtem Krankenhaus untergebracht.

Eva hielt auf dem Besucherparkplatz, legte die Parkuhr hinter die Windschutzscheibe und fuhr sich mit beiden Händen durch die Haare, um ihren Zopf zu richten. Dann wurde Eva klar, dass das vermutlich nicht reichen würde. Sie klappte die Sonnenblende herunter. Aus dem kleinen Spiegel starrten sie ihre Augen durchscheinend hell an, als habe jemand die Farbe herausgewaschen und ihre Seele bloßgelegt, ein gequältes Mutterwesen hinter Glas. Darunter zog sich Mascara in grauen Streifen über ihre Wangen. Eva fand ein Paket Papiertücher in ihrer Tasche und rieb ihre Haut, bis sie gerötet, aber fast sauber war. Dann wühlte sie im Handschuhfach des Wagens, bis sie zwischen Brötchenkrümeln einen Lippenstift fand. Sie erspähte eine Haarbürste im Fußraum hinter dem Beifahrersitz. Bei dem Anblick der langen, blonden Haare erbebte Eva. Sie drückte die Bürste an sich und dachte, dass sie es nicht schaffen würde, so zu tun, als ob nichts wäre. Sie ließ ein Haar durch die Finger gleiten. Genauso seidig wie früher, als Nelly klein gewesen war.

Ihre Augen suchten den winzigen Spiegel. »Ich schaffe das! Ich hole sie da raus. Ich schaffe das!«

Es nieselte nur noch ein wenig, aber auf dem Asphalt standen Pfützen. Evas Füße, die immer noch in den offenen Latschen steckten, wurden feucht. Vor ihr ragte das riesige Eingangsportal der Klinik auf. Sie blinzelte erneute Tränen weg, zog die Nase hoch und schulterte ihre Tasche. Es galt, einen Kampf zu gewinnen.

Sie musste nur kurz warten. Irida kam zu Begrüßung um ihren Schreibtisch herum, als Eva ihr Büro betrat.

»Eva, das ist aber schön, dich zu sehen.« Mit beiden Händen umfasste sie Evas Hand.

Eva lächelte so fröhlich, wie sie konnte, obwohl ihre Lippen sich anfühlten wie zähes Gummi. »Gleichfalls.«

»Geht es dir gut?«

Irida strahlte. Sie war damals bei den Fortbildungen schon sehr herzlich gewesen, eine Seele von Mensch, energiegeladen, mitreißend. Für sie war jede engagierte Frau im Kampf gegen sexualisierte Gewalt eine Verbündete, die sie für immer in ihr Herz schloss.

»Viel zu tun, du kennst das ja.« Irida wies auf eine kleine Sofaecke vor dem Fenster in ihrem Büro.

Eva hatte sich ihre Worte lange zurechtgelegt und zog den Klarsichtbeutel aus ihrer Tasche.

»Ich hatte in letzter Zeit mehrere Spurensicherungen. Das Angebot, sie anonymisiert sichern zu lassen, wird immer bekannter.«

Irida blickte auf die Proben in dem Beutel, runzelte die Stirn. »Das ist gut«, sagte sie, doch ein Fragezeichen schwang mit.

»Aber, na ja, diese Röhrchen wurden in dem ganzen Stress leider vergessen. Ich habe sie mit einer neuen Chiffre versehen und diese in der digitalen Akte vermerkt, damit wir das andere Paket nicht öffnen müssen. Aber sie sollten unbedingt im Archiv eingelagert werden.« Schuldbewusst sah sie Irida an. Ihr schlechtes Gewissen brauchte Eva nicht zu spielen.

Irida sah kurz verzweifelt aus, dann gab sie sich einen Ruck. »Okay. Ich werde sie in das Archiv bringen und dann Schwamm drüber. Sollte es zu einem Prozess in der Sache kommen, wirst du als Zeugin geladen werden.« Sie seufzte. »Ich hoffe ja immer, dass die Frauen sich wieder melden. Leider passiert das nicht so häufig, wie ich es mir wünschen würde.«

Das war eine Steilvorlage. »Es macht mich grad so elend und wütend, dass die Täter nicht gleich zur Rechenschaft gezogen werden«, sagte Eva. »Natürlich ist es wichtig, dass wir Menschen diese Möglichkeit geben, aber so abgekoppelt von der Verbandsarbeit, mit dem täglichen Krankenhausbetrieb ...« Sie seufzte. »Meinst du, du kannst mir das Archiv einmal zeigen? Nur ein Blick. Ich brauche neue Hoffnung, das Gefühl zu etwas Größerem zu gehören und nicht einfach nur Männern die Chance zu geben, mit der Gewalt davonzukommen.«

Iridas Gesicht verzog sich kummervoll. »Das geht nicht, das weißt du doch. Aber die Arbeit ist wichtig, für manche Frauen überlebenswichtig, und ich danke dir, dass du dazu beiträgst.«

»Weißt du, bisher wurde ich noch nie ins Gericht gerufen, keiner der Fälle wurde verhandelt. Ich brauche die Gewissheit, dass das alles real ist, sonst stehe ich das nicht noch einmal durch.«

Die Tränen, die Eva in den Augen hatte, waren echt. Obwohl sie log. Wenn das hier alles vorbei war, würde sie sich umso mehr dafür einsetzen, dass jeder Mensch seine Strafe bekam, der sich aus einem Trieb heraus an einem anderen vergriff. Sie verbot sich, an Nelly zu denken, jetzt nur nicht zusammenzubrechen.

Irida biss sich auf die Lippen, zögerte lange. Dann wurde ihr Gesicht weich. »Also gut. Aber du darfst es nicht betreten, nur gucken, okay?«

Eva versuchte, ihre Erleichterung zu verbergen.

FRAUKE

Frauke ging zu Dünya ins Büro.

»Ich schau mir diese Elisabeth jetzt mal an. Die Uni hatte keine Handynummer von ihr, aber vielleicht ist sie zu Hause.«

»Ich melde mich, wenn Blinkaus hier ist. Die Mitbewohnerinnen von Selin haben noch nie von einer Ella gehört, und eine Elisabeth kennen sie nicht.«

Dünya strich eine weitere Person auf ihrer Liste aus und griff wieder zum Telefon. Als Frauke vor die Tür trat, war die Wolkendecke aufgerissen, der schwarze Asphalt des Parkplatzes vor dem Kommissariat glänzte nur noch stellenweise feucht. Sie trat in den irritierend hellen Sommernachmittag, der nicht zu ihrer inneren Uhr und dem schon langen Arbeitstag zu passen schien. Thiel rief an.

»Blinkaus ist nicht zu Hause, auch sonst niemand aus dem Gebäude.«

»Mist! Bei der Indizienlage bekommen wir keine Freigabe für eine Handyortung.«

»Linus bleibt vor dem Haus, nachher wechseln wir uns ab.«

Während Frauke in Richtung Uni fuhr, wurde ihr klar, was Blinkaus aus dem Haus getrieben hatte. Der Regen hatte die Abgase aus der Luft gewaschen und den Himmel blank gewienert. Der Sommerabend war wohltuend goldgesprenkelt und mild nach den übermäßig trockenen, heißen Wochen zuvor. Wer hing da schon drinnen rum, statt am Torfhafen in Findorff oder im Biergarten am Stadtwald zu sitzen? Vermutlich war auch Elisabeth unterwegs. Doch so schnell wollte sie nicht aufgeben.

Das Studentenwohnheim war ein modernes Hochhaus am Rand des Campus, neben einer Picknickwiese mit Birken. Sie schlüpfte nach einem jungen Mann durch die Eingangstür und fuhr mit dem Fahrstuhl in den dritten Stock. Im Treppenhaus zeigten Pfeile, wo die jeweilige Einheit zu finden war. Für ein Wohnheim war es erstaunlich sauber. Und still. Aber vermutlich verbrachten auch die meisten Studenten diesen Abend an der frischen Luft. Es gab einen Badesee um die Ecke. Fraukes Zuversicht sank. Sie erreichte das Appartement und sah, dass die Tür nur angelehnt war.

Sie klopfte. »Hallo?« Als niemand antwortete, zog Frauke den Ärmel ihrer Jacke über die Hand und stieß vorsichtig die Tür auf, ohne die Klinke zu berühren.

Sie blickte in einen winzigen Raum mit Bettnische, kleinem Schreibtisch unter einem Einbauregal und Küchenzeile mit zwei Herdplatten. Der helle Kleiderschrank, der das letzte bisschen Platz beanspruchte, stand offen und war leer bis auf ein paar traurig verbogene Drahtbügel.

Elisabeth war ausgezogen!

Während Frauke irritiert durch den langen Gang zurück zum Fahrstuhl ging, wurde vor ihrer Nase eine Tür aufgerissen und ein Pärchen, raufend und lachend, stolperte heraus.

»'tschuldigung.« Der junge Mann grinste.

Frauke blieb stehen. »Können Sie mir sagen, was aus der Studentin in der 312 geworden ist? Ist sie ausgezogen?«

Er schlug spaßhaft die Hand seiner Freundin weg, die ihn am T-Shirt zupfte.

»Ja, vorhin. Wir haben ihr geholfen, ihre Kisten zur Post zu bringen.«

Als die Studentin Fraukes Blick sah, ließ sie ihren Freund los.

»Meinen Sie Elisabeth?«

»Ja. Kennen Sie sie?«

Die junge Frau schüttelte den Kopf. »Nee, die bleibt lieber für sich. Mich wundert es nicht, dass sie ausgezogen ist, sie passte irgendwie nicht hierher.«

»Ist sie klein, schlank, hat blonde lange Haare?«

»Ja genau. Und irgendwie aus der Welt gefallen, als wäre sie in einem anderen Jahrhundert aufgewachsen, oder so.«

Sie kicherte, als ihr Freund sie wieder umarmte. Beide warfen einen Blick auf das Handydisplay, das Frauke ihnen hinhielt.

»Ja, das ist sie.«

»Wo ist sie hin, nachdem ihr gemeinsam die Kisten zur Post gebracht habt?«

»Zum Bahnhof, sie wollte zurück zu ihren Eltern. Das war vor ungefähr einer Stunde.«

»Vielen Dank.«

Im Laufen rief Frauke Thiel an.

»Ich habe vielleicht Ella gefunden. Du bist näher am Hauptbahnhof als ich. Ihr Zug geht Richtung Duisburg, beeil dich!«

EVA

Irida ging durch die langen Gänge des rechtsmedizinischen Instituts voran. Es roch nach Formaldehyd und Desinfektionsmittel. In einem Sektionsraum, dessen Tür offen stand, sah Eva, wie ein Mitarbeiter sich über die bläulich verfärbte Leiche eines alten Mannes beugte. Dahinter erhob sich der Plastikkorpus eines MRT, dessen Öffnung viel enger war als die der Geräte, die sie in der Klinik nutzten. Weil hier niemand mehr Platzangst bekam. Sie richtete ihren Blick wieder geradeaus.

Sie betraten ein Treppenhaus, das in einem gläsernen Schacht an der Gebäudeaußenseite der Klinik angebracht war, und stiegen vorbei an einem Notausgang im Erdgeschoss in den Keller. Das Licht flackerte automatisch auf und tauchte den schmalen Gang in kaltes Weiß. An einer der grauen Türen, die mit einem Codeschloss versehen war, blieb Irida stehen. Sie drehte sich um und vergewisserte sich, dass Eva wegsah, bevor sie ihr wieder den Rücken zukehrte und den Code eingab.

Eva reagierte blitzschnell. Mit einer raschen Kopfbewegung gelang es ihr, einen Blick auf die Ziffern des Codeschlosses zu werfen. Die erste verpasste sie zwar, aber die folgenden drei meinte sie unter den Fingern der Rechtsmedizinerin auszumachen.

Es klickte, dann zog Irida die Tür auf. »Erwarte nicht zu viel. Letztlich ist es nur eine Asservatenkammer.«

In dem kleinen Zimmer, nicht viel größer als ein Besenschrank, flammte das Licht auf. Zwei Metallregale, in denen durchsichtige Kunststoffkisten gestapelt waren, standen an den Wänden. In ihnen lagen Pakete, wie sie auch Eva schon zusammengestellt hatte, und außen verwies ein Etikett auf die Chiffre, die sich darin befand. Eva blieb in der Tür stehen. Es waren etliche mehr, als sie erwartet hatte.

Irida legte den Klarsichtbeutel in eine der leeren Kisten, die an der Seite gestapelt waren, füllte ein Etikett aus und stellte sie zu den anderen.

»So. Siehst du. Alles ist sicher verwahrt. Und auch, wenn du keine Verhandlung erlebt hast, bei der diese Spuren herangezogen wurden, andere von uns schon.« Sie lächelte. »Und sie waren ausschlaggebend für eine Verurteilung.«

Eva stand in der Tür. Die Hände in den Taschen ihrer Strickjacke fest um einen Einkaufszettel gekrallt.

»Danke, es hilft, zu sehen, dass ich nicht allein bin.«

Beim Hinausgehen griff Irida nach ihrem Ellenbogen und führte sie zur Treppe. »Das ist gut. Wir sind nie allein. Viele Menschen arbeiten daran, Opfer von sexueller Gewalt besser zu schützen und zu unterstützen. Damit eines Tages mehr Täter eine gerechte Strafe erhalten, als das heute noch der Fall ist.«

Eva nickte. Ihr Herz schlug so schnell, dass sie Angst hatte, Irida könne ihren Puls durch die Jacke fühlen. Gleich kam es darauf an, ob ihr Plan überhaupt eine Chance auf Erfolg haben würde.

Im Treppenhaus passierten sie erneut den Notausgang; ein Schild wies auf die Alarmsicherung hin. Eva blieb stehen. Es war so weit.

»Warte kurz, ich habe einen Stein im Schuh.«

Sie ließ eine Sandale vom Fuß gleiten und hielt sich mit der Hand an der Klinke fest, um ihre Fußsohle zu inspizieren. Die Situation war demütigend und peinlich. Irida sah auf ihre Armbanduhr, vermutlich hatte sie inzwischen wirklich keine Zeit mehr für ihre unerwartete und unerwartet aufdringliche Besucherin. Eva tat, als würde sie straucheln, während sie sich die Fußsohle abputzte. Irida wandte sich ab. Eva zog an der Klinke, die Tür öffnete sich, und sie schob das kleine Stück zusammengeknülltes Papier in das Schließblech. Sie zählte. Nach nur drei Sekunden ertönte der Alarm, und Irida fuhr herum.

Hastig schloss Eva die Tür mit beiden Händen, der Alarm verstummte.

»'tschuldigung! 'tschuldigung!«

Irida schüttelte leicht den Kopf und ging weiter. Eva fühlte sich wie eine Verräterin. Was sie ja auch war. Wenn sie ohne Freigabe das Archiv betrat und das herauskam, würden bei Prozessen alle Proben darin angezweifelt. Weil sie sie hätte manipulieren können, wurden womöglich andere Täter nicht rechtmäßig verurteilt. Aber daran durfte sie jetzt nicht denken.

FRAUKE

Frauke parkte den Wagen auf der Rückseite der Bahnhofshalle an der Polizeiwache und nickte einem Kollegen zu, der die Umgebung im Auge behielt. An Bremens Hauptbahnhof kam es ständig zu Auseinandersetzungen. Regelmäßig wurden Menschen wegen Randalierens des Vorplatzes oder der dunklen Ecken unter der Brücke verwiesen. Oder weil sie mit Drogen gehandelt hatten.

Thiel wartete auf Frauke in der Mitte der breiten Fußgängerunterführung unter den Gleisen.

»Der nächste Zug nach Duisburg fährt in fünfzehn Minuten. Bisher habe ich sie nicht gesehen.«

Frauke blickte sich um. In den meisten Bundesländern waren noch Ferien, und etliche Urlauber mit Rucksack oder Familien mit Kindern und Koffern waren unterwegs.

»Lass uns aufs Gleis gehen. Du rechts, ich links.«

Sie stiegen die Treppe hinauf, noch war der Zug nicht eingefahren.

Frauke betrachtete die Gesichter der Wartenden, während sie den Bahnsteig ablief, doch das war nicht nötig. Als sie die Gestalt der jungen Frau in der Ferne sah, wusste sie gleich, dass sie das Mädchen aus dem Überwachungsvideo vor sich hatte. Elisabeth Pötz saß auf ihrem Koffer in ihrer gekrümmten Haltung, mit der gleichen geschundenen Ausstrahlung, wenngleich sie jetzt nicht verletzt, sondern eher vom Leben gebeutelt wirkte.

Langsam ging Frauke näher. Elisabeth Pötz hob den Kopf und sah sie auf sich zukommen. Ihre Augen huschten hin und her, als suche sie nach einem Fluchtweg, doch da war nur das Ende des Bahnsteiges. Ihre Muskeln erschlafften, und sie schaute resigniert auf den fleckigen Zementboden. Frauke runzelte die Stirn. Woher wusste Elisabeth, wer sie war? Sie hob ihren Kopf erst wieder, als sie direkt vor ihr stand.

»Elisabeth Pötz?«

»Ja?«

»Ella?«

Die dürren Schultern der Frau hoben sich, als wolle sie ihren Kopf zwischen ihnen verstecken, dann ließ sie sie sinken. »Ja.«

»Wir müssen mit Ihnen darüber sprechen, was im Mai passiert ist.«

Ella Pötz biss sich auf die Unterlippe und sah zu Frauke auf. »Sie wollen, dass ich Anzeige erstatte?«

»Er hat vielleicht noch eine Frau überfallen.«

Frauke sprach leise, damit die Umstehenden sie nicht hören konnten.

Ellas Stirn krauste sich gequält, ihre Lippen spannten sich. Dann nickte sie schwach. »Ich komme mit.«

Frauke nahm ihren Koffer. Ella Pötz trottete vor ihr her, als sei ihr schmächtiger Körper zu schwer für diese Welt.

Thiel entdeckte sie und kam auf sie zu.

»Frau Pötz hat eingewilligt, uns zu begleiten.« Frauke nickte in Ellas Richtung. »Sie wird uns helfen.«

Ihre Worte schienen dazu beizutragen, dass sich der Rücken des Mädchens ein wenig straffte.

Leiser fuhr sie fort. »Ich schreibe Dünya. Sie ist im Krankenhaus bei Selin und soll anschließend in die Rechtsmedizin fahren, um den Kollegen dort die Situation zu erklären und sie zu bitten, diese Analyse vorzuziehen. Sobald wir die Anzeige vorliegen haben, bekommen wir den richterlichen Beschluss.«

EVA

Nachdem sie sich von Irida verabschiedet hatte, ging Eva um das Gebäude auf der Suche nach dem Notausgang, in dessen Schloss ihre Papierkugel steckte. Das Treppenhaus befand sich am Rand eines Parkplatzes für Mitarbeiter. Es standen etliche Autos darauf.

Sie sah auf die Uhr an ihrem Handy. Es war sechs. Vermutlich würde es jetzt einen Schichtwechsel geben, Menschen kamen und gingen. Und damit auch ihre Chance, ungesehen durch die Tür zu kommen. Die erste Gruppe trat bereits auf den Parkplatz, verteilte sich zwischen den Autos. An der Straße öffnete sich die Schranke, und ein neuer Wagen fuhr hinein. Das Auto neben ihr blinkte, als es entriegelt wurde, seine Besitzerin lächelte Eva an.

Sie lächelte zurück, dann drückte sie sich in eine Ecke, in der jemand einen Aschenbecher aufgestellt hatte. Sie kramte demonstrativ in ihrer Tasche, klopfte ihre Hosentaschen ab. Die Frau fuhr langsam davon. Eva hob einen Finger an den Mund und begann mit den Zähnen an der Nagelhaut zu reißen. Als Teenagerin hatte sie das andauernd gemacht, immer dann, wenn Prüfungen anstanden. Sie ließ die Hand sinken, sah sich um und erreichte den präparierten Notausgang, bevor erneut jemand auf den Parkplatz fuhr. Wenn sie nicht schnell genug war, würde sie den Alarm auslösen, aber sie musste es darauf ankommen lassen. Wie ein Pflaster abreißen, dachte sie. Einfach los!

Sie umfasste den Knauf und zog vorsichtig. Die Tür schwang einen Spaltbreit auf, und Eva schob sich blitzschnell hindurch. Als sie drin war, schob sie die Tür wieder zu. Es hatte funktioniert! Keine drei Sekunden. Sie sammelte den zerknüllten Einkaufszettel vom Boden auf und schlich, so schnell sie konnte, die Kellertreppe hinab.

Schweiß brach ihr am ganzen Körper aus. Wie zuvor flammten die Deckenlampen sirrend auf, und sie hastete zu dem elektronischen Türschloss.

Während sie gewartet hatte, war Eva den Ablauf wieder und wieder durchgegangen. Sie wusste die erste Ziffer nicht, Iridas Hand war im Weg gewesen. Was, wenn es ihr nicht gelang, die Tür aufzubekommen? Eva schüttelte ihre verkrampften Hände aus und besah sich die Zahlen. Sie konnte einfach bei 0 beginnen und alle Zahlen durchprobieren. Aber nach wie vielen Fehlversuchen würde das Schloss sich vollständig verriegeln?

Irida hatte 753# eingetippt. Eine logische Reihe. Eva drückte mit zitternden Fingern die Tasten 9753#.

Das Lämpchen über der Tastatur blinkte rot auf.

Sie schloss kurz die Augen. Nächster Versuch. Drei, fünf und sieben waren Primzahlen. Energisch tippte Eva 1753#. Erneut blinkte die LED rot. Jetzt hatte sie wahrscheinlich nur noch einen Versuch. Verzweifelt starrte sie auf das Ziffernfeld, als die Erkenntnis sie schwindeln ließ: die Eins war keine Primzahl, das dachte man immer nur im ersten Moment. Eva gab 2753# ein. Das Schloss surrte, klickte vernehmlich, und die Anzeige wurde grün. Sie schlüpfte in die Kammer, zog die Tür hinter sich zu. Sie hatte es geschafft.

Eva sah sich um. Sie hatte die Chiffre vom 28. Mai vorhin gesehen, fand das Paket, in dem der hellgraue Blümchenstoff durch das Plastik schimmerte, und stopfte es in ihre Bluse. Sie trat wieder an die Tür.

Dann hielt sie inne, drehte sich noch einmal um, nahm die Röhrchen, die Irida vorhin von ihr bekommen hatte, aus der kleinen Kiste und steckte sie in ihre Jackentasche. Sie wollte gerade die Tür aufziehen, um so schnell wie möglich zu verschwinden, als sie Stimmen hörte. Schritte näherten sich draußen im Flur. Eva drückte sich an die Wand. In der kleinen Kammer gab es keine Möglichkeit, sich zu verstecken.

FRAUKE

Thiel stieg gerade ins Auto, als Frauke und er eine SMS von Linus bekamen: *Blinkaus ist zurück!*

Frauke und Thiel sahen sich an.

»Schnappt ihn euch«, sagte sie.

Thiel nickte, klebte das Blaulicht auf das Dach und zog die Wagentür hinter sich zu. Sekunden später war er bereits im Verkehr verschwunden.

Frauke setzte sich auf den Fahrersitz ihres Dienstwagens. Elisabeth Pötz starrte im Fond fast teilnahmslos aus dem Fenster. Frauke überflog ihren weiteren Posteingang. Dünya schrieb, Selin könne Blinkaus nicht als Täter ausschließen. Die Statur kam in etwa hin. Dirk Blinkaus sei auch der Dozent, den sie attraktiv gefunden hatte.

Während der Fahrt blickte Frauke immer wieder im Rückspiegel zu Elisabeth Pötz. Hatte sie den sportlich, betont jugendlichen Dozenten ebenfalls attraktiv gefunden? Sie starrte weiterhin aus dem Fenster und wirkte unbeteiligt, fast apathisch. Frauke fragte sich, was sie bewegte. Sie war klug, hatte sofort gewusst, was sie von ihr wollte. Es war mutig, damals allein ins Krankenhaus zu gehen. Dennoch hatte sie im Mai keine Anzeige erstattet. Warum?

Elisabeth schwieg während der gesamten Fahrt, und Frauke stellte innerlich schon mal ihr Befragungsbesteck für Blinkaus zusammen. Er hatte beide Opfer gekannt. Er hatte eine Affäre mit einer Studentin, auch das war ethisch fragwürdig. Er war erst nach dem Übergriff auf Elisabeth Pötz in das Haus gezogen, in dem Eva Mares und ihr Mann eine Wohnung hatten. Näher konnte man sich kaum an jemanden ranwanzen. Und dort war am Tag nach Blinkaus' Einzug eingebrochen worden. Als treusorgender Nachbar hatte ihm das die Gelegenheit verschafft, ungehindert in ihrer Wohnung herumzuspazieren, während Eva Mares noch von der Wildeshauser Geest nach Bremen gerast war. In der Nähe dieses Hauses hatte die Mantrailer-Hündin angeschlagen. Kim Baumann hatte inzwischen zu dem Morgen nach Selins Vergewaltigung gesagt, als sie nach Hause gekommen sei, wäre Blinkaus bei ihr und noch wach gewesen. Wer war an einem Sonntagmorgen um sechs noch wach?

Die Umzingelung hatte begonnen.

Frauke hielt auf dem Parkplatz im Hof des Präsidiums, um nicht mit Elisabeth Pötz durch die Wache laufen zu müssen. Sie öffnete ihr die Tür, nahm ihr Gepäck aus dem Kofferraum.

»Ich habe gesehen, dass Sie das Zimmer im Studentenwohnheim bereits geräumt haben. Wir werden Ihnen für heute Nacht ein Hotel organisieren. Geht aufs Haus.«

Elisabeth sah sie überrascht an. »Danke!«

Frauke lächelte. »Das Mindeste.«

Sie warf mit Schwung die Autotür zu. In ihrem Bauch kribbelte es. Die junge Frau sollte wie ein rohes Ei behandelt werden, ihre Traumatisierung schien umfänglicher und weiter zurückzuliegen als nur bis zu der verhängnisvollen Nacht. Frauke ging voraus, achtete darauf, dass Elisabeth Pötz ihr folgte. Sie brachte sie in den Aufenthaltsraum für Zeugen und Angehörige, holte ihr einen Tee und bat sie kurz zu warten.

Inzwischen mussten Linus und Thiel bei Blinkaus geklingelt haben.

EVA

Das Geräusch quietschender Sohlen auf Linoleum wurde lauter. Als es vor der Tür angekommen war, hielt Eva den Atem an. Doch die Schritte entfernten sich, die Person war weitergegangen.

Eva wartete. Sie war schweißgebadet, der Keller hatte sicher keinen weiteren Ausgang. Es dauerte mehrere Minuten, bis sie hörte, wie jemand den Flur wieder verließ. Als es still war, riss sie die Tür auf, rannte die Treppe hinauf und aus dem Ausgang heraus, bevor der Alarm ertönte. Eva sprang in ihren Wagen und warf das Päckchen auf den Beifahrersitz, fuhr mit Schwung aus der Parklücke und von dem Besucherparkplatz herunter.

Erst auf der großen Verkehrsstraße, die das Viertel mit der Innenstadt verband, hörte sie auf zu zittern. Sie hatte das Sexpack. Sie fühlte Triumph und Erleichterung, gleichzeitig Scham. Eine erschöpfende Mischung, die ihre Gedanken straucheln ließ. Jetzt hatte sie der Polizei das wichtigste Instrument genommen, den Entführer ihrer Tochter schnell zu finden.

Und was jetzt? Es war halb sieben, er würde erst in dreieinhalb Stunden anrufen. Wo konnte sie auf den Anruf warten? Nicht in der Vermeerstraße. Wenn jemand den Diebstahl des Pakets bemerkte, würde Irida sofort an sie denken. Und beobachtete Nellys Entführer sie immer noch über die Cloud und wusste, dass sie bereits hatte, was er wollte? Dass noch Stunden vergehen würden, bevor Nelly in Sicherheit war, setzte ihre Nervenenden in Brand. Schmerz, gegen den sie anatmen musste, wie bei der Geburt. Die Nabelschnur mochte gekappt sein, aber die Verbindung zu den Körpern ihrer Kinder war nie ganz verschwunden. Wenn sie stolperten und sich die Knie aufschlugen, spürte sie selbst ebenfalls das reißende Prickeln unter der Haut, Schauer, die durch ihre Beine bis in die Wirbelsäule zogen. Eva fand eine freie Parklücke, stellte den Motor ab und legte den Kopf auf das Lenkrad. Er musste anrufen. Bald!

Es war stickig heiß im Wagen, die Sekunden tickten in ihrem Ohr, ihr Mund war trocken. Weiter unten an der Straße sah sie einen Kiosk, doch sie traute sich nicht auszusteigen. Seinen Anruf konnte sie schlecht mit zitternden Knien in einem Laden entgegennehmen. Ebenso wenig konnte Eva Jacob anrufen, der Akku des Telefons war reichlich runter, und es war kein Ladekabel im Auto. Sie schloss die Augen.

Wie hatte es so weit kommen können? Wie hatte er Nelly gefunden? Ihr Handy zumindest war leer gewesen. Er musste bereits gewusst haben, dass sie ihr Fahrrad an der Bushaltestelle stehen hatte, kannte den Weg durch den Wald zu ihnen nach Hause. Er hatte ihren Standort sehen können, registriert, wie sie in Dötlingen angehalten hatte, um Nelly aussteigen zu lassen.

Sie dachte an Ella. Vielleicht war die Polizei ihr bereits auf der Spur? Es war ein Wettlauf gegen die Zeit. Und auch wenn Eva sich nichts sehnlicher wünschte, als dass Herrschmann und ihr Team bereits dem Täter auf den Fersen waren, jetzt gerade durften sie ihn nicht reizen.

Noch über drei Stunden! Ihr Magen hob sich, ihre Speiseröhre brannte. Eva schluckte, was blieb, war der schlechte Geschmack im Mund und Angst, tief und schwarz wie ein Brunnenschacht. Sie wischte sich mit dem Handrücken die Tränen ab. Sie musste stark bleiben, für Nelly.

Sie suchte mit den Augen den Fahrzeuginnenraum ab, entdeckte Emmas Trinkflasche auf der Rückbank. Das Wasser war warm und abgestanden, aber sie trank dennoch einen Schluck.

Zehn nach sieben.

Ein Telefon klingelte.

FRAUKE

Elisabeth Pötz, die auch von Frauke Ella genannt werden wollte, saß zusammengesunken in dem Familienzimmer vor einer Tasse Tee und Keksen, die sie nicht angerührt hatte. Sie blickte auf das Foto von Dirk Blinkaus.

»Könnte sein. Ich weiß es nicht. Ich fand ihn eigentlich ganz nett.«

Frauke nickte. »Hatten Sie mit ihm privat zu tun?«

Ella schüttelte den Kopf und schob das Foto zurück zu Frauke. »Nein, aber er ist ein guter Dozent. Engagiert, witzig.« Sie hob die Schultern. »Und Sie glauben …?«

»Wir glauben gar nichts, wir versuchen nur, Personen auszuschließen. Und bisher konnten wir ihn nicht ausschließen.«

»Das kann ich leider auch nicht.«

Ella musterte das Foto, ihr Blick schien sich nach innen zu richten. Frauke sah, dass Erinnerungen aus der Nacht nach ihr griffen.

»Aber Sie haben ja die DNA«, sagte Ella leise. »Dann wissen Sie es bestimmt bald.«

»Ja, das wird uns auf jeden Fall helfen.« Frauke beugte sich vorsichtig vor. »Warum wollten Sie in dieser Nacht Ihren Namen nicht nennen oder im Krankenhaus bleiben?«

Ella ignorierte die einzelne Träne, die aus ihrem Augenwinkel lief, sich kurz in einer traurigen Falte an ihrem Mundwinkel verfing und dann auf den Tisch tropfte. »Wenn Sie so aufgewachsen wären wie ich, würden Sie der Polizei auch misstrauen. Das Instrument des Teufels. Die brutale Machtausübung der Weltlichen.«

Frauke zog irritiert die Brauen zusammen, dann begriff sie. »Ihre Eltern sind in einer Freikirche?« Sie vermied das Wort Sekte, obwohl es das war, an das sie denken musste.

Ella Pötz nickte. »Ich durfte weggehen, für einige Zeit studieren. Weil ich mich aufgelehnt habe. Sie haben mir ein kleines Schlupfloch gelassen.« Sie lachte bitter. »Allen Kirchen laufen die Gläubigen davon.« Sie schniefte und wischte sich mit dem Ärmel ihrer Bluse das Gesicht ab. »Wenn ich innerhalb von sieben Monaten zurückkomme und einen jungen Mann aus der Gemeinde heirate, darf ich in Kontakt mit meiner Familie bleiben, meinen Freunden.« Sie schniefte wieder. »Ich wollte nicht zurück, aber ich wusste auch, wenn ruchbar würde, dass ich überfallen wurde, dann wäre dieser Weg mir für immer versperrt. Oder sie würden mich wieder aufnehmen, wenn ich Buße tue, ein gefallenes Mädchen, das Gott gestraft hat. Diese Genugtuung wollte ich den Ältesten nicht geben. Aber ich möchte auch nicht, dass dieses«, sie zögerte, »Monster, ungestraft davonkommt.«

Ihre Tränen liefen jetzt in kleinen, stillen Bächen. Frauke schwieg. Ihr fehlten die Worte. Was für eine tapfere junge Frau. Und sie hatte niemanden, der ihr beistand.

EVA

Am Telefon war nicht die verzerrte Stimme, sondern Evas Mutter.

»Jacob hat gesagt, dass wir Levin und Emma für die Nacht bei uns behalten sollen. Ist alles okay bei euch?«

»Ja, Mama. Ich muss kurzfristig arbeiten und kann jetzt nicht telefonieren.«

Eva legte auf, ärgerte sich, dass sie überhaupt drangegangen war. Andererseits war es gut, dass Jacob das geregelt hatte. Das innere Radar, das stetig die Aufenthaltsorte der Kinder überprüfte, hatte Levin und Emma bei ihren Eltern in Sicherheit gewusst, und sie hatte all ihre Gedanken auf Nelly gerichtet.

Sie sah auf das Display. Der Akkubalken war um ein Prozent gesunken. Ihre Mutter würde diese ruppige Abfuhr nicht auf die leichte Schulter nehmen, dabei war sie ihr gerade jetzt so dankbar.

Eva nahm noch einen Schluck von dem abgestandenen, lauwarmen Wasser. Der Wagen heizte sich auch in der goldenen Abendsonne zusehends auf.

Warum rief er nicht an? Bis um zehn warten zu müssen war reine Folter. Die Galle kam ihr wieder hoch. Er hatte gesagt, Nelly schlafe. War das jetzt gut oder schlecht?

»Mein Baby, wir holen dich da raus!«

Eva trommelte mit den Fingern auf das Lenkrad. Ihre Gedanken schweiften wieder zu Ella, die der Unbekannte misshandelt hatte. Ein Mann, dem sie die DNA zurückgeben würde, anhand derer man ihn überführen könnte.

Sie warf einen Blick auf den Plastikbeutel, der immer noch auf dem Beifahrersitz lag. Die Öffnung war mit einem Aufkleber mit dem Stempel des Krankenhauses und ihrer Unterschrift darauf versiegelt. Sie starrte ihn einen Moment lang an, dann startete sie den Wagen, fuhr aus der Parklücke und wendete mitten auf der Straße.

FRAUKE

Thiel ging voraus, Blinkaus folgte ihm, Linus bildete die Nachhut. Als die drei eintraten, hatte Frauke sich bereits mit ihrer Mappe an den Tisch im Verhörraum gesetzt.

»Wir haben Herrn Blinkaus gefragt, ob er bereit ist, für ein Gespräch auf die Wache zu kommen«, sagte Linus.

»Warum sollte ich auch nicht?« Blinkaus streckte die Hand aus. »Dirk Blinkaus!«

Als Frauke seine Hand nicht nahm, ließ er sie wieder sinken.

»Aber das wissen Sie ja anscheinend schon.« Er sah sich in dem kleinen Kabuff mit dem am Boden festgeschraubten Tisch um. »Ihr Kollege sagte, ich werde als Zeuge befragt.« Er lachte. »Brauche ich einen Anwalt?«

»Brauchen Sie einen?«

Frauke sah ihn nachdenklich an. Leichter Schweiß am Haaransatz, aber es war auch sehr warm draußen. Seine grünen Augen leuchteten. Forschungen hatten gezeigt, dass die Durchblutung der Netzhaut die Geschwindigkeit der Wahrnehmung veränderte. Unter anderem bei Schwertfischen gab es zwei Wahrnehmungszustände, Jagd und Ruhephasen, in denen unterschiedlich viel Blut die Augen erreichte. Bei Säugetieren war dieser Effekt weniger ausgeprägt, aber nach neusten Erkenntnissen dennoch vorhanden. Ob man das sehen konnte?

Blinkaus runzelte die Stirn und zog sich einen Stuhl zurück. »Nicht, dass ich wüsste.«

Thiel setzte sich ebenfalls. Linus würde das Gespräch über die Kamera verfolgen und die Aufnahme kontrollieren. Dünya nahm die Strafanzeige von Elisabeth Pötz auf, die für die Analyse der DNA-Probe notwendig war. In der Rechtsmedizin hatte sie vorhin nicht viel erreicht. Die Probe würde erst aus dem Archiv geholt, wenn alles unterschrieben vorlag. Aber Irida Sawati hielt sich bereit.

Ellas Gesicht hatte sich entspannt, als Dünya hereingekommen war. Die jüngere Kollegin mit dem weichen, mitfühlenden Ausdruck, die selbst einem Befragungsraum der Polizei ein wenig Geborgenheit vermittelte. Da konnte Frauke sich noch so sehr anstrengen – neben Dünya wirkte sie wie ein schroffer Felsen, gezeichnet von der Witterung ihres Berufes.

Genau richtig für Blinkaus.

»Wenn Sie nichts dagegen haben, zeichnen wir die Befragung auf.«

Eine steile Falte erschien auf Blinkaus' Stirn, aber er senkte zustimmend das Kinn. Seine Körperhaltung blieb nach wie vor nur so entspannt, wie ein Sportler mit dicken Muskelsträngen es hinbekam, wenn er sich Mühe gab.

Frauke sprach Zeit, Ort und Namen der Anwesenden in das Aufnahmegerät.

»Sie sind hier zur Befragung im Zusammenhang mit der Vergewaltigung und Misshandlung zweier junger Frauen.«

Er sah sie überrascht an. »Misshandelt? Frauen? Das ist ja schrecklich!«

Frauke blickte ihm in die Augen. Er sah nicht direkt berührt aus, da war sogar noch dieses kleine Lächeln im Mundwinkel. Eine Attitüde, die sich so festgesetzt hatte, dass er sie nicht einmal loswurde, selbst wenn es wirklich ernst war?

»Hatten Sie schon solche Bedürfnisse? Frauen zu misshandeln?«

Sein Lächeln vertiefte sich, als habe sie etwas sehr Albernes gesagt. »Ich? Nie im Leben!«

Wie Frauke es erwartet hatte. Er nahm nichts ernst. Nicht einmal, dass er als Verdächtiger hier saß. Psychopathen nahmen auch nichts ernst.

»Wo waren Sie in der Nacht vom 27. auf den 28. Mai und in der Nacht vom 22. auf den 23. Juli?«

»Keine Ahnung, da muss ich nachsehen.«

»Tun Sie das bitte!«

Er nahm sein Handy heraus, und sie warteten, während er durch den Kalender scrollte und es schließlich Frauke zuschob.

»Im Mai war ich an dem Wochenende paddeln, die Ilmenau runter von Uelzen nach Winsen. In Lüneburg haben wir übernachtet.«

Sie sahen sich den Eintrag an, Thiel schrieb mit.

Scheinbar befriedigt nahm er das Telefon wieder an sich. »Sie können meine Kumpel vom Paddelverein fragen.« Er scrollte weiter. »Und dieses Wochenende war ich im Biergarten mit Freunden und danach allein zu Hause.«

Frauke unterdrückte den Impuls, Thiel anzusehen.

»Dann geben Sie uns mal die Kontakte ihrer Kanuten- und Biergartenkumpels, wir überprüfen das jetzt sofort.«

Er schrieb die Namen und zugehörigen Telefonnummern auf, süffisant grinsend, als sei er im falschen Film gelandet. Thiel nahm sie und ging nach draußen.

»Wann haben Sie die Entscheidung getroffen, in die Vermeerstraße zu ziehen?«, fragte Frauke.

»Ist noch nicht lange her, wieso?« Blinkaus zog eine Augenbraue hoch. »Ich weiß wirklich nicht, was Sie von mir wollen.«

Thiel kam wieder herein. Blinkaus wandte sich jetzt an ihn.

»Sie irren sich, wirklich. Sie haben den Falschen.«

»Dann sind Sie ja sicher bereit, eine DNA-Probe abzugeben«, sagte Frauke.

Blinkaus lehnte sich vor und starrte sie an, seine hellrosa Gesichtsfarbe vertiefte sich. Er sah aus wie ein Stier, dem man ein rotes Tuch vorgehalten hatte, und mit seiner Ruhe war es vorbei.

»Jetzt hören Sie mal zu! Sie kommen mir mit völlig haltlosen Verdächtigungen, und dann wollen Sie, dass ich auf ein Stäbchen rotze? Ist Ihnen eigentlich klar, wie sehr das in meine Persönlichkeitsrechte eingreift?« Er schäumte nun fast vor Wut. »Einmal in Ihren Datenbanken können Sie doch alles Mögliche damit machen. Gucken, ob ich Alzheimer kriege, Anlagen zum Alkoholiker habe oder was auch immer.« Er wedelte empört mit der Hand in der Luft herum. »Und wer garantiert mir, dass es in diesen maroden Polizeischrottcomputern keine Datenlecks gibt? Demnächst kann man dann meinen Bauplan aus dem Internet laden, oder was? Nein danke!«

Verblüfft über seinen Ausbruch lehnte Frauke sich zurück.

»Gut, dann überprüfen wir jetzt erst einmal Ihre Alibis für die betreffenden Nächte. Dann sehen wir weiter.«

Sie nahm ihre Unterlagen, lächelte beflissen. Was nicht schwer war, denn innerlich grinste sie über Blinkaus' filmreifen Auftritt. Choleriker. Der Mann hatte viele Facetten, die er unter einer fröhlich harmlosen Oberfläche verbarg.

EVA

Eva parkte vor dem Krankenhaus und ging hinein. Als Gesine am Empfang sie sah, verwandelte sich ihr Ausdruck in Interesse.

»Eva, ist heute etwas Besonderes?«

Eva winkte ihr und lächelte matt. »Entschuldige, ich habe es eilig.«

Im Fahrstuhl zupfte sie ihre Bluse von der schweißnassen Haut. Rein und wieder raus, nicht aufhalten lassen. Im Stationsbüro der Gynäkologie war niemand, die Tür stand offen. Seitdem der Briefumschlag mit dem Foto von ihr darin dort auf dem Schreibtisch gelegen hatte, hatte Eva ihren Kollegen ins Gewissen geredet, daran zu denken, die Tür zu schließen. Heute war sie erleichtert statt verärgert wie sonst. Sie sah sich um, trat ein und zog die oberste Schreibtischschublade auf. Nur Stifte. Sie probierte es in der nächsten.

»Suchst du was?«

Eva zuckte zusammen. Margaretes Stimme klang verwundert über Evas Auftauchen, ihr Verhalten.

»Äh, Klebeetiketten. Ich hatte etwas im Büro vergessen … und dann …« Eva ärgerte sich, dass sie sich keine bessere Ausrede zurechtgelegt hatte.

Margaretes Blick wurde weich. »Du siehst ja furchtbar aus.« Sie schob sich an ihr vorbei, während Eva sich an die Schreibtischplatte presste. »Lass mich mal.«

Die Hände hinter dem Rücken verschränkt, tastete Eva nach dem Stempel, der dort lag. Während Margarete sich bückte, steckte sie ihn schnell in ihre Tasche. Lass bloß das Telefon jetzt nicht klingeln, betete Eva.

»So, hier bitte.«

»Hast du vielleicht auch einen Kugelschreiber für mich?«

»Natürlich.« Margarete nahm verwundert einen aus dem Stifthalter neben dem Computer. »Kann ich sonst noch was für dich tun?«

Eva hatte das Gefühl, dass sie damit nicht mehr so etwas Profanes wie Büromaterialien meinte.

»Nein, alles gut.« Sie nahm die Etiketten, steckte sie zu dem

Stempel in ihre Tasche und eilte über den Stationsflur davon. Es war egal, was Margarete von ihr hielt, wenn sie das Verschwinden des Stempels bemerkte. Wenn rauskam, dass sie ein Sexpack aus dem Archiv mit den anonymisierten Spuren genommen hatte, wurde sie sowieso gefeuert.

FRAUKE

»Was tut er?« Frauke fand Thiel vor dem Bildschirm der Kamera, die Blinkaus in dem Verhörraum weiterhin aufnahm. Seitdem sie die Befragung unterbrochen hatten, war eine halbe Stunde vergangen.

»Vor sich hin kochen.«

Frauke nickte. »Wir haben bisher zwei der Paddler erreicht. Das sind keine Pfadfinder, die haben in Lüneburg im Hotel übernachtet. Sie sagten unabhängig voneinander aus, dass Blinkaus schon vor elf ins Bett gegangen ist. Sie haben ihn erst am nächsten Morgen beim späten Frühstück wieder gesehen.«

»Hatte er einen Wagen zur Verfügung?« Thiel sah müde aus, das Sakko hing an ihm wie an einem Kleiderbügel.

»Der Bootsverleih hat seinen Standort in Lüneburg. Das war alles super organisiert: Der Vermieter hat Leute und Boote am ersten Tag nach Bienenbüttel gebracht, und von dort sind sie nach Lüneburg zurückgepaddelt. Am nächsten Tag machten sie noch eine Sechs-Stunden-Tour auf der Luhe. Wieder mit Rücktransport nach Lüneburg. Alle Autos standen dort, auch das von Blinkaus.«

»Wie lange braucht man von Lüneburg nach Bremen?« Thiel verschränkte die Arme.

»Ungefähr anderthalb Stunden mit dem Auto.«

»Dann hätte er hin- und zurückfahren können und eingeplant haben, dass er so ein Alibi hat. Allerdings klingt das ziemlich anstrengend, zumal die Tour ja noch weiterging.«

»Linus hat telefoniert, und er sagte, das sei mehr so eine Vergnügungsfahrt gewesen, kaltes Bier, stromabwärts treiben, ein paar Stromschnellen. Außerdem ist Blinkaus sportlich.« Frauke zog die Schultern hoch. »Aber es heißt, dass Blinkaus auch einen im Tee hatte, als sie ankamen. Er könnte deshalb früh schlafen gegangen sein.«

»Und letzte Woche?«

»Er war im Biergarten beim Torfhafen. Um halb zwölf hat die Runde sich aufgelöst. Er hätte alle Zeit der Welt gehabt, in Selins Wohnung zu gehen. Und er hat gelogen. Wir wissen, dass er zumindest um sechs Uhr früh bei seiner Freundin Kim Baumann war.«

Thiel nickte. »Also kein Alibi.«

Frauke öffnete die Tür zu dem Vernehmungszimmer.

»So, Herr Blinkaus. Wir haben mit Ihren Freunden gesprochen. Die konnten leider nicht bestätigen, Sie zu der betreffenden Zeit in der Nacht in Lüneburg noch gesehen zu haben.«

Thiel zog geräuschvoll den Stuhl zurück. Sie setzte sich. Blinkaus schaute, als ob er nicht ganz wüsste, wie ihm geschah.

»Weil ich da geschlafen habe wie jeder normale Mensch? Bin ich jetzt festgenommen?«

»Noch einmal zurück zu Samstagabend dem 22. Juli.« Frauke ignorierte Blinkaus' wütendes Starren, seine Haltung, breitbeinig, jetzt mit verschränkten Armen. »Wie lange waren Sie im Biergarten?«

»Bis halb zwölf. Aber das wissen Sie schon!«

»Und was haben Sie danach gemacht?«

»Bin nach Hause gegangen.«

»Und am Sonntag.«

»Ausgeschlafen, nachmittags hatte ich eine Verabredung.«

»Kurz nach Ihrem Umzug in die Vermeerstraße wurde dort eingebrochen. Was genau ist passiert?«

Blinkaus runzelte die Stirn, als sei Frauke nicht ganz dicht. »Soll ich das jetzt auch gewesen sein?« Er schüttelte leicht den

Kopf. »Meine Nachbarin hat mich aus dem Bett geklingelt, im Erdgeschoss war eingebrochen worden, und sie musste los. Sie ist Lehrerin. Also habe ich auf die Polizei gewartet.«

»Und was haben Sie in der Zeit gemacht?«

»Nichts. Mit dem Schlosser gequatscht.«

»Der war vor der Polizei da?«

»Ja, den hat die Nachbarin auch besorgt. Also die Lehrerin. Und er konnte ja auch erst anfangen, wenn die Polizei da war.«

»Kann er bezeugen, dass Sie die ganze Zeit auf dem Flur standen?«

»Bestimmt. Die Polizei war kurz in der Wohnung, das Schloss wurde ausgewechselt, und dann kam auch schon die Mieterin. Wohnt sonst irgendwo im Oldenburger Land.«

»Und Sie wissen nicht, wo?«

»Nee.« Er hob die breiten Schultern. »Woher denn auch?«

»Haben Sie sich gewundert? Dass eingebrochen wurde?«

»Der Schlosser meinte, es kommt dauernd vor, dass im Viertel eingebrochen wird. Ob ich nicht auch lieber ein Sicherheitsschloss hätte, gerade im Obergeschoss könnten sich Diebe Zeit lassen, da komme ja keiner zufällig vorbei.« Er hob wieder die Schultern. »Hatte ich bisher noch gar nicht drüber nachgedacht.«

»Und dann kam die Polizei?«

»Genau. Und die Mieterin. Eva Mares. Nette Frau. Kann ich jetzt gehen?«

EVA

Eva hatte in einer der Seitenstraßen in Schwachhausen einen schattigen Parkplatz gefunden. Die Sonne färbte die Spitzen der hohen Fichten vor ihr, die jetzt aussahen wie brennende Fackeln.

Evas Körper lief schon seit Stunden so hochtourig, dass ihr klammer Schweiß am Körper klebte und sie trotz der Wärme fröstelte. Sie hatte Angst vor dem, was sie jetzt vorhatte. Ging sie ein unnötiges Risiko ein? Aber wie sollte er darauf kommen, und war es das nicht auch wert? Ihr Hass war fast ebenso stark wie die Angst.

Sie zog den Stempel des Krankenhauses aus der Tasche, legte die Klebeetiketten auf das Armaturenbrett und drückte ihn kräftig auf eine davon. Dann unterschrieb sie und betrachtete das Ergebnis. Man sah keinen Unterschied.

Eva nahm das Paket, das sie aus dem Archiv entwendet hatte. Hinter der durchsichtigen Hülle, unter dem Beutel mit der grauen geblümten Bluse lag ein Umschlag mit der genauen Inhaltsangabe. Dort war auch die Zahl der Reagenzröhrchen vermerkt, um zu verhindern, dass eines im Labor fehlte. Eva hatte Respekt vor den Artefakten dieser grauenvollen Nacht. Komprimiert warteten sie in dieser Kunststoffhülle darauf, Zeugnis über das Entsetzliche abzulegen, das Ella passiert war.

Würden Klebereste zurückbleiben, wenn sie das Etikett entfernte? Am Ende wären nur die Chiffren nicht mehr auf allen Röhrchen identisch, winzige Nummern, ähnlich, aber nicht gleich. Das konnte sie jetzt nicht ändern, dazu hätte sie im Büro am Computer Ausdrucke anfertigen müssen. Vorsichtig zog sie an dem Siegel. Wie Eva befürchtet hatte, hingen noch Papierfasern am Plastik. Mit zusammengebissenen Zähnen knibbelte sie sie ab, versuchte, zu verhindern, dass die glatte Oberfläche der Tüte Schrammen bekam. Nun war es zu spät, um noch einen Rückzieher zu machen.

Als sie endlich das Etikett rückstandsfrei entfernt hatte, nahm sie drei Reagenzröhrchen heraus und ersetzte sie durch die, die sie am Sonntag bei Selins Untersuchung hatte mitgehen lassen. Dann verschloss sie das Paket wieder und überklebte die Öffnung des Beutels mit dem neuen gestempelten und unterschriebenen Etikett.

Sie atmete auf. Es war fast kein Unterschied zu erkennen.

Die Röhrchen, die sie aus dem Sexpack herausgenommen hatte, schob sie so weit wie möglich unter den Fahrersitz. Mit klopfendem Herzen lehnte sich Eva zurück. Am liebsten wollte sie das Lenkrad umfassen und schreien, bis sie keine Luft mehr bekam. Sie war dabei, das Leben ihrer Tochter zu riskieren, damit der Mann nicht entkam. Warum hatte sie nicht einfach tun können, was er sagte? Wie erstarrt saß sie im parkenden Wagen, hin- und hergerissen zwischen Schuld, Panik und der Hoffnung, Nelly wohlbehalten wiederzusehen und ihn dranzukriegen.

FRAUKE

Frauke schenkte Blinkaus einen ironischen Blick und stand auf. »Bin gleich wieder da.«

Dünya kam gerade aus dem Familienzimmer.

»Hat Ella noch etwas zu Blinkaus gesagt?«

Dünya zog eine Grimasse. »Nein, und noch weiter nachzuhaken wäre suggestiv. Da der Mann eine Maske trug, könnten wir ihr zig Fotos von Männern mit ähnlicher Statur zeigen, sie würde immer sagen, dass er das gewesen sein könnte.«

»Was hat Kim Baumann über ihre Affäre genau gesagt?«

»Sie läuft seit drei Monaten. Es sei etwas Ernstes, er hat sich für sie von seiner Freundin getrennt.«

Frauke hob die Augenbrauen. »Echt? Er hat allerdings vorher auch allein gewohnt, das kann also nicht der Grund sein, dass er umgezogen ist. Und ich habe ein komisches Gefühl bei ihm, zumal er mich gerade angelogen hat.« Frauke kaute auf ihrer Unterlippe. »Leider haben wir nicht genug, um ihn länger festzuhalten. Wenn er gehen will, kann ich ihn nicht aufhalten.«

Sie drehte sich nachdenklich um und ging zurück ins Verhörzimmer, wo sich Thiel und Blinkaus ein wortloses Blickduell lieferten.

»Herr Blinkaus. Sie haben mich angelogen. Sie sind am Sonntagmorgen bei Ihrer Studentin Kim Baumann gewesen.«

Es war ein Genuss zuzusehen, wie er erstarrte.

»Ach, deshalb verdächtigen Sie mich?« Blinkaus warf die Hände in die Luft. »Okay, ich mag eine Studentin. Das ist nicht in Ordnung, verstehe ich. Aber was hat das mit Vergewaltigung zu tun?« Er stöhnte, rieb sich über die Stirn. »Fragen Sie Kim, ich misshandle niemanden.« Er grinste süffisant. »Im Gegenteil!«

Bäh, dachte Frauke, so anzüglich selbstverliebt.

»Wie lange läuft das schon?«

»Drei Monate etwa.«

»Kennen Sie ihre Freundinnen auch näher?«

Er schüttelte den Kopf. Dann runzelte er die Stirn. »Waren die misshandelten Frauen Studentinnen von mir?« Er legte den Kopf in den Nacken, holte tief Luft. »Ich habe genug Stress mit einer Studentin. Meine Partnerin, oder jetzt muss ich wohl sagen, Ex-Partnerin, hat das mit ihr herausgefunden und mich aus ihrem Haus geschmissen. Wir hatten uns kennengelernt, weil sie meine Vermieterin war. Deshalb bin ich in die Vermeerstraße gezogen, und deshalb habe ich Sie auch angelogen. Ich hatte geschworen, Kim nicht wiederzusehen.« Er sah Frauke in die Augen. Sein Dauergrinsen war verschwunden, seine Mimik schuldbewusst. »Die Vermeerstraße ist nur für den Übergang. Ich warte darauf, dass sie mir verzeiht, und das mit Kim war nur eine lose Affäre.«

Ob Kim das auch wusste? Zumindest hatte er ihr etwas anderes suggeriert, dachte Frauke.

Blinkaus stand auf. »So, ich werde jetzt gehen. Ich lasse Ihnen Namen und Telefonnummer von meiner Ex da. Die Adresse haben Sie ja, sie ist nur nicht dort gemeldet.« Er klopfte mit den Fingerknöcheln zum Abschied auf den Tisch. »Wenn Sie mich hierbehalten wollen, müssen Sie mich schon festnehmen.«

Thiel erhob sich ebenfalls. »Ich bringe Sie raus.«

An der Tür drehte er sich zu Frauke um, verdrehte die Augen. Sie verstand, was er damit signalisierte, und war der gleichen Meinung: Blinkaus hatte sich gut geschlagen, sie konnten nichts machen. Fehlende Alibis und Lüge hin oder her.

Als die Tür hinter ihm zufiel, legte Frauke den Kopf in den Nacken und starrte an die Decke. Es musste doch etwas geben, das sie tun konnten.

EVA

Eva kam um vor Durst. Es ließ sich nicht länger aufschieben.

Sie startete den Wagen, fuhr zur nächsten Tankstelle und nahm, während sie die Tasche mit den Telefonen an sich presste, eine Plastikflasche Wasser aus der Kühltheke und eine Packung Haferkekse aus dem Regal. Die Hitze war inzwischen weniger unerbittlich, aber es war bereits, als habe es den Regenguss von heute Nachmittag nie gegeben.

Sie beeilte sich, wieder auf den Fahrersitz zu kommen, bereit, sofort loszufahren. Sie trank einen Schluck Wasser und steckte einen Keks in den Mund. Er verwandelte sich zu einer zähen Masse und kam nicht an dem Kloß in ihrem Hals vorbei. Eva zwang sich zu schlucken, legte die Packung weg, lehnte sich zurück und wartete.

Minuten vergingen, in denen ihre Fantasie sie marterte. Die Telefone lagen sichtbar neben ihr auf dem Beifahrersitz. Als ein Ping ertönte, schreckte sie auf. Eine SMS eines anonymen Absenders: *Fahr zu der Braut des Fürsten.*

Eva wischte sich die schweißverklebten Haarsträhnen aus dem Gesicht und startete mit fliegenden Fingern den Motor. Beim Abbiegen an der Ampel bremste sie erst im letzten Moment und rammte beinahe eine Radfahrerin. Danach zwang sie sich, konzentrierter zu fahren. Es war fast absurd, wie flüssig der Verkehr lief, obwohl ihre Welt stillstand. Sie fädelte sich auf die große Verkehrsstraße ein, die stadtauswärts führte.

Sie versuchte sich einen Reim auf den Treffpunkt zu machen. Kaum jemand wusste, was mit der Braut des Fürsten gemeint war. Sie schon, weil sie in der Nähe wohnten. Ein Hünenbett, die Glaner Braut, benannt nach dem Örtchen Glane und der Überlieferung, dass sich auf dem Gelände in der Jungsteinzeit eine Fürstenburg befunden habe. Riesige Findlinge reihten sich dort aneinander, umgeben von Wald und Heideflächen. Sie gehörten zur Straße der Megalithkultur, die sich über fast 300 Kilometer in Schlangenlinien von Osnabrück bis Oldenburg zog.

Das Kulturdenkmal war als Treffpunkt überlegt gewählt. Polizisten hätten auf dem Gelände wenige Möglichkeiten, sich zu verstecken oder jemanden zu umstellen. Um dorthin zu gelangen, musste man ein gutes Stück wandern, und um diese Zeit würde niemand mehr dort sein. Sie wäre dort völlig isoliert.

Eva umklammerte das Lenkrad. Ein Stau vor einer Baustelle auf der Bundesstraße ließ ihr Ameisen unter der Haut laufen. Erst auf der Autobahn gab sie Vollgas. Während sie sich ihrem Ziel unaufhörlich näherte, wurde sie immer starrer. Als hätte die Zeit des Wartens sie wie eine Bogensehne gespannt, deren Energie sich jetzt auf einen einzigen Punkt konzentrierte. Ihr ganzes Sein stellte sich darauf ein, den Auftrag zu erfüllen: Probe übergeben, Nelly in Sicherheit bringen.

Evas Nervosität hatte einem kalten Tunnel Platz gemacht. Es ging nicht um sie, nicht um diesen Mann. Sie würde ihre Tochter holen. Das war alles, was zählte.

FRAUKE

Frauke starrte auf ihren Rechner.

Blinkaus war unterwegs nach Hause, Thiel hatte noch beobachten können, wie er in ein Taxi gesprungen war und dabei hektisch auf seinem Handy herumgetippt hatte. Sie konnten ihn nicht auf irgendwas festnageln, aber sie würde noch heute Abend einen Antrag auf Auswertung seiner Telefonate und Nachrichten bei der Staatsanwaltschaft stellen.

Der Mann hatte sich in ihrem Inneren verhakt, jedes Mal, wenn sie lose Fäden einsammelte, landete sie bei ihm. Wenn er der Gesuchte war, musste es noch mehr geben. Linus war zu Blinkaus' vorherigen Adresse unterwegs, um mit seiner ehemaligen Partnerin zu sprechen. Die Daten der Verkehrskameras zwischen Lüneburg und Bremen waren zwar längst gelöscht, aber womöglich war er geblitzt worden, die Anfrage beim Verkehrsregister lief. Linus versuchte, weitere Paddler und Hotelmitarbeiter zu erreichen, um herauszufinden, ob jemand Blinkaus nach elf außerhalb seines Zimmers gesehen hatte. Dann würden sie gemeinsam die Überwachungsbilder des Dschungels durchgehen, womöglich wäre er darauf zu erkennen.

Frauke hörte laute Schritte im Flur und dann eine Stimme.

»Wenn ich es doch sage!«

Frauke drehte sich auf ihrem Drehstuhl zur Tür.

Dünya kam hereingestürmt und strich sich die vereinzelten losen Haare, die sich aus ihrem Zopf gelöst hatten, aus der Stirn.

»Nicht zu fassen!« Sie ließ ihre Hand auf dem Kopf liegen, was sie bestürzt und ratlos wirken ließ. »Ich habe die Unterlagen zur Rechtsmedizin gebracht, Irida Sawati aus dem Feierabend geholt, damit sie das Archiv aufmachen kann, aber die Tüte mit dieser Chiffre ist verschwunden.«

»Was?«

»Und Sawati hatte heute Nachmittag Besuch von Eva Mares!« Dünya ließ langsam die Hand sinken, der verblüffte Ausdruck hing weiterhin in ihrem Gesicht wie ein Fragezeichen.

»Wie bitte?« Frauke starrte sie an.

»Sie muss die Proben genommen haben.«

Frauke stützte sich mit den Händen auf den Knien ab. »Aber sie kommt doch gar nicht in das Archiv hinein? Außer sie bricht dort ein.«

Dünya sog die Luft durch die Nase ein und stemmte die Hände in die Hüften. »Irida hat zugegeben, dass sie ihr vorhin das Archiv gezeigt hat. Es ist also möglich, dass sie den Code des Türschlosses gesehen hat.«

Frauke war wie vor den Kopf geschlagen. »Wie weit würde sie gehen, was denkst du? Eva Mares wurde bedroht, ausgespäht. Vielleicht hat sie einen Verdacht. Jemand, dessen DNA sie mit der Probe vergleichen möchte. Dann hat sie uns nicht alles gesagt.«

Thiel tauchte hinter Dünya im Türrahmen auf.

»Das habe ich doch vorhin auch gesagt.«

Sie sahen sich an.

»Und warum jetzt? Und wie will sie das bewerkstelligen, sie hat ja kein Labor dafür.« Dünya schüttelte den Kopf.

Frauke überlegte. Heute hatte Eva Mares Initiative ergriffen, nach Wochen. Wegen Nellys Verschwinden, wie sie sagte. Aber Nelly war nur kurze Zeit später wieder aufgetaucht. Was blieb, war, dass sie ihr nicht das gewünschte Ergebnis liefern konnte, indem sie sofort die DNA aus dem Archiv analysieren ließ. Aber war das ein Grund, die Proben zu stehlen? Um was damit zu tun?

Frauke blickte zur Uhr. Kurz vor neun, die Sonne stand bereits tief. Sie sah zu Dünya und Thiel.

»Ich fahre in die Geest.«

Frauke sprang auf, nahm ihren Sommermantel von der Garderobe. »Das soll sie mir mal erklären.«

»Ich komme mit!« Thiel schnappte sich sein Sakko.

EVA

Eva bog von der Landstraße in eine kleine Waldstraße ab, die zum Huntepadd führte, dem Wanderweg, der in Dötlingen begann und über Auen, durch Wald und über Uferwege auch zur Glaner Braut führte.

Sie waren meist mit den Fahrrädern hier geradelt, Familienausflüge in der beschaulichen Landschaft ihres neuen Zuhauses. Ein schmaler Weg verband ihren Hof mit dem Netz aus Wanderwegen im Naturpark. Zunächst lief man an einem Bach entlang, der sich unter Wurzeln hindurchschlängelte, an bemoosten Findlingen und kleinen Sandbänken vorbei, bis er in die breite Hunte floss. Wenn man von dort dem Huntepadd folgte, ging es viele Kilometer durch Naturschutzgebiet, mit Mischwald, Birkengruppen auf Heideflächen und zahllosen Vögeln im Schilf des Flusses.

Heute hatte Eva gehofft, unerlaubt über den Forstweg bis zur Glaner Braut fahren zu können, doch eine Absperrung verhinderte die Durchfahrt. Sie stellte den Wagen unter einer Baumreihe ab, einige hundert Meter vom Treffpunkt entfernt. Im schwindenden Licht der Sonne luden gerade zwei letzte Ausflügler ihre Tagesrucksäcke ins Auto.

Eva stieg aus, und die Frau grüßte mit einem verwunderten »Moin« und musterte sie. Eva würgte die entsprechende Antwort heraus, schulterte ihre Tasche und bog in den Weg ein, der zur Braut führte. Sie war sich bewusst, wie wenig sie für die Gegend und Uhrzeit gerüstet war, mit dem Ledershopper im Arm und den offenen Latschen an den Füßen.

Sie folgte dem Weg hinter der Schranke über ein Feld, und es wurde still. Vereinzelt erklangen die Stimmen der Abendvögel, und im orangen Licht der letzten Sonnenstrahlen schwirrten späte Wildbienen und Schwebfliegen über die Feldblumen am Wegesrand. Als sie in den Schatten der Bäume eintauchte, zeugten kahle Blaubeerbüsche von den vielen Menschen, die hier am Tag durchgekommen waren, nur hier und dort hing noch eine einzelne schwarze Beere im grünen Moos.

Sie dachte daran, wie sie mit ihrer Familie zuletzt durch diese verwunschene Märchenlandschaft gewandert war. Sie und Jacob Hand in Hand, während die Kinder in alle Richtungen davonstoben, sobald sie etwas Interessantes entdeckt hatten. Sie sah Nellys vor Glück leuchtende Augen vor sich, und die Erinnerung gab dem schwelenden Hass in ihrer Brust neue Nahrung. Gleichzeitig war ihr klamm zumute, als läge ein Eisklumpen in ihrem Bauch.

Nach wenigen hundert Metern öffnete sich der Wald zu der Heidefläche, in deren Mitte auf einem flachen Hügel grau und riesig die Findlinge der Glaner Braut im Abendlicht glänzten. Auf der weiten Fläche standen vereinzelt junge Eichen und voluminöse Kiefern. Birken schimmerten silbrig, und der Sandweg zum Hünenbett war gesäumt von Heidepflanzen, die schon Knospen zeigten. In wenigen Tagen würde sich zwischen den Wanderwegen ein violetter Teppich ausbreiten, in dessen Schein die verwitterten Findlinge wie die Rücken schlafender Trolle aussehen würden. Ein magisches Spektakel für zwei, höchstens drei Wochen. Aber sie würde das nie wieder so genießen können wie zuvor.

FRAUKE

Der Autobahnzubringer über die Weser erlaubte Frauke einen Blick auf die schicken Neubauten auf der Weserinsel und im Rückspiegel auf die Altstadt und Brauerei, mit ihren hohen Stapeln grüner Bierkisten. Sie fuhr über die Betontrasse, unter der stiefmütterlich abgeschlagene Industrie- und Wohnviertel lagen, nur leidlich mit Lärmschutzwänden gegen den Krach und Mief der tausenden täglichen Pendler über den Fluss geschützt.

Nach einer Viertelstunde bog sie auf die Autobahn nach Ganderkersee. In der Nähe war der Hasbruch mit der Friederikeneiche, deren Alter auf biblische 1200 Jahre geschätzt wurde und in deren Umgebung Antje und Frauke mehrfach gewandert waren. In der Ferne standen langgestreckte, rot geklinkerte Gulfhäuser, Fachwerkhöfe und kleinere Neubauten.

»Würdest du hier draußen wohnen wollen?«

Thiel hob die Schultern. »Hat schon was. Aber nicht allein.« Er schaute aus dem Fenster, als Frauke kurz zu ihm blickte.

Seit seiner Scheidung vor fünfzehn Jahren hatte es keine ernsthafte Beziehung mehr in Thiels Leben gegeben. Über weitere Kontakte zu Frauen wusste Frauke nichts, aber sie hatte sich ihm früher verwandt gefühlt. Nicht kompatibel, womöglich auch unvermittelbar. Das hatte sich mit Antjes Auftauchen geändert, aber Thiel war immer noch allein. Frauke war der Ansicht, dass das an sich nichts Schlimmes war, wenn man die Einsamkeit vorzog, aber sie spürte an der Traurigkeit, die ihn manchmal umgab, dass das bei ihm nicht der Fall war. Er machte kein großes Aufheben davon, aber sie ahnte, dass er sich eine Familie wünschte. Oder wenigstens einen Teil der Familie zurück, die er einst gehabt hatte. Zu wenig proaktiv, hatte er den Scheidungsgrund damals salopp genannt. Er hatte nichts unternommen, um seine Frau zurückzugewinnen, die sich in einen anderen Mann, einen lauten, charmanten, verliebt hatte. Dabei gab es kaum jemanden, der so viel Herz und Verstand hatte wie Thiel. Zumindest Fraukes Ansicht nach.

Sie klebte ihren Blick zurück auf den Asphalt. Eva Mares schien mit ihrer Familie etwas vergönnt, das viele Menschen nicht hatten: ein solides Auskommen, vermutlich wohlgeratene Kinder und anscheinend eine stabile Ehe. Sie hatten sich den Traum verwirklichen können, in der Stadt und auf dem Land zu leben. Aber das zeigte nur einmal mehr, dass niemand vor Verbrechen gefeit war.

Frauke nahm die Ausfahrt. Der Himmel über den Feldern färbte sich bereits glutrot. Halb zehn, das Navi zeigte noch fünfzehn Minuten Fahrt an. Vermutlich war die ganze Familie zu Hause. Sollten sie Eva Mares vor ihrem Mann mit der Frage konfrontieren, ob sie die Proben gestohlen hatte? Und mit beiden Eltern über den Stalker sprechen, die Gefahr, die er für alle Mitglieder der Familie bedeuten konnte? Womöglich hatte Eva Mares ihren Mann nicht in alles eingeweiht, was vorgefallen war. Aber wollte sie sie schonen? Eigentlich war das nicht ihre Art.

EVA

Eva lehnte mit dem Rücken gegen den größten Findling in der Mitte des Hünenbetts. Auf diese Weise konnte er sich nicht von hinten an sie anschleichen, und sie hatte von der erhöhten Position aus einen guten Überblick über die Ebene, die nur von einer Seite von dichtem Wald begrenzt war. Der riesige Stein war noch warm von der Sonne, halb im Heidesand vergraben und die Oberfläche dunkel von den tausenden Jahren, die er bereits hier lag. Ihr hatten die Steinkreise im Oldenburger Land immer einen ehrfürchtigen Schauer über den Rücken gejagt. Weniger, weil sich unter ihnen vermutlich auch eine Totenstätte verbarg, sondern weil sie von einer Zeit zeugten, über die so wenig bekannt war. Wer wusste schon, wie sie hierhergekommen waren und warum die zentnerschweren Steine in zwei Reihen standen. Erst im Mittelalter war die Sage gesponnen worden, dass eine Braut und ihr Aufgebot hier erstarrt seien, weil sie ihren Bräutigam nicht hatte heiraten wollen. Wie perfide diese Geschichte darauf hinwies, dass Frauen schon immer Opfer männlicher Macht geworden waren! Vielleicht kannte der Entführer die Legende und hatte deshalb diesen Ort ausgesucht.

Eva hielt ihr Handy umklammert, vermied, das Display anzuschalten, um weiterhin Akkuleistung zu sparen. Dabei würden weder der Entführer noch Jacob sie anrufen können, es gab auf der einsamen Heidefläche kein Netz. Sie musste darauf vertrauen, dass er auftauchte. Der leise Ruf eines Käuzchens klang von dem Waldstück hinter ihr. Die Findlinge warfen tiefschwarze Schlagschatten in den hellen Sand.

Kannte dieser Mann kein Erbarmen? Würde er kommen, um sie zu töten? Sie zuvor vergewaltigen? Die Proben nehmen und in der Nacht verschwinden, bis Spaziergänger am nächsten Morgen ihre Leiche fanden? Eva zitterte und legte eine Hand auf die raue, warme

Oberfläche des Findlings. Sie meinte zu fühlen, wie Blut, Schweiß und Tränen der Arbeiter sich in ihre Handfläche schmiegten.

Eine weitere Tote an dieser Grabstätte, vereint mit Fürsten, Sklaven und unglücklichen Frauen. Und ihre wunderschöne, zarte, liebenswerte Tochter war für immer verloren. Eva nahm den Schlüsselbund aus ihrer Handtasche und steckte den längsten Schlüssel wie einen Keil zwischen Zeige- und Mittelfinger. Was für eine armselige Waffe. Aber jetzt war es zu spät, ihre Entscheidung zu bereuen, sich dem Entführer allein zu stellen.

FRAUKE

Die Außenbeleuchtung an dem alten Bauernhaus war eingeschaltet, ebenso alle Gartenleuchten, die den Weg zur Haustür säumten. Auch im Inneren brannten zahlreiche Lampen, so dass der Hof in der Dämmerung festlich beleuchtet wirkte.

Frauke klingelte. Sie hatte Dr. Jacob Mares auf dem Foto gesehen, war aber dennoch erstaunt, als er öffnete. Er überragte sogar Thiel, war lang und sehnig wie ein Akrobat. Seine aufgerissenen braunen Augen hinter der eckigen Brille musterten sie alarmiert, als rechne er mit dem Schlimmsten, und er machte einen zutiefst erschöpften Eindruck. Frauke hielt ihm ihren Ausweis entgegen, aber er sah nicht hin.

Stattdessen verzog sein Gesicht sich zu einer schmerzverzerrten Grimasse. »Haben Sie sie gefunden? Ich sterbe tausend Tode pro Minute!«

Er drehte sich um und ging ins Haus, dabei stützte er sich kurz an der Wand ab. Thiel und Frauke wechselten einen überraschten Blick. Der Mann sah aus, als sei er am Ende seiner Kräfte.

Sie folgten Dr. Mares in einen geräumigen Wohnraum mit hohen Terrassentüren und riesigem Holztisch, über dem bauchige, bunte Glaskugeln warmes Licht verströmten. In der Sofaecke dahinter war die Stehlampe eingeschaltet, ebenso floss aus der offenen Küche gelbes Licht über den bunten und roten Kachelboden. Als habe er die Dunkelheit aus dem Haus verbannen wollen.

»Wo ist Eva? Vor einer halben Stunde hatte ich zuletzt ein Ortungssignal von ihrem Handy.«

Fraukes Verwirrung wuchs. »Ist Ihre Frau verschwunden?«

Er starrte sie an. »Nelly! Nelly ist verschwunden! Sind Sie nicht deshalb hier?« Sein entgeisterter Gesichtsausdruck, als er begriff, dass sie keine Ahnung hatten, war wie eine kalte Dusche.

Frauke hob beschwichtigend die Hand. »Setzen Sie sich, und erzählen Sie uns, was passiert ist!«

Er fiel auf einen der Stühle, sah mit rotgeäderten Augen auf. »Dieses perverse Schwein hat sie entführt und erpresst uns.«

Er schilderte den Telefonanruf. Das Ultimatum. Dass Eva sich mit ihm treffen sollte.

»Sie will ihm die Proben geben!«

Frauke fragte nicht, wie Eva an diese herangekommen war und was sie damit vorhatte. Jetzt war alles klar.

»Wo haben Sie Ihre Frau zuletzt geortet?«

EVA

Der Mann, der zwischen zwei großen Bäumen am Waldrand hervortrat, war mittelgroß und breitschultrig. Seine Arme in der dunklen Jacke hingen locker zu seinen Seiten, die Hände steckten in schwarzen Lederhandschuhen.

Irgendetwas an seiner Körperhaltung kam Eva vage bekannt vor, aber sie hätte nicht sagen können, warum. Gegen das Schwarz der Sturmmaske leuchtete unheimlich die weiße Haut um seine Augen, die jetzt in der Dunkelheit wie zwei finster glänzende Tümpel aussahen. Er kam über die Heidefläche, streckte die Hand aus, winkte mit den Fingern in einer unmissverständlichen Geste. Gib her!

Vorsichtig, als würde sie sich einem wilden Tier nähern, trat Eva einen Schritt vor.

»Wo ist meine Tochter?«

Er schüttelte schweigend den Kopf. Wiederholte die Geste. Eva zögerte. Er war ihr auf jeden Fall körperlich überlegen und würde ihr die Probe mit Gewalt abnehmen können. Sie holte das Paket aus ihrer Tasche, streckte den Arm so lang aus, wie sie konnte.

Er nahm den Beweisbeutel. Hielt die Tüte gegen den düster werdenden Himmel. Ganz schwach waren noch die weißen Blüten auf der Bluse zu erkennen. Dann drehte er sich um, ging in Richtung des Wanderweges, der auf der anderen Seite nach Dötlingen führte.

»Meine Tochter, du Schwein! Wo ist sie?«

Er drehte sich halb um, deutete mit ausgestrecktem Arm in den Wald, aus dem er gekommen war. Dann ging er einfach weiter. Eva war hin- und hergerissen. Sollte sie ihm folgen? Doch ihre Angst um Nelly zog sie in die andere Richtung.

»Nelly!«, schrie sie. »Nelly!«

Sie schaltete die Lampe am Handy ein und rannte in den Wald. Das Licht tanzte in schmalen Streifen durch die bemoosten, schartigen Baumstämme. Krachend barsten Äste unter ihren offenen Sandalen.

»Nelly!«

Eva drehte sich im Kreis. Es war nichts zu sehen. Dunkle Senken lagen zwischen Mooshügeln auf dem unebenen Untergrund.

»Nelly«, schluchzte sie heiser und folgte der Richtung, in die er gewiesen hatte.

Lange würde die Taschenlampe nicht halten. Sie sah auf das Display. Immer noch kein Netz. Auch jetzt konnte sie die Polizei nicht rufen, während er sich immer weiter entfernte. Mit den Proben und dem Wissen, wo Nelly war.

Sie schrie. »Komm zurück! Wo ist sie?«

Schluchzend schwenkte sie die Lampe, deren Licht nur wenige Meter weit reichte. Wie hatte sie so dumm sein können!

FRAUKE

Mit Blaulicht rasten sie zu dem Parkplatz am Huntepadd, von dem Eva Mares' Telefon das letzte Mal seinen Standort gesendet hatte. Ein einzelnes silbernes Auto reflektierte das Licht ihrer Scheinwerfer.

»Das ist unser Wagen.«

Jacob Mares beugte sich von der Rückbank vor. Er wirkte gefasster, aber die Angst stand ihm ins Gesicht geschrieben. Frauke hätte ihn als Zivilisten nicht mit zu diesem Einsatz genommen, doch Thiel hatte ihr einen Blick zugeworfen, der Bände sprach. Der Mann war auch nur ein Vater! Außerdem Arzt, was hilfreich sein könnte, und er kannte sich in der Gegend aus.

Frauke ließ den Wagen quer auf dem Sandplatz stehen und lief auf den Ford zu. Mit der Taschenlampe leuchtete sie ins Innere. Lediglich eine Trinkflasche, deren zerschrammtes Plastik wie Eis glitzerte, lag auf dem dunklen Stoff des Beifahrersitzes.

»Leer!«, rief sie laut.

Thiel öffnete Jacob Mares die Tür des Fonds. Noch während dieser ausstieg, hörten sie Sirenen, die sich auf der schmalen Straße schnell näherten. Kurz darauf zuckte blaues Licht über den Weg und tauchte Büsche, Bäume und das anrainende Feld in flackernde Schatten. Die angeforderte Verstärkung aus Oldenburg.

Jacob Mares entriegelte mit seinem Schlüssel den Ford. Frauke streifte Gummihandschuhe über und ging zum Kofferraum, während Thiel und zwei uniformierte Beamte in Richtung des Kulturdenkmals Glaner Braut liefen, auf das der Wegweiser hinwies.

EVA

Eva sank mit ihren Schuhen im Moos ein und stolperte durch das Unterholz. Sie hatte jedes Zeitgefühl verloren. Ihre Wangen waren nass, aber sie bemerkte kaum, dass sie weinte. Sie drehte sich hin und her, versuchte einen klaren Gedanken zu fassen. Vermutlich war sie mit ihrem Funzellicht nicht weiter als hundert Meter vorgedrungen, schließlich waren die meisten Waldstücke hier nur mittelgroße Gevierte zwischen Heideflächen. Feldern und Wiesen. Bisher war sie auf keinen Weg gestoßen, dennoch kam ihr das Labyrinth aus Stämmen, die den Lichtstrahl in schmale Streifen teilten, endlos vor. Sie blieb stehen, sah auf die Akkuanzeige. Noch zwei Prozent.

»Nelly!«, brüllte sie wieder. »Nelly!«

»Eva!« Eine Stimme, weit entfernt, gedämpft durch das Blut, das in ihren Ohren rauschte. Sie kam aus einer anderen Richtung als der, die der Maskierte ihr gewiesen hatte. Von der Braut?

»Hier! Ich bin hier!«

Eva drehte sich um. Ihre Lampe wischte über dunkles Laub des Vorjahres, und plötzlich sah sie etwas Weißes darin aufblitzen. Sie verlor einen Schuh, während sie auf den Stoff zustürzte, der aus dem Untergrund herausragte.

»Nelly!«

FRAUKE

Auch der Kofferraum des Wagens war leer. Frauke sah sich um. Hinter dem Parkplatz gabelte sich der Spazierweg. Auf den beiden Streifenwagen drehten sich weiterhin die Rundumkennleuchten, die Scheinwerfer malten helle Trichter auf den plattgefahrenen Sandboden.

»Wir müssen hier alles absperren.«

Frauke winkte dem Kollegen am ersten Wagen, der jung aussah und unsicher blinzelte. Er fragte sich vermutlich, ob die Bremer Kollegin hier überhaupt das Sagen hatte.

»Machen Sie schon«, herrschte sie ihn an, und er lief zum Kofferraum des Streifenwagens, um das Absperrband zu holen.

Frauke zückte ihr Telefon und rief die Leitstelle der Kripo in Oldenburg an. »Kriminalhauptkommissarin Frauke Herrschmann aus Bremen. Es geht um gewaltsamen Freiheitsentzug. Vier Kollegen der Bepo sind schon vor Ort, Hubschrauber ist auf dem Weg, aber wir brauchen jemanden von Ihrer Kripo am Parkplatz hinter der Glaner Braut.« Sie sah in die Richtung, in die Thiel mit den drei Kollegen verschwunden war. »Und einen Mantrailer, falls Sie einen zur Verfügung haben.«

Sie fragte sich, ob sie auch gleich einen Leichenspürhund anfordern sollte, doch verkniff sich die Frage danach. Nicht die Hoffnung verlieren! Eva Mares war am Leben, und solange sie nichts anderes wussten, Nelly Mares ebenfalls.

Der Kollege in Oldenburg fackelte nicht lange. »Kripo kommt. Spürhund folgt. Ich habe jetzt Ihre Nummer.«

Frauke rief Dünya im Präsidium an, auch sie und Linus hatten noch länger arbeiten wollen. Alle hatten gespürt, dass sich etwas in Bewegung setzte.

»Eva Mares' Tochter wurde entführt, dieses Mal tatsächlich. Eva Mares hat sich mutmaßlich mit dem Entführer an einem Kulturdenkmal in der Wildeshauser Geest getroffen. Wir müssen Reifenspuren auf den Parkplätzen der näheren Umgebung sichern lassen. Kannst du das mit dem LKA in Hannover abklären? Sag ihnen, das gehört alles zu dem Fall eines möglichen Serienvergewaltigers in Bremen.« Sie holte Luft. »Und sag denen im LKA, dass wir den Hubschrauber stellen. Ich habe schon einen angefordert.«

Dünyas Schweigen in der Leitung war nur kurz, dennoch konnte sich Frauke ihren Schock vorstellen. »Ist notiert.«

»Und trommle alle aus dem K32 zusammen, auch die, die bisher nicht involviert waren. Wir brauchen schnelle Ergebnisse.«

»Alles klar«, sagte Dünya. Ihre Stimme klang belegt.

EVA

Eva sank vor dem Stück Stoff, das zwischen vertrocknetem Laub hervorragte, auf die Knie. Nelly hatte ein weißes T-Shirt getragen. Mit Eissplittern im Herzen wischte sie die vertrockneten Blätter beiseite, nicht bereit, niemals bereit, den Schmerz zu ertragen.

Der Stofffetzen saß tiefer im Waldboden, als sie erwartet hatte. Sie legte das Handy beiseite, ein schmaler Streifen Licht auf dem Boden verwandelte das aufgewühlte Blattwerk in ein unregelmäßiges Muster aus schwarzen Schatten und fahlen Fächern. Kleine Waldtiere krabbelten vor ihren blassen Händen davon. Das weiße Stoffstück fühlte sich nach der weichen Baumwolle an, die sie kannte. Dann ertastete sie Kunststoff unter dem Jersey, einen weißen Müllbeutel, mehrfach eingewickelt, darin etwas Weiches und unförmig Hartes.

Eva fühlte sich, als würde jemand ihre Lunge mit schwarzem Schlick füllen. Sie zog an der Plastikfolie, bis sie riss. Alte Dosen mit Lack kamen in der braunen Erde zum Vorschein, gewickelt in weiße Stofffetzen, und Putzlappen mit Farbresten daran.

In diesem Moment erlosch das Licht der Taschenlampe neben ihr. Eva sackte in sich zusammen, weiches Erdreich, dreckige Lumpen und einen Fetzen Folie in den Händen.

Hier war Nelly nicht! Mit weichen Knien zog sie sich in der Finsternis an einem Baumstamm hoch, kam schwankend zum Stehen.

Es knackte hinter ihr. In der Ferne brachen schwere Stiefel durch verrottetes Holz. Sie wurde von einer Taschenlampe geblendet. Dann fühlte sie Jacobs vertraute Arme, die sie an sich zogen.

»Ich habe sie nicht gefunden«, schluchzte Eva. »Nelly ist nicht hier.«

FRAUKE

Der Hund, den ein Schutzpolizist der Rettungsstaffel an der Leine hatte, schnüffelte interessiert in dem Auto herum. Dann lief er zu dem Ehepaar Mares, das eng umschlungen auf dem trockenen Gras am Rande des Parkplatzes saß, bevor er heftig an der Leine zog und Richtung der Steinformation und des Waldes strebte. Dort, wo jetzt eine Mannschaft der Polizei den Wald nach dem Mädchen durchkämmte.

Frauke spürte noch die Erleichterung, die sie empfunden hatte, als Dr. Mares auf den Arm ihres Mannes gestützt am Parkplatz aufgetaucht war. Gleichzeitig wuchs ihre Sorge um Nelly.

Sie ging zu dem Paar. Die wichtigsten Eckdaten hatte sie bereits von Thiel erfahren. Der Vergewaltiger war vor etwa einer Dreiviertelstunde mit den Proben in die andere Richtung verschwunden.

»Ein Krankenwagen wird gleich da sein und Sie nach Oldenburg in die Klinik bringen, um den Schock zu behandeln.«

Eva Mares sah auf, ihr Gesicht war aschfahl. »Ich gehe hier nicht weg, bis Sie Nelly gefunden haben.«

Jacob Mares hielt seine Frau fest, auch sein Blick zeugte von heller Panik. »Wir gehen nirgendwohin!«

Frauke nickte knapp. Sie hatte das erwartet, aber falls sie Nelly fanden und das Schlimmste eingetreten war, hätte sie ihre Eltern gerne nicht in der Nähe gehabt.

»Was können Sie mir über den Mann sagen?«

»Er trug einen weiten schwarzen Blouson, deshalb weiß ich nicht, ob er wirklich so kompakt war, wie er aussah. Er wirkte kräftig, mittelgroß.« Dr. Mares schloss kurz die Augen, die Erinnerung setzte ihr noch zu. »Er hat nicht gesprochen, nur in den Wald gezeigt. Ich habe ihm das Paket gegeben, dann ist er gegangen.«

Als Dr. Mares alles geschildert hatte, was an der Braut geschehen war, frage Frauke sanft: »Dr. Mares, was haben Sie heute in der Rechtsmedizin gemacht?«

Eva blinzelte. Sie wollte etwas sagen, doch das Rattern von Rotoren durchriss die Stille. Ein Hubschrauber flog so dicht über den Parkplatz, dass die Zugluft Fraukes Mantel bauschte und Dr. Mares' Haare ihr in das Gesicht wehten.

Frauke verzichtete darauf, ihre Frage zu wiederholen. Es war eindeutig, dass Dr. Mares das Sexpack entwendet hatte. Aber vielleicht sollte sie der Mutter ein wenig Ruhe gönnen.

»Der Helikopter hat eine Wärmebildkamera. Wir tun, was wir können, um Nelly zu finden.«

Eva Mares nickte. Sie und ihr Mann hielten sich umschlungen, wie Ertrinkende in einem Ozean, die wussten, dass sie das Ufer nicht aus eigener Kraft erreichen konnten.

EVA

Zwei Krankenwagen hielten auf dem Parkplatz, die Warnblinker wurden eingeschaltet. Eva hatte schon bemerkt, dass sie ihre Fingerspitzen kaum noch fühlte und immer wieder von einem unkontrollierten Zittern erfasst wurde. Sie hatte nicht aufstehen können, als Frauke Herrschmann zu ihnen gekommen war, und ihre Fragen zu beantworten hatte ein wattiges Gefühl in ihrem Kopf zurückgelassen.

Alles war Jetzt. Was vorher war, zählte nicht. Die Zeit war zusammengeschnurrt, als gebe es Vergangenheit und Zukunft erst wieder, wenn sie ihr Baby im Arm halten würde. Sie konnte selbst diagnostizieren, dass sie unter Schock stand, kurz davor war zu kollabieren. Dennoch würde sie sich am liebsten wieder in den Wald werfen, Jacob ebenso, doch Polizisten hatten sie am Feldweg aufgehalten. Im Lichtkegel der Scheinwerfer auf dem Parkplatz war ein provisorisches Lagezentrum entstanden. Auf der Motorhaube von Herrschmanns dunklem Kombi war eine Karte der Umgebung ausgebreitet, und sie hörte das leise Knistern der Funkgeräte und gelegentlich knarzende Stimmen, die Positionen durchgaben.

Eva sah Jacob an und lehnte sich an ihn. Auch er machte keinen guten Eindruck, wenngleich sein Kreislauf die Strapazen und den Schmerz besser auszuhalten schien. Eva sah den beiden orangegelb leuchtenden Gestalten entgegen, die auf sie zukamen. Der Sanitäter bückte sich.

»Wie geht es Ihnen?« Er streckte seine Hand aus. »Hier, drücken Sie mal.«

Eva nahm seine Hand. »Helfen Sie mir bitte auf. Ich brauche ein wenig Kochsalzlösung. Und vielleicht Traubenzucker.«

Der Mann sah sie einen Moment lang prüfend an, dann zog er sie vorsichtig hoch. »Das sehen wir gleich, okay?« Er führte sie zum geöffneten Krankenwagen.

»Ich bin Ärztin, im Krankenhaus.«

Er lächelte. »Na, dann wissen Sie ja Bescheid.«

Eva nickte. Natürlich konnte er ihr keine Kochsalzlösung geben, ohne nicht wenigstens den Grundcheck zu machen: Herz, Sauerstoff, Koordination. Nach wenigen Minuten hatten sie das geklärt. Auch Jacob wurde einer Routineuntersuchung unterzogen, sein Kreislauf war stabil. Er verzog den Mund zu etwas, das ein Lächeln hätte werden können, wenn er nicht so traurig ausgesehen hätte.

»Und ich dachte, mein Herz schlägt nicht mehr. Ich bin wie tot.«

Der Sanitäter sah Eva mitfühlend an. »Ich lege Ihnen jetzt eine Infusion und bringe Ihnen einen Energiedrink. Oder möchten Sie lieber Kaffee? Ich habe eine Thermoskanne dabei.«

Eva stiegen Tränen in die Augen. »Kaffee, bitte.« Sie war in ein emotionales Korsett geschnürt, vollkommen erschöpft, aber angespannt bis zum Muskelkrampf. Und sie wusste, es könnte alles noch schlimmer werden.

Sie nahm die Plastiktasse, die der Kollege ihr reichte, und nippte an dem erstaunlich heißen schwarzen Kaffee mit viel Zucker. Jacob, der sich mit ihr in der geöffneten Tür des Krankenwagens niederließ, umklammerte seinen Becher, als wäre ihm kalt. Beide ignorierten den zweiten Krankenwagen, der bereitstand, falls Nelly gefunden wurde. Sie sahen, wie Beamte in die Dunkelheit wuselten, Lichter von Taschenlampen über den Weg hüpften.

Wieder hatte Eva das Bedürfnis aufzuspringen und loszurennen. Aber wohin? Sie wusste, dass sie bleiben musste. Dass sie hier sein musste, wenn sie Nelly fanden. Sie dachte an Emma und Levin, dass sie zum Glück von all dem hier nichts mitbekamen. Sie sah in den Nachthimmel. In der Geest war der Sternenhimmel in einer Sommernacht ein brillantes Kaleidoskop mit Mustern, die die Krümmung der Atmosphäre nachzeichneten.

Was, wenn Nelly nicht gefunden wurde? Wie sollte sie das ihren anderen beiden Kindern erklären? Sie hatten ihnen immer versprochen, sie vor allem zu beschützen.

FRAUKE

Dünya rief Frauke an.

»Wir haben Verstärkung bekommen, Mina und Immi lassen alles stehen und liegen. Wir sind im Kommissariat und gehen noch einmal das gesamte Material durch.«

»Bitte beantrage Handyortung für Blinkaus. Wir müssen wissen, wo er vom Präsidium aus hingefahren ist.«

Als sie aufgelegt hatte, spürte Frauke das Bedürfnis, Blinkaus zur Fahndung auszuschreiben. Es war frustrierend, dass sie so wenig gegen ihn in der Hand hatten. Er hatte Selin und Ella unterrichtet. Und als Psychologe hatte er sicher gesehen, wie traumatisiert Ella war. Was für ein leichtes Opfer.

Eva Mares hatte den Mann als kräftig und kompakt beschrieben. Mittelgroß. All das traf auf Blinkaus zu. Er hatte eine SMS geschrieben zu der Zeit, als Eva Mares den Treffpunkt genannt bekommen hatte.

Sie sah den Feldweg hinunter. Dort, wo das Licht der Scheinwerfer endete, begann inzwischen pechschwarze Dunkelheit. War sie eben noch durchbrochen von leisen Rufen und dem Flackern von Taschenlampen zwischen den Bäumen, waren die Suchenden jetzt so weit entfernt, dass sie sie nicht mehr hören oder sehen konnte. Nur das zirpende Funkgerät und der Helikopter in der Ferne zeugten von dem großen personellen Einsatz, den sie in der letzten Stunde auf die Beine gestellt hatten. Frauke sank das Herz. Je größer der Radius, desto unwahrscheinlicher, dass das Mädchen wirklich hier war. Und noch lebte.

Dann mussten sie ihn finden, um sie zu finden. Der Täter war bereit, für die Spuren der Vergewaltigung an Ella ein Kind zu entführen. Das musste doch bedeuten, dass er entweder in ihrer Datenbank war oder sich im Umfeld seiner Opfer herumgetrieben hatte, so dass sie ihn bei einer Reihentestung erwischt hätten. Gegen die Probe hatte Blinkaus sich vehement gewehrt. Das Sexpack aus dem Archiv war verloren, aber irgendetwas musste ihnen direkt vor Augen stehen, sonst hätte er nicht zu so drastischen Maßnahmen gegriffen.

Thiel, der neben Frauke stand, hatte eine Stirnlampe aus einem der Streifenwagen auf dem Kopf und studierte die Karte, auf der bereits einige Quadranten als vollständig erfasst mit roten Kreuzen versehen waren.

»Hier ist ein kleines Gebäude eingezeichnet, am Fluss.« Thiel tippte auf ein winziges rosa Rechteck zwischen hellgrünen Arealen.

Der Beamte neben ihm beugte sich vor. »Das ist eine alte Mühle.« Es war der junge Mann, der als einer der Ersten hier am Parkplatz angekommen war. »Aber alles verrammelt. In dem Silo haben wir als Kinder manchmal gespielt.« Er lächelte verlegen. »Bis wir erwischt wurden.«

Thiel furchte die Stirn. »War da schon jemand?«

Der Beamte drehte sich um und sprach in sein Funkgerät, bevor er antwortete: »Noch nicht, die Kollegen bewegen sich aber darauf zu.«

»Die Wärmebildkamera würde in einem Betonsilo nichts anzeigen«, sagte Frauke. »Sie sollen jemanden vorschicken, das Gebäude zu überprüfen.«

EVA

Eva hatte das Gefühl, dass etwas passierte.

Der Helikopter, der in mittlerer Höhe langsam in immer größeren Kreisen über das Gebiet geflogen war, schwenkte plötzlich ab und flog in gerader Linie über den Wald. In die Richtung, in die Nellys Entführer gedeutet hatte, nur viel weiter weg, als sie selbst gekommen war. Sie stand auf und sah ihm hinterher, Jacob ebenso. Der Hubschrauber blieb in der Luft stehen, ein riesiges, leuchtendes Insekt vor der dunklen Leinwand des Sternenhimmels, etliche hundert Meter entfernt. Jacob nahm Evas Hand. Wortlos beobachteten sie, wie er sank und von den Baumwipfeln verschluckt wurde.

»Er ist gelandet«, flüsterte Eva.

Jacobs Hand umklammerte ihre Finger wie ein Schraubstock, aber der leichte Schmerz war ihr willkommen, lenkte sie von der brutalen Angst ab, die ihr den Atem stocken ließ.

Kurze Zeit später stieg der Helikopter wieder auf und flog auf sie zu. Über dem Parkplatz drehte er eine kleine Schleife, dann landete er auf dem abgemähten Feld daneben, und der Krach der Rotoren wurde ohrenbetäubend. Sand und Staub wirbelten auf, und Eva deckte ihre Augen mit dem Unterarm ab. Trotzdem bewegten sie sich auf den Helikopter zu, gezogen von Hoffnung.

Kaum hatten die Kufen den Boden berührt, sprang ein Polizist heraus und winkte in Richtung des Krankenwagens. Die Sanitäter rannten los. Jacob und Eva mit ihnen. Sie hatte ihre Sandale nicht wiedergefunden, jetzt flogen ihre bloßen Füße über den losen Sand, die Stoppel des Feldes stachen in ihre Fußsohlen. Sie überholte die Rettungssanitäter, die den Defibrillator und ein EKG trugen.

Als Eva die offene Tür des Helis erreichte, sah sie einen blonden Schopf, der sich auf der Liege ausbreitete. Sie wollte in den Innenraum hineinsteigen, doch Jacob hielt sie fest, damit die Sanis zuerst zu Nelly konnten.

»Warte, wenn sie … Sie müssen sie erst untersuchen!«

Eva zitterte, während Jacob sie im Arm hielt. Sie sah, wie der Sanitäter, der ihr den Kaffee gegeben hatte, zwei Finger an den Hals ihrer Tochter legte. Dann drehte er sich zu ihr um, lächelte und nickte. Eva brach in Tränen aus.

Sie lebte. Nelly lebte!

TAG DREI

FRAUKE

Nachdem die beiden Rettungswagen mit Familie Mares in Richtung des Krankenhauses in Oldenburg abgefahren waren, stand Frauke in dem Gewusel auf dem Parkplatz und gönnte sich einen Augenblick der stillen Erleichterung. Sie war erschöpft, die letzten Stunden hatten an ihr gezehrt. Die Angst, Nelly nicht mehr lebend zu finden, war grauenhaft gewesen. Und es war noch nicht vorbei.

Es herrschte immer noch hektische Betriebsamkeit, Eckard von der Bremer Spurensicherung und seine Leute gossen in der Umgebung Reifenprofile aus. Der Kripobeamte aus Oldenburg briefte seine Kollegen in Bezug auf Überwachungskameras an den Verkehrsknotenpunkten. Die Oldenburger Polizei würde noch heute Nacht anfangen, alle Bilder der Verkehrsüberwachung auszuwerten, und ein Streifenwagen fuhr den Waldweg ab, auf dem Nelly von der Bushaltestelle in Dötlingen aus nach Hause hatte fahren wollen. Irgendwo im Wald lag vermutlich ihr Fahrrad. Das Team der Spurensicherung des LKA Hannover hielt sich bereit.

Thiel trat zu ihr. »Und jetzt? Wir wissen immer noch nicht, wer er ist.«

Frauke sah ihn müde an. »Und heute werden wir ihn wohl auch nicht mehr schnappen.«

Sie drehte sich zu der Traube Polizisten um, die sich langsam auflöste. Die meisten würden nach Oldenburg zurückkehren und mit der Fahndung nach dem Unbekannten beginnen, indem sie alle digitalen Hinweise aus dem Landkreis zusammentrugen. Anwohner und potentielle Zeugen wurden parallel befragt, soweit das nachts möglich war.

»Wir sind hier nicht zuständig, und die Ergebnisse bekommen

wir erst morgen.« Sie sah auf die Uhr. »Beziehungsweise heute früh. Ich rufe im Kommissariat an und schicke alle für eine kurze Zeit nach Hause. In vier Stunden, um sechs, treffen wir uns wieder und sehen, was bei den Befragungen herausgekommen ist. Es hat keinen Sinn, wenn alle todmüde sind.«

Thiel nickte. Frauke sah ihm an, dass er ihren Plan vernünftig fand, aber ihm ging es auch wie ihr: Wie sollte man so überhaupt schlafen? Aber es war genauso sinnlos, sich die Nacht um die Ohren zu schlagen, um dann später keinen klaren Gedanken mehr fassen zu können, wenn von allen Seiten die Protokolle und Daten aus Niedersachsen auf sie einprasselten. Nelly war im Krankenhaus einstweilen in Sicherheit.

Frauke trat an den Kripo-Kollegen aus Oldenburg heran, der sich vorhin als Hassan Khouri vorgestellt hatte.

Er lächelte kollegial. »Ich komme am Vormittag für die Koordination unserer Einsätze nach Bremen. Sie haben bisher die Ermittlungen geleitet, wir werden sie unterstützen.«

»So machen wir das.« Frauke gab dem Mann die Hand. Sie war erleichtert, das hätte auch komplizierter werden können.

Dieses Mal fuhr Thiel. In der Dunkelheit des Wagens konnte sie nur sein Profil erkennen, aber alles an ihm wirkte angespannt. So schnell ließ der Druck, die unterschwellige Verzweiflung einer solchen Suche nicht nach. Man musste sie aus dem System kriegen. Mit Geborgenheit, Nähe. Beides hatte Thiel zu Hause nicht.

Das Fernlicht malte blasse, schwebende Streifen auf die umliegenden Felder. Sie waren das einzige Auto auf der Landstraße.

»Meinst du, er hat sie auch vergewaltigt?«

»Das werden wir morgen früh erfahren«, antwortete Frauke.

EVA

Eva kannte den Drogenschnelltest, den der Notarzt aus der Verpackung nahm.

Da Nelly minderjährig war, hatten sie ihre Tochter in den Schockraum begleiten dürfen. Jacob hielt Evas schweißnasse Hand, während der Notarzt Nelly mit einem Stäbchen in der Wange herumwischte.

Was hatte der Entführer Nelly gegeben?

Eva blickte auf den Monitor, der den Herzschlag und die Sauerstoffsättigung im Blut ihrer Tochter anzeigte. Sekündlich hatte sie Angst, Nellys Vitalfunktionen könnten schwächer werden, während der Notarzt sie jetzt gründlich untersuchte. Es gab keine sichtbaren Verletzungen, und Jacob drückte kurz ihre Finger. Das erste Aufatmen. Kurz darauf stand fest, dass sich Ketamin und Benzodiazepine in Nellys Speichel befanden. Eva lehnte sich an Jacob. Ketamin, auch Special K genannt, war als Vergewaltigungs- und Partydroge bekannt, Benzodiazepine starke Beruhigungs- und Schlafmittel. Vielleicht hatte der Entführer Nelly erst mit Ketamin gefügig und anschließend mit dem Schlafmittel bewusstlos gemacht?

Der Arzt nahm Nelly Blut ab und warf ihnen einen Blick zu. Jacob drehte den Kopf weg, während der Arzt eine Urinprobe nahm. Kurz darauf rollte eine Pflegerin ein Bett herein.

Der Notarzt trat mit ihnen vor die Tür. »Ihre Tochter schwebt nicht in Lebensgefahr. Sie schläft einfach sehr tief. Wir überwachen ihre Vitalparameter und warten, bis sie von selbst aufwacht.«

Eva hätte ihn am liebsten umarmt.

»Der Urin wird genauere Ergebnisse über die Medikamente liefern, die sie bekommen hat.« Er gab ihnen zum Abschied die Hand und wünschte ihnen alles Gute.

Nelly wurde in ein Einzelzimmer im ersten Stock verlegt. Eine MTA kontrollierte noch einmal die Elektroden für die Herzüberwachung an ihrem Brustkorb und das Sauerstoffmessgerät am Zeigefinger. »Ich bin gleich nebenan«, sagte sie lächelnd.

Eva trat an das Bett und nahm Nellys Hand. Sie war kühl und schlaff. Aber zu spüren, dass sie am Leben war, hier bei ihnen in Sicherheit, riss den Damm ein, den Eva um ihre Tränen und Angst gebaut hatte. Jacob schmiegte sich an ihren Rücken, wiegte sie, während Eva weinte und Nellys Hand hielt. Sie konnte an der Erschütterung in seinem Körper fühlen, dass auch er schluchzte.

Erst als die Gynäkologin kam, wurden sie hinausgeschickt. Die Ärztin lächelte mitfühlend, während sie die Zimmertür vor ihrer Nase schloss.

Wie oft war Eva schon in derselben Situation gewesen? Ihr Herz raste. Sie setzten sich auf die Besucherstühle im Flur; Jacob nestelte ein Taschentuch aus seiner Jeans und reichte es ihr.

»Wir müssen abwarten«, sagte er.

Eva lehnte sich an seine Schulter. Ihr war so schwindelig, dass der Boden zu schwanken schien. Aber Nelly war außer Lebensgefahr, nur daran sollte sie jetzt denken. Die beklemmenden Minuten dehnten sich ins Unendliche. Dann öffnete sich die Tür, die Ärztin trat heraus. Schon als Eva ihr Gesicht sah, atmete sie auf, und Jacob entfuhr ein Stoßseufzer.

»Ihre Tochter ist unversehrt.«

Eva legte den Kopf in den Nacken, ein Flattern in ihrer Kehle begleitete die erneuten Tränen. Jacob zog sie an sich, sein Körper bebte. Die Kollegin entfernte sich respektvoll.

»Wir packen sie ein, fahren zu meinen Eltern, bis sie den Typen gefasst haben. Das kann nicht mehr lange dauern«, flüsterte Eva.

Jacob sah sie ernst an. Eva liebte Jacobs Augen. Sie waren wie ein Pol, der, egal, wie schnell die Welt sich drehte, in seiner Achse blieb. Selbst jetzt.

»Das machen wir. Oder wir fahren woandershin. Glaubst du, er ist jetzt fertig mit uns? Hat er das, was er wollte?«

Eva zuckte zusammen. »Oh, mein Gott!« Sie schlug sich die Hand vor den Mund. »Auf dem Parkplatz wollte ich Frauke Herrschmann von den drei Röhrchen erzählen, die unter dem Fahrersitz unseres Volvos liegen, aber dann kam der Hubschrauber und ...« Sie starrte Jacob mit aufgerissenen Augen an. »Da ist vielleicht seine DNA drin.«

Jacob zog seinen Arm zurück. »Was? Du hast etwas aus dem Paket behalten?«

»Nur ausgetauscht. Er wird nicht merken, dass was fehlt.«

Jacob barg das Gesicht in den Händen, dann sah er sie an. »Wie kannst du dir da sicher sein?«

Eva zog die Schultern hoch. Wie sollte sie sich sicher sein?

»Wir müssen Herrschmann Bescheid sagen, jemand soll das Auto aufbrechen.«

Jacob schloss für einen langen Moment nachdenklich die Augen. »Das geht nicht. Und der Wagen kann da nicht stehen bleiben, ich gehe ihn holen.«

»Dann lass mich fahren«, sagte Eva. »Ich bringe die Proben direkt zur Polizei und mache eine Aussage.«

»Nein.« Jacob schüttelte den Kopf. »Du bist nicht in der Verfassung zu fahren, ich habe immerhin den halben Tag zu Hause verbracht.«

Das stimmte, sie war nicht in der Lage, sicher Auto zu fahren, und Ärztin genug, das zu erkennen.

Eva nickte. »Kannst du auch in der Klinik anrufen und mich krankmelden? Ich habe von Kateryna eine Schicht übernommen und hier bisher kein Ladekabel auftreiben können.«

Jacob küsste sie zart auf den Mund. »Ich fahre mit einem Taxi zu unserem Auto und kümmere mich um die Proben. Bitte die Leute hier, dir eine Liege in Nellys Zimmer zu stellen. Du musst schlafen.«

Als er gegangen war, zog Eva ihre Strickjacke enger um ihren Körper. Sie wehrte sich gegen den Gedanken, dass Nellys Entführer noch da draußen war, wütend, brutal. Grenzenlose Erschöpfung überkam sie, und ihre Lider wollten zufallen.

Warum hatte er ihre Tochter verschont? Was wollte dieser Mann?

Eine schwarze Angst wand sich in ihr, langsam wie eine ruhende Schlange. Ihr ganzer Körper schmerzte, aber sie würde nicht schlafen, bevor Nelly nicht aufgewacht war und sie mit ihr gesprochen hatte.

Damals

Er schlief nicht gut. Meist lag er nur mit offenen Augen im Bett, eingerollt zu einer Kugel, die Stirn an die kühle Wand gepresst. Die kleinen Knubbel in der Raufasertapete sahen aus wie winzige Gesichter und Gestalten, und manchmal konnte er nicht widerstehen und kratzte eine Stelle auf. Es war enttäuschend, anschließend die kleinen Holzfasern unter dem Fingernagel zu finden; das war nicht das, auf das er gehofft hatte, auch wenn er nicht genau wusste, was sonst.

»Kommst du zu Mama?«

Ihre Stimme war nur halblaut, aber sie schlief direkt gegenüber, und er hörte sie deutlich. Beide Türen waren geöffnet, sie wollte nicht, dass er seine schloss. Er tat so, als habe er nichts mitbekommen.

»Mein Kleiner, komm zu Mama! Lass uns uns vertragen.«

Aus der Frage war eine Forderung geworden, und er kniff die Augen zusammen. Früher wollte er gerne bei ihr sein. Aber das war, bevor er gemerkt hatte, dass sie seine Nähe nicht ertrug. Und ihn dann schlug. Und dann ein schlechtes Gewissen hatte. Und ihn wieder schlug.

Er wollte nicht aufstehen. Aber er wusste inzwischen auch, was passierte, wenn er nicht kam. Wenn sie erst kommen musste, um ihn zu holen.

JULI

TAG DREI

FRAUKE

Thiel winkte Frauke zum Abschied, während er auf die Tür seines winzigen Reihenhauses im Geteviertel zuging, den Rücken gebeugter denn je. Frauke kletterte auf den Fahrersitz, packte den Zündschlüssel und zögerte. Sie dachte an Antje und ihr Bedauern gegenüber Thiel, dass niemand auf ihn wartete. Aber sie wusste, dass Antje verstand, wenn sie tat, was sie tun musste.

Der wachhabende Kollege am Präsidium hob müde die Hand, als sie durch die Schranke fuhr. Als sie über den leeren Parkplatz ging, kam sie am Infomobil vorbei, zuletzt war es auf dem Christopher Street Day mitgefahren. Über der Lackierung waren ein Regenbogen und *Proud to be your Friend* aufgemalt.

Frauke empfand Wärme für ihr kleines, manchmal ganz schön kaputtes, aber vor allem eigenwilliges Bundesland. Sie knipste im Kommissariat das Licht an. Alle anderen waren ihrer Aufforderung gefolgt, sich kurz aufs Ohr zu hauen, während der Großeinsatz in Niedersachsen weiterlief und sie morgen, wenn Zeugen wach waren, mit Informationen überhäufen würde. Für den Notfall war der Kriminaldauerdienst informiert, der alle weckte, wenn es eine entscheidende Wendung in der Fahndung nach dem Unbekannten gab.

Neben dem Konferenztisch in ihrem Büro standen etliche Whiteboards mit einer wilden Materialsammlung. Fotos der Tasche, die in der Uni verschwunden war, von Blinkaus, mit Notizen wie *Alibi Mai?/Juli? Kennt die Opfer!* Eine Liste männlicher Kommilitonen von Selin und Elisabeth. Es gab auch ein Bild von Wieland, aber es war in Klammern gesetzt.

Auf dem Whiteboard daneben war alles zusammengetragen, was sie über die Ärztin wussten, darunter: *Weitere Fälle Stalking? Anzeigen? Gestohlenes Handy.*

Das alte Telefon war von einer Streife direkt zur forensischen Untersuchung gebracht worden, aber die Ergebnisse würden sie ebenfalls erst morgen bekommen.

Die Trauerränder der Tassen auf dem Tisch zeugten von heißen Köpfen und zunehmendem Kaffeekonsum. Auf einer Staffelei war der chronologische Tatablauf bei Selin Bayar dem von Elisabeth Pötz gegenübergestellt.

Elisabeth war an den Wochenenden immer im Wohnheim geblieben. Woher hatte er das gewusst? War er so schlampig mit seiner DNA umgegangen, weil sie völlig isoliert war? Dann musste er sie gut gekannt haben. Sie hatte sich nicht erinnert, dass Blinkaus ihr je private Fragen gestellt hatte. Aber vielleicht konnte er zwischen den Zeilen einer Hausarbeit erkennen, was mit ihr los war?

An einer Pinnwand hingen die Fotos der vier verschiedenen Opfer.

Erpresst, entführt, vergewaltigt stand darunter.

Nelly Mares sah auf dem Porträt noch jünger aus als fünfzehn.

Frauke nahm den Telefonhörer, rief im Oldenburger Krankenhaus an und bat um Rückruf über die Zentrale des Präsidiums, um sich auszuweisen. War Nelly in den letzten Wochen in der Vermeerstraße gewesen?

Unter Eva Mares' Foto hatte jemand auch *verfolgt, Einbruch, bedroht* notiert.

Das Telefon klingelte. Als Frauke auflegte, war sie erleichtert. Dem Mädchen ging es den Umständen entsprechend gut. Nelly war jedoch mit Ketamin betäubt worden. Die Ärmste. Es versetzte in einen Rausch, der bis zu Nahtoderfahrungen führen konnte. Das Intoxscreening hatte außerdem Benzodiazepine angezeigt. Eine hohe Dosis hatte der Arzt gesagt. Hätte Nelly sich während der Bewusstlosigkeit übergeben, wäre sie erstickt, aber sonst irgendwann vermutlich von selbst aufgewacht. Der Mann hatte ihren Tod in Kauf genommen, aber anscheinend nicht herbeiführen wollen. Leider brachten die Testergebnisse Fraukes Ermittlungen nicht wirklich weiter: Ketamin wurde im Internet als Droge gehandelt, ebenso Flunitrazepam, besser bekannt als Rohypnol. Weitere Benzos wie Diazepam oder Lorazepam waren zwar rezeptpflichtig, wurden aber häufig verschrieben.

Was Frauke erleichterte, war, dass nichts auf einen sexuellen Missbrauch hinwies.

Warum hatte der Entführer sich nicht an dem Mädchen vergangen? Aus Zeitmangel? Blinkaus hatte unfreiwillig Zeit auf der Wache verbracht. Frauke betrachtete den zeitlichen Ablauf der Vergewaltigungen von Selin und Elisabeth. Samstagnacht. Zwischen der Entführung von Nelly und dem Treffen mit Eva Mares hatten fast sieben Stunden gelegen. Blinkaus hatte als Honorar-Dozent einen eher unsteten Lebenswandel, er hatte auf seinem Handy herumgetippt, kaum, dass er außerhalb des Gebäudes gewesen war. Die SMS, die auf Mares altem Handy eingegangen war, war von einem nicht registrierten Prepaid-Handy gekommen. Blinkaus hätte seine SIM-Karte austauschen müssen, während er unter Kamerabeobachtung im Verhörraum saß. Oder war die SIM bereits in seinem Smartphone, als er Thiel und Immi auf die Wache begleitet hatte? Es gab auch Smartphones mit zwei SIM-Slots. Konnte er so abgebrüht sein, zu glauben, dass sein Plan aufging, obwohl er auf ihrem Radar war?

Alles war in Bewegung geraten, nachdem Eva Mares zu ihr gekommen war. Jetzt wussten sie, der Täter hatte ihre Cloud benutzt, um ihre Bewegungen zu verfolgen, und sofort gehandelt.

Frauke traute Blinkaus viel zu. Er war klug, körperlich fit, und es wirkte, als könne er hinter seinem permanenten Lächeln alles Mögliche verbergen. Sie fühlte, dass da etwas war, hier in diesem Raum. Sie spürte Adrenalin, ein vertrautes Prickeln, wenn kleine Puzzleteile vor ihrer Nase an die richtige Stelle fallen wollten. Es war das magische Gegenteil von Entropie.

Frauke setzte frischen Kaffee auf und holte sich ein Glas Wasser. Die verwaisten Räume, ohne das Geklimper und Geraschel des Tagesgeschäfts, waren wie eine Taucherglocke, in der nichts anderes für sie existierte als der Unbekannte.

Frauke blieb mit dem Glas in der Hand vor Dr. Mares' Foto stehen. Dann nahm sie einen Marker und schrieb: *Einbrecher = Erpresser?*

Mit dem Stift tippte sie gegen die Unterlippe. Wer wurde jedes Mal hinzugezogen, wenn eingebrochen wurde? Die Polizei, ein Schlüsseldienst, manchmal Tischler oder Glaser. Schlüssel hatten die ganze Zeit während der Ermittlungen eine Rolle gespielt. Vielleicht war das kein Zufall.

EVA

»Sie kommt zu sich.«

Die fürsorgliche Stimme der Ärztin schreckte Eva in ihrem Stuhl auf. Sie hatte doch nur für einen Moment die Augen geschlossen. Oder? Ihr verkrampfter Nacken und ihre tauben Arme erzählten etwas anderes. Sie sah sich nach Jacob um, doch er war noch nicht wieder zurück. Strauchelnd kam sie auf die Beine und eilte in Nellys Zimmer. Es waren bisher nur winzige Regungen, Zucken der Finger, die ihr Erwachen ankündigten. Eva nahm ihre Hand, Nellys Augenlider flatterten.

»Hallo, mein Schatz«, flüsterte sie.

Nellys Haut hatte die gleiche Farbe wie das Laken, doch ihr Gesicht war so unversehrt und vertraut, dass Eva erneut Tränen fortblinzelte.

»Mama?« Nelly fiel es schwer, die Augen zu öffnen. »Wo bin ich?«

»Im Krankenhaus, mein Schatz.«

Nellys benommener Blick huschte über die Wände, verfing sich kurz in Evas Gesicht, dann schlief sie fast augenblicklich wieder ein. Eva hielt weiterhin ihre Hand. Nellys Atem ging jetzt ruhiger. Sie hatte verstanden, dass sie in Sicherheit war.

Eine MTA kam herein. Sie schleppte einen koffergroßen Gegenstand. »Ich habe ein Klappbett geholt, dann können Sie sich hinlegen.«

Nachdem Eva ihr geholfen hatte, das Bett aufzustellen, kam sie einige Minuten später mit einem Kissen und einer Decke wieder und dimmte das Licht. Eva bedankte sich und kroch in die steife Krankenhauswäsche. Sie wurde vom Schlaf verschluckt, kaum dass ihr Kopf das Kissen berührt hatte.

FRAUKE

Frauke schrieb *Schlosser* auf einen freien Bereich eines der Whiteboards. Dann unterstrich sie das Wort zwei Mal und notierte in drei Reihen: *Appartement Eva Mares, Wohnung Selin Bayar, Studentenwohnheim Elisabeth Pötz.*

Bei Mares war fraglos das Schloss ersetzt worden. Im Studentenwohnheim gab es sicher eine Schließanlage und vermutlich einen Generalschlüssel.

In dem Schlüsselgeschäft in der Scharnerstraße hatte Selin ihren Haustürschlüssel nachmachen lassen. Der Mann, mit dem sie gesprochen hatten, war mittelgroß, eher schmal, schon älter. Eva Mares hatte gesagt, er könne etwas unter seinem Blouson getragen haben, um seine Statur zu verändern. Eine schusssichere Weste? Die brachte einige Kilos auf die Rippen und suggerierte je nach Modell breitere Schultern.

Frauke ging zum Computer und rief das Protokoll der Vernehmung von Blinkaus auf. Er hatte gesagt, der Schlosser sei schon in der Vermeerstraße gewesen. Seinen Namen hatte er nicht mehr gewusst. Frauke befragte das System nach weiteren Einbrüchen in der Nacht, wurde aber nicht fündig. Sollte sie Anwohner aus dem Bett klingeln, um herauszufinden, ob jemand in der betreffenden Nacht einen Schlüsseldienst gerufen hatte? Zunächst sollte sie mit der

Nachbarin Andrea Schliefage sprechen, die den Mann aufgetrieben hatte. Sie sah auf die Uhr, knapp fünf. Zeugen, die man aus dem Schlaf riss, erinnerten sich nur an wenige Details.

Im Internet suchte Frauke nach den Berufsvoraussetzungen für Schlosser und war überrascht. Seit einer Ausbildungsreform in den Achtzigern konnte jeder, der sich in Lehrgängen weitergebildet hatte, einen Sicherheitsbetrieb eröffnen. Was, wenn sogar der Einbruch fingiert war, um sich in Stellung zu bringen und später mit Schlüssel-Duplikaten dauerhaft und unbemerkt Zugang zu der Wohnung zu haben? Wer hatte im Wohnheim die Schlösser eingebaut?

Im Internet fand Frauke eine Notfallnummer, unter der sie den Hausmeisterdienst der Studentenwohnheime erreichte. Der Mitarbeiter klang verschlafen.

»Was? Die Schließanlage am Campus?« Er seufzte. »Moment.« Drei Minuten später war er wieder am Telefon. »Schlosser Hans Berenke, hat seinen Betrieb in Schwachhausen, in der Scharnerstraße. Da haben Sie Glück gehabt, wir haben den Kontakt nur, weil er einen Nachtdienst anbietet. Wir können ja auch nicht alles.«

»Mir haben Sie auf jeden Fall geholfen.«

Fraukes Müdigkeit war verflogen. Sie betrachtete die Notizen, die an Wänden und Aufstellern angebracht waren, und ihr Blick blieb an den Fotos der Frauen hängen.

Es gab eine Verbindung von der Schlosserei zu zwei Vergewaltigungsopfern. Sie spürte das Kribbeln, das eine echte Spur auslöste. Und ein Schaudern: Den Betrieb gab es bereits seit Jahrzehnten.

EVA

Eva riss die Augen auf.

Ein Adrenalinstoß hatte sie aus dem Tiefschlaf katapultiert; ihr Körper hatte sich nur ein Quantum Ruhe gegönnt, bevor er den

Alarmzustand wieder herstellte. Dabei war alles gut. Das indirekte Licht der Wandleuchte tauchte Nellys friedliches Gesicht in einen gelben Schimmer. Sie schlief nach wie vor tief und fest.

Eva drehte sich auf den Rücken und strich sich die Haare aus der Stirn. Was für ein Tag! Sie sah auf die Wanduhr. Es war keine halbe Stunde her, dass sie sich hingelegt hatte. Jacob war vielleicht schon auf dem Weg nach Bremen.

Und wo mochte der Unbekannte jetzt sein? Vermutlich hatte er das ganze Paket mit den Proben in den Müll geworfen oder verbrannt, um alle Spuren seiner Tat zu tilgen. Fast alle.

Frauke Herrschmanns Frage, was sie bei Irida Sawati gewollt hatte, hieß, dass das Fehlen der Proben aufgefallen war. Hatten sie Ella gefunden? Eva massierte mit den Fingerspitzen ihre Stirn, dachte daran, dass Nelly in Sicherheit war und dass sie schlafen sollte, weil sie in wenigen Stunden für sie fit sein musste. Doch es summte und sirrte in ihrem Kopf. Und sie hatte unerträglichen Hunger.

Eva stand leise auf, nahm das Portemonnaie aus ihrer Tasche und schlich über den Gang zum Fahrstuhl. Die Uhr in der Halle zeigte halb sechs, selbst die Notaufnahme war menschenleer. Aus dem Augenwinkel sah sie die verwaisten Hartschalensitze, die unachtsam gefalteten Zeitungen im Wartebereich. Etwas regte sich in ihrem Unterbewusstsein, ihre Nackenhaare stellten sich auf. Dann war das Gefühl fort.

Du bist überspannt, dachte Eva und steuerte auf den Snackautomaten zu. Ihre Augen wanderten über Schokoriegel und Chips hinter der Glasscheibe, doch in Gedanken ging sie die Männer durch, die sie in den letzten Wochen getroffen hatte. War der Neue im Haus, Dirk, ihr nicht so aufdringlich erschienen? Er hatte sie an der Uni gesehen. Hatte sie das Herrschmann gesagt? Studierte Selin nicht sogar Psychologie?

Eva warf eine Münze ein und zog eine Tüte Chips, drehte sich um, um zu Nelly zurückzukehren. Dirk hatte nach dem Einbruch auf sie im Hausflur gewartet, aber es wäre ein Leichtes für ihn gewesen, die Wohnung zu betreten.

Eva wartete auf den Fahrstuhl, plötzlich war ihr, als trete ihr jemand in die Kniekehlen. Als sie damals die Spuren des Einbruchs beseitigt hatte, war auch ein dickes Bund Ersatzschlüssel unter den Dingen gewesen, die sie zurück in die Schublade geräumt hatte. Jetzt, da sie wusste, dass er das alte Handy aus der Wohnung mitgenommen hatte, konnte sie sich sicher sein, dass er nicht auch einen der Schlüssel geklaut hatte? Zum Beispiel einen für ihr Haus in der Geest?

Eva wollte, dass Jacob wiederkam. Dass sie gemeinsam Koffer packen und sich irgendwo verstecken konnten, bis alles vorbei war.

FRAUKE

Dünya, Thiel und Linus waren überpünktlich, ebenso Imke, genannt Immi, und Mina, eigentlich Fermina, die sie ab sofort in der Ermittlungseinheit unterstützen würden. Immi war eine kleine, stämmige Frau. Ihre kurzen Haare standen wie Igelstacheln ab, und sie fuhr stetig mit den Händen hindurch, als wolle sie sich wachrubbeln. Ferminas durchdringender Blick, der von wilden Locken mit grauen Strähnen darin umrahmt wurde, strahlte dagegen konzentrierte Ruhe aus.

Frauke legte ihre Theorie dar. »Das Studentenwohnheim und Selins Schlüssel. Zwei Adressen, die für den Fall relevant sind.«

Thiel wirkte elektrisiert, obwohl er so aussah, als habe er ebenfalls nicht geschlafen, seine hohlen Wangen zierte ein grauer Bartschatten. »Das ist auf jeden Fall bemerkenswert.«

»Wir müssen nur noch die Nachbarin von Eva Mares erreichen. Vielleicht gibt es noch eine dritte Wirkstätte von Hans Berenke.« Frauke deutete auf das Whiteboard mit der Adresse des Schlüsseldienstes. »Und wir beide fahren gleich hin, laut Melderegister wohnt Berenke über seinem Geschäft. Ansonsten ist er ein unbeschriebenes Blatt, keinerlei Anzeigen, nicht mal ein Knöllchen.«

Alle Augen richteten sich auf die Wanduhr. Fünf vor sechs. Frauke zeigte auf Mina. »Nellys Ärztin sagte mir, dass sie am Morgen vielleicht vernehmungsfähig sein wird. Ich möchte, dass du mit Dünya hinfährst und ihre Aussage aufnimmst.« Frauke sah auf ihren Zettel. »Immi, du flöhst die Datenbank. Gibt es Frauen, bei denen eingebrochen wurde und die anschließend gestalkt wurden? Oder die Anzeige erstattet haben, dass jemand in der Wohnung war? Schau auch, was du darüber in Onlineforen und auf Social Media findest. Vielleicht haben Kunden das Geschäft bewertet.«

»Alles klar.« Immi lehnte sich zurück und verschränkte die Arme. In ihrem Kopf schien sie bereits Listen durchzugehen.

»Linus, schnapp dir einen Kollegen. Ihr fahrt zu Blinkaus und befragt ihn erneut: Wo war er gestern Nachmittag, gestern Abend? Als Nelly entführt wurde, war er nicht zu Hause.«

Linus strich über seinen Hipster-Bart. »Ich bin gespannt, wie er reagiert.«

»Wenn er für gestern kein Alibi hat, beantragst du eine Hausdurchsuchung und die Beschlagnahmung seines Handys.«

Dann zögerte Frauke. Es gab noch einen Punkt, der ihr nicht leichtfiel. »Mina, sagst du noch bei der Kriminaltechnik Bescheid, dass im Archiv, in dem die anonymisierten Spuren der Sexualdelikte lagern, Fingerabdrücke und Serumspuren genommen werden müssen?«

Es gab nur eine Handvoll autorisierte Menschen, die den Raum betreten durften. Wenn Eva Mares' Fingerabdrücke dort waren, hatte sie ein Problem.

Mina senkte den Kopf, ihr Stift schwebte über ihrem Notizzettel. »Wenn wir feststellen, dass sie tatsächlich im Archiv war, werden alle Proben in dem Raum vor Gericht anfechtbar.«

Das Schweigen im Raum war mit Händen zu greifen.

»Das können wir nicht ändern.«

Frauke wusste, dass sie recht hatte. Gleichzeitig war es, als würde jemand eine kalte Hand auf ihre Schulter legen und flüstern: *Alle Proben sind dahin, und Dr. Mares verliert womöglich ihre Approbation.* Ihre Kolleginnen musterten sie betreten.

»Irida Sawati, als Hauptverantwortliche für das Archiv, hat bisher keine Anzeige erstattet.« Immi lehnte sich auf ihrem Stuhl zurück, fuhr sich erneut mit beiden Händen durch die Haare.

Frauke schüttelte den Kopf. »Wenn der Mann vor Gericht gestellt wird, kommen die Umstände der Erpressung ohnehin raus.«

Sie dachte an Frauen, die sich darauf verließen, etwas gegen ihren Mann, ihren Kollegen, ihren Ex in der Hand zu haben, wenn sie endlich den Mut fanden, seinen Übergriff anzuzeigen, und die sich im Krankenhaus einer emotional und körperlich strapaziösen Untersuchung unterzogen hatten.

»Für Reue ist es zu spät.«

Mina nickte, und alle standen auf, um sich ihren Aufgaben zu widmen.

Frauke hatte über den Wagen, der auf Andrea Schliefage gemeldet war, ihre Handynummer im System gefunden. Trotz der frühen Stunde ging sie sofort ans Telefon, und nachdem sie sich vorgestellt hatte, fragte Frauke nach dem Namen des Schlossers, den sie in der Vermeerstraße aufgegabelt hatte.

»Danach hat mich Eva auch schon gefragt. Ich glaube, er hieß Berenke.«

Fraukes Finger kribbelten. »Und wie kam es, dass er das Schloss ausgetauscht hat?«

»Ein echter Glücksfall. Nachdem ich den Einbruch entdeckt hatte, sah ich seinen Wagen durch unsere Straße fahren.«

»In welche Richtung?«

»Jetzt, wo Sie es sagen.« Schliefage klang nachdenklich. »Eigentlich stand er. Aber mit laufendem Motor, ich dachte halt, er würde gleich wegfahren. Ich bin hin und habe ihn angesprochen. Auf der Seite des Lieferwagens stand groß: *Berenke Schlüsseldienst.*«

Frauke fragte Details zum Verhalten des Mannes ab, das laut Schliefage aber insgesamt eher unauffällig gewesen sei. Anscheinend hatte es sich um den älteren Mann gehandelt, der sie darauf aufmerksam gemacht hatte, dass Selin in seinem Laden gewesen war. Frauke bedankte sich, ging zum Whiteboard und setzte einen Haken hinter die Vermeerstraße.

Die dritte Adresse! Sie hatte den Mann noch vor Augen, wie er aus seinem Geschäft getreten war, seine wasserblauen Augen mit den Tränensäcken darunter. Er war weit über fünfzig. Er hatte sich an Selin erinnert. Warum hatte er ihnen das gesagt? Weil sie es ohnehin erzählen würde? Tatsächlich hatte er die Szene mit Wieland, die zu dem Zeitpunkt bereits Wochen zurücklag, erstaunlich gut vor Augen gehabt. Entweder er hatte ein phänomenales Gedächtnis, oder es gab einen persönlichen Bezug. Nur sein Alter machte Frauke stutzig. Es schien unwahrscheinlich, dass er eine brutale Neigung sein Leben lang unter Kontrolle gehabt haben sollte. Womöglich mussten sie ihre Recherche auf die vergangenen Jahrzehnte ausweiten.

In ihrem Nacken stellen sich die kleinen Härchen auf.

EVA

Eva hatte noch einmal kurz mit Nelly sprechen können, und sie hatte sich an kaum etwas erinnert. Auch wenn der Schrecken noch in ihren Augen stand, vernebelte das Ketamin ihr Gedächtnis und hatte sie alles wie einen Traum erleben lassen. Die Droge machte sie zudem immer noch müde, und so lag sie nun in ihrer Lieblingsposition zusammengerollt und schlief sich aus. Dennoch war Eva ein wenig beruhigt. Sie hatte nicht erkennen können, dass Nelly als eine andere aufgewacht war, die sie zuvor gewesen war. Sie hatte sogar gelächelt.

Allerdings wusste Eva um die Wirkung von Ketamin. Es konnte

vorkommen, dass dunkle Erinnerungen zurückkamen oder der Filmriss sich mit schemenhaftem Grauen füllte.

Eva saß mit einem frischen Kaffee, den die Pflegerin ihr gebracht hatte, auf den Besucherstühlen im Flur, als Jacob endlich zurückkam. Er stellte eine kleine Reisetasche ab und hielt ihr einen Schlüssel entgegen.

»Klamotten für Nelly und hier, für den Tresor im Eiskeller. Darin sind die Proben einstweilen sicher.«

»Wieso hast du sie nicht gleich zur Polizei gebracht?«

Eva versuchte, sich ihren Ärger nicht anmerken zu lassen. Das hatten sie doch besprochen! Sie wollte nichts lieber, als das Zeug schnell loszuwerden.

Jacob setzte sich neben Eva und betrachtete sie besorgt. »Pass auf. Was hast du Frauke Herrschmann bisher darüber gesagt, wie du an die Proben herangekommen bist?«

»Noch gar nichts. Der Hubschrauber hat uns unterbrochen.«

»Wissen die, dass Ellas Sexpack aus dem Archiv verschwunden ist?«

Eva runzelte die Stirn. »Das war vermutlich der Grund, warum sie gestern bei uns zu Hause aufgetaucht sind. Und Frauke Herrschmann hat mich nach meinem Besuch bei Irida Sawati gefragt. Worauf willst du hinaus? Ich habe doch Herrschmann gesagt, dass ich dem Entführer das Sexpack gegeben habe.«

»Ja, aber nicht, welches genau.« Jacob saß vornübergebeugt, die Ellbogen auf die Knie gestützt, die Handflächen aneinandergelegt. »Einstweilen ist das Archiv ein verschlossener Raum, zu dem du keinen Zugang hast, egal ob die Rechtsmedizinerin sagt, dass du bei ihr warst und sie es dir gezeigt hat. Du bist doch danach zum Krankenhaus gefahren und hast einen Stempel mitgenommen. Du könntest genauso gut ein neues Sexpack gebastelt haben.«

»Du meinst, ich soll den Einbruch leugnen?«

»Wenn sie überhaupt davon ausgehen, dass du eingebrochen bist. Es gibt dort ja anscheinend keine Überwachungskameras.

Nehmen wir an, sie haben das Mädchen aufgetrieben, es hat Anzeige erstattet, und sie haben die Proben im Archiv nicht gefunden. So was kommt vor. Wer sagt, dass du etwas damit zu tun hast?«

Eva schüttelte den Kopf. »Das ist doch offensichtlich.«

»Möglich. Aber sie können es dir nicht beweisen. Nicht, wenn du sagst, du hättest ein anderes Paket übergeben.«

»Aber dann kann ich Frauke Herrschmann die drei Röhrchen nicht geben, die ich aus dem echten Paket herausgenommen habe.« Eva verstand nicht, worauf Jacob eigentlich hinauswollte. Sie hatten doch gar keine Wahl.

Er nickte langsam. »Ja. Das ist so.«

Sie sah ihn fassungslos an. »Aber diese Proben helfen ihn zu finden und zu überführen. Vielleicht nur diese Proben.«

»Wenn er in der Datenbank ist, ja. Aber wenn nicht, wie sollten sie dann die DNA vergleichen? Dazu müssten sie ihn finden, und dann hätten sie sowieso mehr gegen ihn in der Hand.« Er zögerte. »Und vielleicht bekommen sie ihn nie. Und wenn doch, werden diese Proben vor Gericht nicht mehr als Beweis zugelassen. Das weißt du doch.«

Eva lehnte sich gegen die harte Plastiklehne. Jacob verunsicherte sie. Sie hatte Nellys und ihr Leben riskiert, als sie die Reagenzröhrchen aus dem Beutel genommen hatte, und war so erleichtert gewesen, dass er es nicht bemerkt hatte.

»Die Aktion könnte dich deinen Job kosten, die Approbation. Du hast so hart dafür gearbeitet«, sagte Jacob.

Eva schloss kurz die Augen. Das war wahr. Aber sie war bereit, diesen Preis zu zahlen. »In den Proben könnte DNA sein, die in der Datenbank gespeichert ist. Natürlich muss ich sie der Polizei geben, das bin ich Ella und Selin schuldig. Und Nelly.«

Jacob blies die Backen auf. Dann nickte er. »Okay, wenn du dir sicher bist, ist es, wie es ist, und wir werden gemeinsam die Konsequenzen tragen.« Er zog Eva an sich und küsste sie. »Ich liebe dich! Ich will einfach nicht, dass du etwas tust, das du später bereust.« Er gab ihr den Autoschlüssel. »Tut mir leid, dass ich die Proben nicht gleich mitgebracht habe.«

»Ich verstehe dich«, sagte Eva. »Aber wenn ich auf diese Art alles verliere, dann weiß ich, wofür. Und wenn ich jetzt lüge, ist es auch nichts mehr wert.«

Jacob lächelte leicht und küsste sie ein weiteres Mal.

FRAUKE

Die kleine Schlosserei im Souterrain des schmalen Reihenhauses war noch geschlossen, aber Frauke sah Licht im Hochparterre. Der Mann, der öffnete, war der, der ihnen von Selin und Thomas Wieland in seinem Laden erzählt hatte. »Ja? Ist noch was?«

»Können wir kurz hereinkommen, Herr Berenke?«

Er neigte den Kopf, was ihn wie einen misstrauischen Raben aussehen ließ, und hielt die Tür auf. »Kommen Sie mit in die Küche, ich frühstücke gerade.«

Die Einbauschränke wirkten alt, stammten wahrscheinlich aus den Sechzigern, mit grauer Resopalplatte und weißem Kunststofffurnier, und es war penibel aufgeräumt. Auf dem Tisch im Erker standen eine Tasse Kaffee, eine Packung Brot in Plastikfolie und Leberwurst. Hinter der Küche lag ein kleines Wohnzimmer, von dem aus Frauke in einen Garten sehen konnte, mit einem Apfelbaum auf dem gemähten Rasen, eingefasst von gestutzten Rhododendren und immergrünen Büschen.

Thiel betrachtete den Schreibtisch und die Aktenordner zwischen Wohnzimmer und Küche.

Berenke setzte sich und schmierte Leberwurst auf eine Brotscheibe. »Ich habe nicht viel Zeit, ich muss gleich aufmachen.« Er biss ab und kaute.

»Wie lange betreiben Sie das Geschäft schon?«

Berenke sah sie müde an. Seine Augen schienen leicht entzündet und tränten. Er wirkte noch älter, als sie ihn in Erinnerung hatte. Wobei sie inzwischen wusste, dass er zweiundsechzig war, nie verheiratet gewesen und keine Kinder hatte. Zu alt, um eine Frau zu misshandeln? Beide Studentinnen waren schmal und leicht. Er wäre ihnen immer noch körperlich überlegen.

»Wo waren Sie gestern Nachmittag?«, fragte Thiel.

»Zwischen zwölf und drei gehe ich spazieren.«

»Obwohl der Laden auf ist?«

»Ich habe eine lange Mittagspause. Die braucht man, wenn man allein ist.«

Thiel fragte die anderen Daten ab, während Frauke sich umsah. Es gab kaum persönliche Gegenstände, abgesehen von einigen alten Ölgemälden mit Landschaften, die aussahen wie Erbstücke, und das schwarzweiße Foto eines Ehepaares, vermutlich Berenkes Eltern. Auch die Möbel im Wohnraum wirkten alt, aber robust. Als habe niemals etwas ersetzt werden müssen und Berenke auch keinen Drang nach Neuem verspürt.

Er hatte für keinen Zeitpunkt der Taten ein Alibi und machte den Eindruck eines Einzelgängers, vielleicht sogar einsamen Mannes. Frauke nahm den Blick von seiner Altherrenwohnung und drehte sich um.

»Können wir Ihre Werkstatt sehen?«

Er schaute sie nachdenklich an. »Ich möchte noch aufessen.«

»Ich bestehe darauf«, sagte Frauke freundlich.

Berenke hielt inne. Ihm schien aufzugehen, dass er keine Wahl hatte, wenn er nicht unkooperativ wirken wollte. Er seufzte, drehte die Plastiktüte um das Brot zu und ging mit Frauke in den Flur. Unter der Treppe im ersten Stock gab es eine Tür und dahinter eine schmale Stiege, die in das Souterrain führte. Frauke duckte sich, als sie hinter Berenke hinabstieg. Die Räume im Untergeschoss waren düster und verschachtelt.

»Hier lang.«

Er deutete in einen Durchgang, an dessen Ende dämmeriges

Tageslicht schimmerte. Doch Frauke trat zunächst in den Raum auf der anderen Seite. Eine Werkbank mit Fräse, Polierwalze und kleinem Schweißgerät nahm den meisten Platz in dem winzigen Kabuff ein. An den Wänden hingen Feilen, Sägen, Hämmer und Zangen.

»Ich restauriere alte Schlösser.«

Berenke deutete auf ein Regal, und Frauke reckte den Kopf. In Plastikkisten lagerten Messingbeschläge, uralte Vorhängeschlösser, Türklinken mit verschnörkelten Griffen.

»Und hier stellen Sie auch Schlüssel her?«

»Nur alte, von Hand gearbeitete. Für die neuen mit vorgefertigten Rohlingen habe ich vorne im Laden eine Kopiermaschine.«

Er stand mit verschränkten Armen vor einer halbhohen Tür. Frauke hob das Kinn. »Und was ist da drin?«

Berenke bekam rote Flecken am Hals. »Gerümpel.«

»Kann ich mal sehen?«

Sie lieferten sich ein Blickduell, bis er den roten Kopf senkte und zur Seite trat. Frauke musste sich tief bücken, um durch die Tür zu passen, die in einen niedrigeren, älteren Teil des Kellers führte. Sie tastete nach einem Lichtschalter, fand einen zum Drehen aus Bakelit. Eine matte Birne flammte auf.

An den Wänden waren Lochbretter mit Haken befestigt, an denen zahllose glänzende Schlüssel hingen, die mit kleinen Plastikschildchen versehen waren. Frauke nahm einen in die Hand. In winziger Schrift standen auf dem Schild ein Name und eine Adresse. Sie sah sich die Reihe genauer an. Die Schlüssel waren alphabetisch nach ihren Besitzern sortiert. Innerhalb von Sekunden fand sie den, den sie suchte. Die gleiche Reihenfolge wie auf dem Klingelschild: Bayar, Cummings, Werl.

Frauke sah Berenke mit großen Augen an und legte unauffällig die Hand an ihr Holster.

»Das ist nur für meine Kunden. Es ist eine große Sicherheit für sie, dass es immer noch einen Schlüssel gibt. Also, wenn man seinen verliert.«

Aber sein schuldbewusster Blick zeigte ihr, dass er genau wusste, dass er die Grenze der Legalität überschritten hatte, als er für sich selbst Kopien behalten hatte.

EVA

Eva parkte den Ford in der Hofeinfahrt.

Sie war zuletzt gestern zu Hause gewesen, doch es kam ihr eine Ewigkeit her vor. Es war schockierend, wie sich hier nichts verändert hatte, während ihr Leben auf den Kopf gestellt worden war. Meisen flatterten zwischen den Büschen hin und her, und das Konzert eines schwatzenden Spatzenschwarms in der alten Eiche erfüllte die laue Luft. Ihr Heim mit Rosenranken vor gebrannten Ziegeln wirkte so friedlich in der Morgensonne, dass es fast weh tat.

Im Inneren des Hauses war es still, und als die Tür hinter ihr zufiel, spürte Eva sofort ihre tiefe Erschöpfung, das Bedürfnis, den Dreck und Stress abzuwaschen und sich wieder in die Mutter zu verwandeln, die Levin und Emma erwarteten, wenn sie heute Abend nach Hause kamen. Nur noch die Reagenzgläser an Frauke Herrschmann übergeben, dann könnte sie loslassen und für ihre Kinder da sein, die sie jetzt mehr brauchten als je zuvor. Sie würden sich in Sicherheit bringen, bis der Mann gefunden worden war.

Aber sie sollte sich ankündigen und die DNA-Proben nur einer Person übergeben, die in den Fall involviert war und deren Wichtigkeit erkannte. Eva holte die Visitenkarte der Kommissarin aus ihrer Tasche und griff nach dem Festnetztelefon. Es dauerte nur wenige Sekunden, bis sich Herrschmann meldete.

»Ich möchte Ihnen etwas vorbeibringen. Sind Sie im Präsidium?«

»Im Moment passt es nicht so gut. Vielleicht später?« Sie klang distanziert.

Eva umfasste das Telefon fester. »Es ist sehr wichtig, und ich habe kaum geschlafen. Der Mann ist noch irgendwo da draußen. Kann ich gleich vorbeikommen?«

Einen Moment blieb es still. Dann sagte die Kommissarin: »Nehmen Sie sich Zeit. Das ist jetzt alles kein Problem mehr. In zwei Stunden treffen wir uns im Kommissariat.«

Dann legte sie auf. Eva stand verwirrt mit dem Telefon in der Hand vor dem Vertigo in der Diele und versuchte zu erfassen, was Herrschmann zwischen den Zeilen gesagt hatte. Nehmen Sie sich Zeit?

Das konnte nur bedeuteten, sie hatten ihn. Sie hatten das Arschloch gefasst! Herrschmann hatte gerade Entwarnung gegeben.

Evas Beine waren plötzlich schwer wie Blei, als die Anspannung nachließ, die sie bisher aufrecht gehalten hatte. Sie ließ sich auf das Sofa im Wohnraum fallen und barg den Kopf in den Händen. Jetzt war es wirklich vorbei. Natürlich konnte Herrschmann ihr nichts Genaues sagen. Vielleicht erfuhr sie mehr, wenn sie ihr später die Proben übergab. Sie würde nicht davon abrücken, egal, was Jacob sagte. Das waren Beweismittel.

Eva schaute auf ihre dreckigen Füße in den geliehenen Badelatschen des Krankenhauses, ihre Zehennägel hatten Trauerränder vom Waldboden. Sie hob den Kopf. In die Stille des Wohnraumes drang leise das Gezwitscher der Vögel, Sonnenlicht fiel durch die Terrassentür und malte goldene Ornamente auf den Kachelboden.

Im Gegensatz zu Eva war das Haus blitzblank. Jacob schien gestern seine Verzweiflung mit manischem Putzen bekämpft zu haben, sogar die Geräte auf der Arbeitsfläche der Küche glänzten wie neu. Eva fühlte sich fast, als käme sie nach einer langen, lebensgefährlichen und strapaziösen Reise nach Hause.

Im Bad ließ sie ihre durchgeschwitzte Kleidung auf den Boden fallen und füllte die Wanne mit heißem Wasser. Sie glitt in den Schaum, und es prickelte in ihren verspannten Muskeln, als das Blut wieder zirkulierte. Eva tauchte ihren Kopf in das heiße Wasser, hörte es in ihren Ohren rauschen und versuchte zu entspannen. Sie dachte an Nelly. Dass sie alles daransetzen mussten, damit sie diesen Horror überwinden konnte. Eva spürte dem Schmerz nach, der sie bei diesem Gedanken erfasste, schwarz und schwer. Aber sie würden das schaffen, gemeinsam als Familie. Eva zog den Kopf aus dem Wasser, schamponierte ihr Haar, brauste sich noch einmal ab und sah zu, wie der Ausnahmezustand mit dem grauen Badewasser in den Abfluss gespült wurde. Zumindest fühlte sie sich jetzt für den nächsten Schritt gewappnet.

FRAUKE

Frauke betrachtete Berenke, der wie ein Häufchen Elend in dem niedrigen Keller stand. Die personifizierte Schuld. Sie verspürte Erleichterung und Triumph. Sie hatten ihn. Und er war tatsächlich die ganze Zeit vor ihren Augen gewesen. Deshalb war er so nervös geworden und hatte ihnen von Selin erzählt, obwohl er das nicht hätte tun müssen. Diese Flucht nach vorn gab es bei manchen Kriminellen; wie ein Kurzschluss, als könne ihre Kooperationsbereitschaft sie später schützen.

»Wissen Ihre Kunden denn davon? Dass Sie noch einen Schlüssel für ihre Wohnung haben?«

Berenke hob den Kopf, seine entzündeten Augen tränten. »Ich sammle sie nur, ich benutze sie nicht.« Er war kaum zu verstehen.

»Warum sammeln Sie sie dann?«

»Ich mag Schlüssel. Sie sind etwas Besonderes. Es heißt ja auch der Schlüssel zum Herzen, der Schlüssel zum Glück, Schlüsselposition und …«

Was für ein scheinheiliges Getue. »Und woher wissen Sie, wo die Menschen wohnen, die hierherkommen, um einen Schlüssel nachmachen zu lassen?«

Er hielt die Finger der linken Hand mit der rechten fest umklammert und ließ wieder den Kopf hängen. »Ich gehe spazieren. Dann sehe ich sie.«

»Und folgen ihnen?«

Er sagte nichts. Aber eine Antwort war hier auch nicht nötig.

»Sie werden uns jetzt auf die Wache begleiten. Bitte gehen Sie voraus.«

Er drehte sich um, und Frauke sah die vorstehende Wirbelsäule, die spitzen Schulterblätter. Dieser Mann war so alt. Dass er es geschafft hatte, die jungen Frauen zu überwältigen! Er musste voller Wut und Hass gegen sie sein.

Sie trat hinter Berenke auf den niedrigen Durchgang zu, der zurück in den dunklen Flur führte. Plötzlich bemerkte sie an der Rückseite der roh gezimmerten Tür etwas Farbiges. Frauke schob sie ein kleines Stück zu. Die rauen Leisten waren mit Fotos gepflastert, Bilder, auf denen Berenke mit einem Jungen zu sehen war. Anfangs war das Kind vielleicht fünf oder sechs Jahre alt, dann wurde es größer, ein zerzauster Teenager mit verschlossenem Blick. Berenke hatte den Arm um ihn gelegt.

»Ich dachte, Sie haben keine Kinder. Ist das Ihr Sohn?«

Berenke blieb stehen, drehte sich langsam um. »Ja, mein Sohn. Seine Mutter und ich waren nicht verheiratet.«

Frauke betrachtete den gebrechlichen Mann vor sich. Seine Pupillen huschten nach links und rechts. Das erste Mal, seit sie die Schlüssel gefunden hatte, sah sie blanke Angst in seinen Augen. Frauke begriff, dass sie einen fatalen Fehler gemacht hatte. Sie hatte Eva Mares gesagt, sie sei in Sicherheit, dabei war nichts sicher.

Sie gebot Berenke mit erhobener Hand, stehen zu bleiben, und rief Eva Mares an. Doch die Ärztin ging nicht an ihr Telefon.

Während Berenke demütig zu Boden blickte, rief Frauke über die Treppe Thiel im Stockwerk über ihnen zu: »Ruf die Kollegen an, wir brauchen hier Verstärkung und die Forensik.«

Damals

Er saß unter der Werkbank, hinten im Keller, wo es dunkel und still war, wenn sein Vater nicht gerade hämmerte oder sägte. Das vergitterte Kellerfenster spendete kaum Licht, und er stellte sich vor, dass es hinter dem Saum der Dunkelheit keine Welt mehr gab. Dann fühlte er sich sicher.

Mit der Stirnleuchte, die ihm sein Vater geschenkt hatte, beleuchtete er den kleinen Metallblock, die Feilen und Rohlinge, die er mit unter die Werkbank genommen hatte. Jetzt kratzte er mit größer werdender Begeisterung an dem Schlüssel herum, der sich langsam aus dem Metall schälte. Sein Vater hatte gesagt, wenn er es schaffte, einen Schlüssel zu machen, der das kleine Schloss öffnete, das er ihm gegeben hatte, kaufe er ihm ein Eis. Ein Eis! Ihm lief das Wasser im Mund zusammen.

Die Wochenenden mit Papa waren die schönste Zeit überhaupt. Alle zwei Wochen durfte er seinen Rucksack packen und zu ihm gehen. Natürlich nicht über Nacht. Mama wollte nicht, dass er die blauen Flecken sah. Sie und Papa hatten sich ohnehin nie gut verstanden. Sie erlaubte ihm nur, zu ihm zu gehen, damit er endlich mal aus dem Weg war. Und manchmal hatte er das Gefühl, dass es ihr nicht passte, dass er eine gute Zeit hier hatte. Dann fürchtete er, dass sie ihm die wegnehmen würde.

Dabei war es nicht nur toll, Eis zu essen. Er mochte auch die Schlüssel. Sein Papa hatte hunderte davon. Sie hingen an den Wänden, säuberlich sortiert und beschriftet. Jeder passte in irgendeine Tür. Er war der Herr der tausend Schlüssel, konnte in jede Wohnung und jedes Haus hinein. Er konnte all die Kinder retten, die von ihren Eltern geschlagen wurden. Und ihre Mütter bestrafen, wenn er das wollte.

JULI

TAG DREI

EVA

Eva trocknete sich ab, ging ins Ankleidezimmer und nahm frische Unterwäsche aus der Schublade.

War da ein Geräusch im Haus? Sie hielt inne, lauschte, hörte nur ferne Laute eines landwirtschaftlichen Fahrzeugs, die das Vogelkonzert untermalten.

Sie zog ein ärmelloses Kittelkleid und eine dünne Jacke aus Leinen über. Nachdem sie sich in der Küche ein Glas Wasser eingeschenkt hatte, öffnete sie die Terrassentüren, um frische Luft hereinzulassen. Der Tag würde wieder heiß werden. Die Erleichterung verlieh ihr neue Kraft. Sie würde die Proben aus dem Eiskeller holen und nach Bremen fahren, dann zurück zu Nelly ins Krankenhaus.

Sie trank aus, nahm ihre Tasche und ging um das Haus herum zu dem alten Eiskeller. Das kleine Gewölbe lag versteckt zwischen den Eichen hinter der Scheune. Es mochte zweihundert Jahre alt sein, vielleicht sogar noch älter. Über das halbrunde Dach wucherte ein dichter Teppich Efeu, Bruchstücke von rostroten Ziegeln lagen im Laub, und das Mauerwerk zum Eingang war von Moos überwuchert und zeigte bereits Risse. Sie hatten den Kindern strengstens verboten, hier zu spielen.

Eva trat in den Schatten der Bäume und stieg die ausgetretenen Stufen hinunter, die zu dem gedrungenen Eingang führten. Sie zog die niedrige Tür auf, die schief in den Angeln hing. Im Inneren des Eiskellers war es dunkel und kalt. Es roch modrig nach feuchtem Erdreich.

Sie ging zu der rückwärtigen Wand und steckte den Schlüssel in die Metallklappe zwischen den alten Ziegeln. Der Schlüssel hatte auch gesteckt, als sie den Tresor fanden. Dieser war ebenfalls alt, aber jünger als der Eiskeller selbst, eine tiefe, schwere Metallkassette, nachträglich hier eingemauert. Sie hatten sich gefragt, ob die Menschen, die während des Krieges in ihrem Haus gelebt hatten, das kleine unterirdische Gebäude als Luftschutzbunker genutzt und dort ihre Wertsachen verstaut hatten.

Das kleine Päckchen lag weit hinten in der kalten Metallbox, und Eva steckte es in ihre Tasche. Sofort schoss ihr Adrenalin durch die Adern. Bloß weg mit dem Dreck. Schnell drehte sie sich wieder zum Eingang um.

FRAUKE

Frauke wartete mit Berenke in der Werkstatt, bis Thiel über die Stiege nach unten kam. Inzwischen hatte sie ihr Holster unauffällig geöffnet.

»Wo ist Ihr Sohn jetzt, Herr Berenke?«

Thiel trug einen Ordner unter dem Arm, als er die Werkstatt betrat. Frauke gab ihm ein Zeichen, sich das Kabuff anzuschauen. Als er wieder heraustrat, sprach der kalte Blick Bände, mit dem Thiel Berenke bedachte.

»In den Auftragsbüchern gibt es keinen Beleg über ein neues Schloss in der Vermeerstraße. Der Lieferwagen hat aber ein Fahrtenbuch mit GPS.« Er hob den Ordner. »Hier ist ein QR-Code für den Tracker drin.«

Berenke krümmte sich, sah Frauke mit seinen wässrigen Augen an. »Er ist ein guter Junge, und ich bin schon alt.«

»Benutzt er Ihren Lieferwagen?«

Berenke schloss erneut die Finger seiner rechten Hand um die der linken und quetschte sie gewaltsam zusammen.

»Er hat ihn gestern abgeholt«, murmelte er.

»Wie heißt Ihr Sohn?«

Berenke schloss die Augen, schüttelte den Kopf.

»Wie heißt Ihr Sohn, Herr Berenke?«

Doch es war, als sei bei dem Alten eine Jalousie herabgefallen. Er sank auf den Werkstattstuhl und starrte auf den dreckigen Betonboden. Es klingelte an der Ladentür, und Thiel ging, um den Kollegen zu öffnen.

»Sie sagen mir jetzt sofort, wie Ihr Sohn heißt.« Frauke verlor allmählich die Geduld.

Berenke schüttelte den Kopf und hob die Hände vor das Gesicht. Mit Linus und Dünya war der kleine Flur zwischen Werkstatt und Laden gerammelt voll. Frauke sah hinter ihnen, wie Thiel den Ordner im Laden auf den Tresen legte und sein Smartphone darüber hielt, um den Code zu scannen.

Frauke bedeutete Linus und Dünya ebenfalls mit einer Kopfbewegung, sich den Nebenraum anzusehen. Dünya betrachtete nur kurz die Schlüssel und sah sie anschließend mit großen Augen an.

»Herr Berenke kommt mit auf die Wache.«

Dünya nickte. Sie wirkte fassungslos. Linus warf einen Blick hinter die Brettertür, und sein Gesicht wurde starr. Thiel drängte sich zwischen ihnen hindurch und hielt Frauke sein Handy hin.

»Der Wagen steht rund drei Kilometer vom Haus der Mares entfernt im Wald.«

»Scheiße! Thiel, gib eine Fahndung nach dem Lieferwagen und seinem Fahrer aus. Wir machen uns sofort auf den Weg.« Sie sah Linus und Dünya an. »Ihr müsst Berenke bewachen, bis das Team der Spusi da ist, dann bringt ihr ihn ins Kommissariat. Und versucht, herauszufinden, wie sein Sohn heißt. Bilder von ihm als Teenager hängen hinter der Tür.«

Sie rannten zum Auto. Thiel stellte das Blaulicht an, fuhr von der Seitenstraße direkt auf die Straßenbahntrasse und von dort weiter in Richtung Innenstadt. Während sie über die Weserbrücke rasten, versuchte Frauke ein weiteres Mal, Eva Mares ans Telefon zu bekommen. Ohne Erfolg.

EVA

Eva öffnete die Tür des Fords. Schnallte sich an. Sobald sie unterwegs war, würde sie Jacob anrufen, hören, ob mit Nelly alles in Ordnung war und ob die Visite bald losging. Sie ließ den Motor an und sah in den Rückspiegel, um auszuparken.

Eva schrie auf.

Er trug die gleiche dunkle Jacke wie gestern Abend. Sein maskiertes Gesicht war nur wenige Zentimeter von ihrem entfernt. Er hatte anscheinend auf der Rückbank gelegen und sich aufgerichtet, als sie in den Wagen gestiegen war. Eva versuchte, die Autotür aufzureißen und ins Freie zu springen, doch er packte mit der linken Hand ihre Haare und hielt ihr mit der rechten ein Messer seitlich an den Bauch. Sie konnte die Klinge durch das Leinenkleid spüren und zitterte jäh.

»Keine falsche Bewegung.« Er nickte in Richtung der Landstraße. »Fahr!«

Eva setzte zurück. Ihre Muskeln gehorchten ihr kaum, der Wagen schoss abrupt aus der Einfahrt, und die Klinge des Messers ritzte ihre Taille. Es brannte, und kurz darauf spürte sie warmes Blut, das in das Leinen suppte.

»Geradeaus.«

Eva lenkte den Wagen auf die kleine Straße und gab Gas. Gestern hatte er kein Wort gesprochen. Seine Stimme war seltsam, gequetscht kratzig, als malträtiere er die Stimmbänder. Er verstellte sie so offensichtlich, dass ihr heiß wurde. Warum sollte er seine Stimme verstellen, wenn sie ihn nicht kannte?

»Gib Gas. Richtung Bremen.«

Der drohende Unterton war nicht zu überhören, aber er flüsterte gepresst, jede Stimme würde dadurch fremd und unheimlich. Auch wenn der Klang Vertrautes in ihr anstieß, kam sie nicht drauf, was es war.

Eva schaute in den Rückspiegel. Seine Augen huschten hin und her. Sie musste an ein nervöses Raubtier denken, das bei der kleinsten Geste zubeißen würde. Eva hielt an der Gabelung zur Allee. Der Griff um ihre Haare verursachte reißende Schmerzen an ihrer Kopfhaut. Sie konnte sich gerade genug bewegen, um den Wagen zu steuern. Die Röhrchen waren in ihrer Tasche, die konnte er sich doch einfach nehmen.

»Was wollen Sie?«, krächzte Eva, es kam kaum ein Ton heraus.

»Rechtsrum!«

Die Spitze der Klinge bohrte sich ein weiteres Mal in die weiche Haut ihrer Seite, und sie unterdrückte einen Schmerzenslaut. Ein leiser Trost war, dass diese Haltung auch für ihn so unbequem war, dass er sie nicht lange durchhalten konnte. Eva schaltete mit schwitzenden Händen und bog ab.

»Was wollen Sie von mir?« Sie hörte ihre Stimme hoch und fremd in ihren eigenen Ohren.

»Ich weiß, dass du Proben behalten hast. Ich habe keine Lust, mich von einer Schlampe wie dir verarschen zu lassen.«

Eva fuhr auf der Landstraße langsamer als erlaubt. Was konnte sie tun? Sie versuchte, ihn im Rückspiegel im Auge zu behalten.

»Aber ich will nicht nur die Proben. Ich werde dich bestrafen.« Er lachte, ein blechernes, fast hysterisches Lachen.

Ihr linkes Knie begann vor Angst zu zucken, während der rechte Fuß wie ein Klotz auf dem Gaspedal lag. Ihr war eiskalt. Sie musste mit ihm sprechen, ihn irgendwie auf ihre Seite ziehen.

»Haben Sie die Mädchen auch bestraft? Selin und Ella?«

Er schnaubte. »Was soll das heißen, bestraft? Sie waren jung und unschuldig und eben da. Jetzt wissen sie, wie die Welt funktioniert.«

Eva sah im Spiegel, wie er kurz den Kopf abwandte. Sie atmete kontrolliert ein und aus. Keine Emotionen. Sie konnte das. Immer nur weitersprechen. Bald würde er vergessen, seine Stimme so zu quälen, dass er klang wie ein quiekendes Ferkel.

»Also waren Sie auch jung und unschuldig, und jemand hat Ihnen das Gleiche angetan?«

»Fahr.«

Eva fühlte die Messerschneide in ihre Haut ritzen und erneut ein heftiges Brennen.

»Vielleicht sind Sie irgendwo tief drinnen noch der Mensch, der Sie waren, bevor man Ihnen das angetan hat«, flüsterte sie. »Sie haben meine Tochter verschont.«

Er lehnte sich an der Kopfstütze vorbei, und seine Lippen näherten sich ihrem Hals, bis der raue Stoff der Maske ihre Wange streifte.

»Ich hatte sie betäubt.« Er lachte bitter auf. »Was soll das, wenn sie bewusstlos ist und nichts mitbekommt? Wenn sie nicht in ihrem eigenen Bett ist, ihrem Zuhause, und sich sicher fühlt?«

»So wie bei Ihnen? Waren Sie in Ihrem Zuhause nicht sicher?«

Er stieß sich ab und lehnte sich zurück. Eva ließ ihren Blick über die freien Felder hinter der Allee schweifen, hier würde sie nicht weit kommen.

»Halt die Klappe. Wir sind bald da, und dieses Mal wird es keine Untersuchung geben.«

Die letzten Worte hatte er fast normal gesprochen. Aber obwohl Eva sich jetzt sicher war, dass sie seine Stimme schon gehört hatte, kam sie nicht darauf, wann und wo. Aber jetzt war alles klar: Er wollte sie umbringen, ihre Leiche verstecken. Im Rückspiegel sah sie seine Augen, jetzt im Tageslicht blau wie Eis, die breiten Schultern. Sie hatte ihm nichts entgegenzusetzen.

»Noch einen Kilometer, dann rechts in den Wald.«

Hinter der Allee sah Eva schon das enge Spalier der Fichten, die sich zu beiden Seiten der Straße erhoben. Unaufhörlich kamen sie ihnen näher und damit der Moment, in dem sie in den Wald eintauchen würden.

Es war einer der größeren Forste dieser Gegend, abgelegen und nur von wenigen Wegen durchzogen. Sie kannte das Gebiet vom Pilze sammeln, und obwohl es sich bei den Bäumen überwiegend um schnell wachsende Fichten und Kiefern handelte, schien dieser Waldbesitzer für Holzwirtschaft wenig übrigzuhaben. Das Unterholz war dicht, alte Stämme verrotteten unter einer dicken Schicht Baumpilze, und immer mehr kleine Laubbäume bemächtigten sich der Monokultur. Wenn sie erst dort waren, würde niemand ihre Schreie hören.

Evas Gedanken rasten. Normalerweise hing sie um diese Zeit häufig hinter Mähdreschern oder Treckern fest. Doch jetzt, wenn sie einen brauchte, war keiner in Sicht. Sie sah die gelben Kreuze, die die Wildunfälle markierten, gleich würden sie die erste Baumreihe passieren.

Der Mann hatte ihre Haare losgelassen, saß inzwischen in der Mitte der Rückbank. Er war nicht angeschnallt. Sie sah den Waldrand näher kommen, gleich waren sie in der Schneise. Der Ford hatte einen starken Motor, rasant zum Überholen von Landmaschinen auf den gefährlichen Landstraßen voller Raser. Eva drückte das Gaspedal durch, spürte, wie sie in den Sitz gepresst wurde und das Auto nach vorne schoss.

»Hey!«, brüllte er, doch da riss sie schon das Steuer nach rechts und sah einen dicken Baumstamm in hoher Geschwindigkeit auf sich zukommen.

FRAUKE

Sie waren von der Autobahn abgefahren, Felder und Wiesen erstreckten sich rechts und links der schmalen Straße. Thiel drosselte das Tempo, damit Frauke ihren Standort mit dem des Lieferwagens vergleichen konnte.

»Nächste rechts«, sagte sie.

Frauke war angespannt. Sie könnte sich für ihre voreilige Annahme treten, mit Berenke den Erpresser und Vergewaltiger gefasst zu haben. Eva Mares war immer noch nicht zu erreichen. Wenn ihr etwas passiert war, war das ihre Schuld. Sie näherten sich einem Waldstück.

»Jetzt links, irgendwo müsste ein Feldweg sein, auf dem wir näher herankommen. Dort, wo der Wagen steht, ist laut Karte gar nichts mehr. Keine Straße.«

Im Schritttempo fuhr Thiel die Baumreihe entlang, die kein Durchkommen möglich machte.

»Vielleicht dort?«

Ein schmaler Pfad führte ins Unterholz. Zweifelnd sah Frauke auf die Karte in ihrem Handy.

»Der Lieferwagen steht einige hundert Meter von hier direkt im Wald. Aber wenn der Forstweg nicht existiert, der hier eingezeichnet ist, haben wir keine Wahl, als zu Fuß zu gehen.«

Thiel parkte auf dem Grünstreifen, und sie betraten den Pfad, der nicht mehr war als eine schmale Schneise zwischen den Bäumen. Vögel zwitscherten, auf dem Boden wuchs eine dicke Schicht Moos mit stecknadelkopfkleinen Blüten, die Heidelbeerbüsche waren schwarz vor Beeren. Dennoch war Frauke unheimlich zumute. Sie hatte auf der Autobahn in der Fahrtenbuch-App nachgesehen, auf die sie dank des QR-Codes Zugriff hatten: Der Lieferwagen war an dem Morgen nach dem Einbruch in der Vermeerstraße gewesen. Berenkes Sohn war der Mann, den sie suchten. Und die angeforderte Verstärkung würde noch eine Weile brauchen, bis sie ihren Standort erreichte.

EVA

Als Eva zu sich kam, lag ihr Gesicht auf dem Airbag. Sie fühlte sich, als habe sie jemand in einen Sack gesteckt und diesen gegen eine Wand geschlagen. In ihrem Kopf summte es laut.

Sie blinzelte, regte sich, und Splitter der geborstenen Windschutzscheibe rieselten von ihr herab. Ein Baumstamm hatte sich so weit in den Kühler gebohrt, dass die Front des Wagens zerknülltem Glanzpapier ähnelte. Sie drehte sich halb nach hinten, der Mann mit der Maske war verschwunden. Eva hob die Hand an ihre Stirn, sah ihre rot gefärbten Finger.

Mühsam, mit glitschigen Händen, schnallte sie sich ab und öffnete die Fahrertür. Blut lief ihr in die Augen. Glücklicherweise war sie nicht eingeklemmt, doch als sie ihr Bein auf den Boden stellte, zuckte ein beißender Schmerz von ihrer Ferse bis in die Hüfte, und Eva fand sich zwischen Fichtennadeln und trockenem Gras auf dem Erdboden wieder. Sie versuchte, sich zu drehen. Sein Messer steckte seitlich in ihrem Oberschenkel. Durch das Adrenalin des Unfalls hatte sie nicht gespürt, wie er es hineingerammt hatte.

Sie kämpfte gegen eine Ohnmacht an, zog sich am Wagen hoch, streckte ihren Oberkörper am Airbag vorbei und tastete in den Sachen, die beim Unfall aus ihrer Tasche geschleudert worden waren, nach dem Handy. Nur Glas, verbogenes Metall, das Armaturenbrett war hier weiter heruntergedrückt. Irgendwo darunter war vielleicht ihre Tasche.

Mühsam, das Bein hinter sich herziehend, umrundete sie den Wagen und zog an der Beifahrertür. Doch in der verbogenen Karosserie saß sie bombenfest. Eva sah sich um. Es musste doch jemand hier entlangfahren! Sie humpelte Richtung Landstraße. Trotz des Rauschens in ihren Ohren nahm sie die unheimliche Stille wahr, alle Vögel waren verstummt. Sie drehte sich zur Unfallstelle um. Die Schatten der Fichten fielen düster über das qualmende Wrack, hinter dem Wagen verlor sich das Sonnenlicht in dämmrigem Gestrüpp. Und dort lag der Körper des bewusstlosen Mannes in einer Senke mit hohem Gras.

FRAUKE

Frauke sah den Lieferwagen weiß zwischen den Bäumen schimmern. Ein Kastenwagen, die Aufschrift auf der Seite war mit heller Folie überklebt. Sie konnte erkennen, dass etwas darunter stand, aber nicht was.

Sie zog ihre Waffe, ebenso Thiel, der ihr mit einem Zeichen zu verstehen gab, dass er einen Bogen schlagen würde, um sich von der anderen Seite dem Wagen zu nähern. Im Grunde müssten sie jetzt auf die Verstärkung warten, aber Frauke fürchtete, im Laderaum könnte bereits Eva Mares liegen, betäubt oder verletzt.

Frauke stellte sich hinter einen Baum, wartete, bis Thiel die andere Seite der Lichtung erreichte und ihr ein Zeichen gab, dann gingen sie mit den Waffen im Anschlag langsam auf die Fahrerkabine des Wagens zu. Gleichzeitig öffneten sie die Seitentüren, doch die Sitze waren leer.

Sie umrundeten das Fahrzeug und öffneten die Heckklappe. Auch hier war niemand. Doch unter dem Werkzeug, das ordentlich an den Wänden des Kastenwagens verstaut war, lagen auf einer Pritsche Kabelbinder und Knebel. Daneben ein Etui. Frauke zog Handschuhe an und öffnete es. Mehrere Spritzen steckten darin, gefüllt mit einer klaren Flüssigkeit.

»Er hatte vor, mit jemandem hierherzukommen, vermutlich mit Eva Mares.«

Thiel nickte. »Wir müssen uns hier in Stellung bringen, ohne dass er uns bemerkt. Das ist ein Fall für das SEK.«

Frauke warf einen Blick auf Thiel, dann in den sonnengesprenkelten, stillen Wald.

»Wir können Eva Mares seit über einer Stunde nicht erreichen, etwas muss dazwischengekommen sein, und seine Pläne haben sich geändert!«

EVA

Eva zögerte, dann hinkte sie stöhnend zu dem Verletzten und legte zwei Finger an seinen Hals. Unter ihren Fingerkuppen fühlte sie seinen Puls, schwach, aber regelmäßig. Aus der Sturmmaske sickerte Blut auf den Waldboden.

Angst streckte ihre Klaue nach ihr aus, ebenso Verlangen. Sie wollte wissen, wer er war. Sie packte den fransigen Saum der Mütze und zog sie hoch.

Eva wich zurück, strauchelte und starrte den Mann an. Das konnte einfach nicht sein! Wieso er?

Ihn als Vergewaltiger zu sehen, der nachts junge Frauen in ihrer Wohnung überfiel, erschien ihr unmöglich. Und doch lag er hier, hatte sie vor wenigen Minuten noch mit einem Messer bedroht.

Eva liefen Tränen über das Gesicht. Weil er noch so jung wirkte, mit seinem stoppeligen Dreitagebart und der glatten Haut, die sich über seine Wangen spannte und die jetzt voller kleiner Schnitte und Wunden war. Und wegen seines Verrats. Sie hatte mit ihm gescherzt, gelacht, gegessen. Er hatte vollkommen normal gewirkt.

Sein Bein zuckte einmal heftig. Der Körper reagierte auf das Trauma. Die Ärztin in Eva streckte automatisch die Hand aus, um den Hoodie hochzuziehen und die Verletzungen in Augenschein zu nehmen. Gleichzeitig fühlte sie Wut. Sie saß hier mit Nellys Entführer, dem Vergewaltiger, der ein Mädchen fast totgeprügelt hatte, und leistete Erste Hilfe? Verdammtes Arschloch, dachte sie, ich sollte dich hier verrecken lassen. Was hast du für ein Schwein, dass ich einen Eid geleistet habe!

Sie zog den Stoff des Pullovers nach oben. Blut quoll aus einer Bauchwunde. Eva zog ihr Leinenjäckchen aus und drückte den Stoff auf das stetige Rinnsal. Er hatte Glück gehabt, das Blut war dunkel, es war keine Arterie verletzt. Sie versuchte, die Ärmel unter seinem Körper hindurchzuziehen, um die Jacke festzubinden.

Ihr Bein brannte inzwischen wie Feuer. In diesem Moment stöhnte er.

Eva wollte von ihm wegrutschen, doch seine Hand legte sich wie eine Schraubzwinge um ihren Knöchel. Er blinzelte, rollte trotz der schweren Verletzung herum und griff auch mit der anderen Hand nach ihr. Eva spürte heftigen Schmerz, als er den Knauf des Messers packte und aus ihrem Bein riss. Es war, als habe er einen Korken gezogen, und hellrotes Blut schoss aus der Wunde. Eva starrte ungläubig auf die Streifen, die an ihrer nackten Haut herabliefen, mit jedem Pulsschlag ein neuer Schwall. Sie würde verbluten, wenn sie das Bein nicht schnell abband.

Er hielt ihre Ferse noch immer umklammert. Panisch tastete sie den Waldboden ab, bekam ein Stück Holz zu fassen, drehte sich und schlug mit voller Wucht nach ihm. Sie traf ihn an der Stirn, und sein Körper sank zurück, die Augen schlossen sich wieder, und sein Griff um ihren Fuß löste sich.

Nicht hyperventilieren, dachte Eva. Atme, atme ruhig. Doch es wollte ihr nicht gelingen. Sie sah, wie das Blut pulsierend aus ihr herauslief. Eva riss den Gürtel aus ihrem Hemdblusenkleid, wickelte ihn um ihren Oberschenkel und zog den Knoten zu. Dann kroch sie zur Straße und setzte sich auf den Asphalt. Weit und breit kein Auto. Nur weiß gleißende Stille.

Sie konnte es immer noch nicht fassen. Er hatte Selin bei der Operation das Leben gerettet. Er hatte sie aufgeschnitten, die Verletzungen versorgt, die er ihr selbst beigebracht hatte, und sie anschließend wieder zugenäht.

Wie konnte jemand so kaltblütig sein?

Eva sah auf das Blut, das trotz der Binde an ihrem Bein entlanglief. Hoffentlich kam er nicht wieder zu sich, er hätte leichtes Spiel mit ihr. Ihr war schwindelig, ihr Gesichtsfeld zog sich zusammen, und im Gras hatte sich bereits eine große Lache gebildet.

Die Sekunden krochen dahin. Eva wurde schwarz vor Augen, die Szenerie des Waldes löste sich in Schemen von Grün und Braun auf.

FRAUKE

Hinter dem Kastenwagen führte ein Forstweg aus dem Wald heraus.

»Das muss der Weg sein, den wir nicht finden konnten«, sagte Thiel.

Frauke betrachtete den überwucherten Transportweg. Durch das niedrige Buschwerk und hohe Gras zogen sich zwei frische Furchen. Sie ging los.

»Sollten wir nicht das Auto holen?«, fragte Thiel.

Doch Frauke ging schneller, ein Bedürfnis, das sie sich selbst kaum erklären konnte, trieb sie vorwärts.

»Ruf in Oldenburg an, wir brauchen einen Trupp ihrer Spurensicherer hier am Sprinter.«

»Wo willst du hin?«

»Ich …« Plötzlich wusste Frauke, was sie den Weg entlangzog. »Ich rieche etwas.«

Sie begann zu joggen, in ihrem Nacken prickelte es. Es war nur ein Hauch gewesen, der zu ihr herübergeweht war, doch jeder Polizist kannte diesen speziellen Gestank von verschmortem Plastik, heißem Blech, und einem schwitzenden Motor, aus dem Öl lief.

Außer Atem erreichte Frauke die Gabelung, von der aus sie die Straße hinuntersehen konnte. Und das Autowrack, das am Saum des Waldes klebte. Frauke rannte schneller, ihre Lunge brannte. Hinter sich hörte sie Thiels Schritte und seinen keuchenden Atem. Je näher sie dem Wagen kamen, desto intensiver wurde der Geruch, und immer deutlicher zeichnete sich die leblose Gestalt am Asphaltrand ab. Blonde Haare, ausgebreitet, ein Kleid, weiß, wo es nicht rot von Blut war.

»Nein, nein!«, hörte Frauke sich murmeln, als sie neben Eva Mares niederkniete. Sie suchte ihren Puls, während sie mit der anderen Hand das Handy aus dem Mantel zog.

»KHK Herrschmann. Wir brauchen einen Rettungswagen. Verkehrsunfall. Frau, etwa vierzig, schwere Verletzungen. Ich sende meinen Standort.« Unter ihren Fingern an Mares' Hals spürte Frauke nur leichtes Flattern. »Schwacher Puls, Lebensgefahr!«

Sie sah sich nach Thiel um. Er kniete neben dem Wrack im Gras. »Wir brauchen zwei! Zwei Rettungswagen!«, rief er laut.

AUGUST

FRAUKE

Die Hausdurchsuchung begann am frühen Morgen. Birgit hielt Nuna an der Leine.

»Sie soll rein, wenn die Spurensicherer durch sind?«

Frauke nickte. Sie stellte sich neben Thiel und sah ebenfalls an der Fassade hoch. Das Reihenhaus in der Vahr stand zwischen anderen gleicher Bauart aus den Sechzigerjahren. Jedes hatte einen handtuchgroßen Garten, mit kleinem Schuppen und einer Terrasse, über der ein Balkon aus Beton ein Dach bildete. Es war nicht schön, aber funktional. Hier hatte Rainer Wenner seine Kindheit und Jugend verbracht. Und war wieder eingezogen, nachdem seine Mutter vor einem halben Jahr gestorben war.

»Wir haben bisher keinen Hinweis darauf gefunden, dass er lügt und vor Ella schon einmal eine Frau zu Hause vergewaltigt hat«, sagte Frauke. »Vielleicht hat es etwas in ihm getriggert, wieder hier zu wohnen. Er hat zugegeben, mit den Schlüsseln seines Vaters in zig Wohnungen eingestiegen zu sein, bis er sie gefunden hatte. Hat ihr Tagebuch gelesen und dachte, mit ihr kann er machen, was er will, dass sie sich niemandem anvertrauen wird. Sie war wie ein Spiegel seiner eigenen beschissenen Kindheit.«

Thiel seufzte. »Was für eine Logik! Naiv, aber der Psychologe sprach ja schon von einer narzisstischen Persönlichkeitsstörung mit Größenwahn.« Er stemmte die Hände in die Hüften. »Meinst du, sein Vater hat gewusst, was er wirklich mit den Schlüsseln vorhatte?«

»Er wusste, dass er die Schlüssel nimmt, und hat billigend in Kauf genommen, dass sein Rainer durch seine Kindheit traumatisiert ist. Und als er nach draußen gekommen ist, um uns zu sagen, dass Selin in seinem Laden war, war er vor allem nervös. Da hat er mit Sicherheit schon geahnt, worum es wirklich geht.«

Thiel schüttelte den Kopf. »Aber zu genau wollte er es dann ja doch nicht wissen.«

Frauke schüttelte den Kopf. »Rainer Wenner war Berenkes Ein und Alles, obwohl er nur wenig Kontakt zu ihm haben durfte. Diese Schlüsselsammlung ist die Manie eines einsamen Mannes. Die hat Wenner im wahrsten Sinne des Wortes eine Hintertür geöffnet. Evelyn Wenner war die einzige Frau, mit der Berenke in seinem Leben je etwas gehabt hat. Und wie die drauf war, wissen wir ja jetzt.«

Nachbarn hatten Wenners Mutter als missmutige, streitlustige Frau beschrieben, die sich über alles aufregte, den Lärm von Kindern, Mülltonnen, die nicht zeitig wieder vom Gehweg geräumt wurden, Hecken, die zu hoch wucherten.

»Die Nachbarin von gegenüber kannte sie, seit sie vor fünfundzwanzig Jahren als alleinstehende Mutter in das Haus gezogen war. Sie hat gesagt, es habe Gerede gegeben, dass sie den kleinen Rainer nicht gut behandelte. Aber keiner hatte Lust, sich mit ihr anzulegen.«

Frauke erinnerte sich an den um Verständnis heischenden Blick der alten Frau, die genau wusste, dass sie ein leidendes Kind sich selbst überlassen hatte. Und an ihre Worte: »Sie war ja allein mit dem Jungen. Aber er war immer ordentlich gekleidet und fleißig in der Schule. Da mischt man sich doch nicht in die Erziehung ein.«

Rainer Wenners frühes Martyrium hatte der hinzugezogene Psychiater ihnen nach der ersten Sitzung erläutert.

»Immerhin hat er Nelly Mares verschont«, sagte Frauke.

Thiel zog eine Grimasse. »Aber vielleicht nur, weil sie bewusstlos war. Er ergötzt sich an der Macht, Schmerz zuzufügen, das funktioniert nicht, wenn das Opfer nichts mitbekommt.«

»Er hat Selins Leben gerettet, nachdem er so ausgerastet war.«

Thiel schüttelte den Kopf. »Das hat er gesagt. Aber ich finde, da steckt auch eine sadistische Planung hinter. Er hatte es darauf angelegt, dass Eva Mares und er gleichzeitig im Krankenhaus eine Schicht hatten, damit er dabei ist, wenn sie merkt, dass Ella womöglich nicht das einzige Opfer ist. Um sie erst richtig fertigzumachen.« Er rieb sich die Stirn. »Du scheinst ja sogar Berenke zu verstehen. Dabei hat er auch sein Kind alleingelassen, als es ihn am meisten brauchte. Und später vermutlich aus schlechtem Gewissen und Angst, seine eigene kranke Schlüsselmanie könne auffliegen, zugelassen, dass er Frauen vergewaltigt.«

»Ich rechtfertige gar nichts. Und ich weiß, dass Einsamkeit eine Strafe ist.«

Thiels Mund zuckte.

Frauke steckte die Hände in die Hosentaschen und lächelte. »Okay nicht jeder, der sich allein fühlt, lässt seinen Frust an anderen aus.«

Thiel wippte auf den Fersen. »Das will ich doch wohl meinen.«

»Lass uns das hier hinter uns bringen und heute Abend gemeinsam mit den anderen auf ein Bier gehen!«

Thiel gab Frauke einen Klaps auf die Schulter und ging über die Terrasse in das Haus. Frauke wusste, dass er verstand, warum sie den Advocatus Diaboli gab: Motive zu verstehen hieß Täter zu fassen. Im besten Fall Verbrechen zu verhindern. Sie hatte kein Verständnis für Wenner, seinen Vater oder seine Mutter, und Thiel wusste das. Aber sie versuchte, aus diesem Familiendrama, das sogar beinahe mit Toten geendet hatte, nicht nur eine Akte zusammenzuheften. Sie wollte nicht immer erst auftauchen, wenn alles zu spät war, sondern verstehen, wie man solche Entwicklungen in Zukunft verhindern konnte.

Frauke trat mit Plastikfüßlingen durch die Terrassentür auf einen Perserteppich. Auch wenn Wenner, angesichts der erdrückenden Beweise geständig war, nachdem er im Krankenhaus das Bewusstsein wiedererlangt hatte, waren die Handschuhe und Latexkleidung und alles Weitere, das ihn mit den Vergewaltigungen in Verbindung brachte, Bausteine in der Beweiskette eines soliden Prozesses. Sie hatten den Lieferwagen, in dem seine Fingerabdrücke und DNA von Nelly Mares waren, dazu das Diazepam, das auch in ihrem Blut gefunden worden war, aufgezogen in Spritzen. Und Rainer Wenner hatte allen Grund gehabt, die DNA wiederhaben zu wollen. Er hatte zuvor Verbrechensopfer operiert, seine DNA war in ihrem System, um ihn in solchen Fällen auszuschließen.

Frauke sah sich um. Die Möbel, mit denen er gelebt hatte, stammten anscheinend noch aus seiner Jugend, Mahagoni, soweit das Auge reichte. Im angrenzenden Zimmer stand ein großes, verstellbares Krankenbett, daneben ein Kunststoff-Rollstuhl. Die Dusche war ebenerdig umgebaut worden, damit die alte Frau unter den Wasserstrahl gefahren werden konnte. Im Krankenhaus hatten sie erfahren, dass Dr. Wenner vor anderthalb Jahren seine Dienstzeiten reduziert hatte, um seine Mutter zu pflegen. Er hatte nicht wieder aufgestockt, nachdem sie verstorben war, weshalb er viel mehr Zeit zur Verfügung gehabt hatte als die meisten Ärzte.

Frauke stieg die Treppe hinauf. Das ganze Haus roch auch Monate nach ihrem Tod noch säuerlich nach alter Frau. Nur in dem Zimmer, in dem Rainer Wenner sich eingerichtet hatte, nach herbem Aftershave und Schweiß. Auf dem Boden lagen dreckige Hemden und Shirts, das Bett war zerwühlt. Eine Pflanze war auf der Fensterbank verdorrt.

Frauke öffnete den Schrank und die Schubladen, doch außer ungeöffneten Briefen war nichts Interessantes zu finden. Sie nahm den Stapel und flippte durch die Umschläge, Rechnungen, Mahnungen. Eine Überprüfung von Wenners Konten hatte ergeben, dass er tief in den Miesen steckte. Seine ehemalige Vermieterin hatte ihm gekündigt, weil er mit den Zahlungen im Rückstand gewesen war. Eine Pflegekraft für seine Mutter hatte er sich nicht leisten können.

Wieder war Wenner mit ihr allein gewesen.

Zuletzt stieg Frauke in den Keller. Große, hellgrau gestrichene Räume, erstaunlich trocken und geruchsarm. Heizungsrohre führten an der hohen Decke entlang, Einmachgläser in Regalen, Pappkartons. Eine halbhohe Tür zum Heizungskeller. In der dunklen viereckigen Kammer stand ein großer Öltank. Und daneben ein einzelner Karton. Frauke stieg über die Betonbrüstung, bückte sich und öffnete ihn. Darin waren Kinderzeichnungen. Der erhobene Knüppel in der Hand einer Hexe sprach Bände. Ihre schwarzen Hände, die sich um den Hals eines Kindes legten.

Frauke schob sich an dem Tank vorbei. Auf der Rückseite der Heizung war Platz für einen Plastiksack, wie er beim Wassersport benutzt wurde. Sie öffnete ihn und blickte hinein. Obenauf lagen ein paar alte Lederhandschuhe, darunter sah sie die glatte Oberfläche von Latex und einen großen Schlüsselbund mit zahlreichen silbernen Schlüsseln.

Rainer Wenner hatte nicht vorgehabt, die Vergewaltigungen aufzugeben, im Gegenteil.

EVA

Eva goss geschäumte Milch in ihren zweiten Kaffee des Morgens und legte die Finger um die heiße Tasse.

Seit sie aus dem Krankenhaus entlassen worden war, fiel es Eva schwer durchzuschlafen. In der Stunde des Wolfs kamen die Bilder zurück. Ein weißer Fetzen Stoff im Waldboden, der sie glauben ließ, dass Nelly dort in der Erde lag, Geräusche berstenden Metalls und splitternden Glases, Rainer Wenner, wie er das Messer aus ihrem Bein riss. Das Blut.

Jacob riet ihr, Schlafmittel zu nehmen, aber Eva ahnte, dass sie sich Stück für Stück aus dem Trauma herausarbeiten musste und eine Betäubung die Qual nur verlängern würde. Sie nahm nur Schmerzmittel, gegen das Ziehen und Pochen im Bein, wo Muskeln und Sehnen wieder zusammenwuchsen. Und sie fragte sich stetig, ob sie etwas hätte tun können, um all das zu verhindern.

Frauke Herrschmann hatte berichtet, Rainer Wenner habe von

ihrem Besuch beim Sicherheitsdienst des Krankenhauses gewusst, weil er mit dem Studenten dort bekannt war. Er war bei seinem Vater gewesen, als Selin Bayar den Laden betreten hatte, und hatte sie wiedererkannt, als er nach der Vergewaltigung von Ella vor Evas Wohnung herumgelungert hatte.

Laut Herrschmann habe er sich alles von der Seele geredet. Das war gut. Auch wenn Eva ihn hasste, hielt das Gefühl nie lange genug an, um ihm etwas wirklich Schlimmes zu wünschen. Sie wollte ihn lieber vergessen und ihm keinen Platz mehr in ihren Gedanken und ihrem Leben einräumen.

Jeder neue Morgen, wenn sie die Nacht überstanden hatte, war wie eine Wiedergeburt. Sie war dem Tod nur knapp von der Schippe gesprungen, und alles fühlte sich seitdem intensiver an. Eva humpelte auf die Terrasse, und Dankbarkeit überkam sie. Die kurze sommerliche Regenphase war vorbei, und die Natur explodierte. Violette Lupinen und Anemonen standen in voller Blüte, die blauen Bauernhortensien ebenso wie die weißen Rispenhortensien, deren Blütenkegel sich von Weiß langsam in helles Rosa verfärbten. Über den Kelchen summten Bienen und Hummeln.

Sie hatte das Telefon mit nach draußen genommen, um Andrea anzurufen. Zuletzt hatte Eva, noch benommen von der Operation, ihre Freundin im Krankenhaus gesehen, als sie ihr Blumen gebracht hatte. Sie setzte sich in den Liegestuhl.

»Wie geht es dir?«, fragte Andrea, als sie das Gespräch entgegennahm.

»Mir geht es den Umständen entsprechend gut, ich schlafe nur schlecht.«

»Und Nelly? Hat sie sich erholt?«

Eva schwieg einen Moment. Sie hatte sich einzureden versucht, Nelly sei ganz die Alte, aber immer wieder starrte ihre Tochter in die Luft, und das, was vor ihrem inneren Auge ablief, schien ihr Angst zu machen.

»Ich denke, sie wird noch einige Zeit brauchen, bis sie alles verwunden hat. Sie fragt jedenfalls nicht mehr, ob sie allein nach Bremen fahren kann.«

Andrea klang wehmütig. »Ich vermisse euch!«

Eva traten Tränen in die Augen. »Wir erholen uns erst einmal. Aber dann kommen wir bestimmt.«

»Wann musst du wieder arbeiten?«

Eva zögerte. »Ich weiß es nicht.«

Nachdem sie aufgelegt hatten, starrte Eva erneut auf das Blumenbeet, doch der Zauber war verflogen.

Es war noch nicht vorbei. Ihre Zeugenaussage zu ihrer eigenen Entführung und dem Ablauf des Unfalls war von Kolleginnen von Frauke Herrschmann aufgenommen worden, aber niemand hatte sie bisher auf ihren Einbruch im Archiv angesprochen. Aber das würde noch kommen, wenn sie die Punkte abgearbeitet hatten, die Rainer Wenner in Haft und unter ärztlicher Aufsicht hielten.

FRAUKE

Mina trat in Fraukes Büro und legte ein Blatt Papier auf den Tisch.

»Hier ist der daktyloskopische Befund aus dem Archiv der anonymisierten Spurensicherung.«

Sie trat einen Schritt zurück und verschränkte die Arme. Frauke betrachtete den Ausdruck, zog die Stirn in Falten und sah dann Mina an.

»Es gibt überhaupt keine Fingerabdrücke in dem Raum, von niemandem?«

Minas Gesicht blieb ausdruckslos. »Es wurde so gründlich geputzt, sagt Eckart, dass man ihn als Reinraum für die Weltraumtechnik nutzen könnte.«

Frauke nahm den Bericht in die Hand. »Aber das wird nichts nutzen, Eva Mares hatte das Sexpack. Sie hat es Wenner am Steindenkmal übergeben.«

»Ja, aber …«, Mina legte den Kopf schief und spitzte die Lippen, »ihre Kollegin aus dem Krankenhaus, Margarete Klein, hat gesagt, sie habe Eva an dem Tag einen Stempel, Klebeetiketten, Teströhrchen und Klarsichtbeutel ausgehändigt. Alles, was zu dem normalen Set eines Sexpacks gehört.«

Das war das Einzige, über das Wenner bisher schwieg: Was er mit den Proben gemacht hatte, die Eva Mares ihm gegeben hatte.

Frauke lehnte sich im Stuhl zurück. »Wann hat sie das gesagt?«

»Vor sechs Tagen. Da lag Eva Mares noch bewusstlos in der Klinik.«

»Hat jemand bisher Anzeige erstattet?«

»Irida Sawati sagt, sie habe Eva Mares das Archiv zwar gezeigt, sie sei aber auf keinen Fall dann oder später darin gewesen. Das sei schlicht unmöglich und deshalb gebe es auch keine Anzeige.«

»Und das verschwundene Paket?«

»Margarete Klein behauptet, es vielleicht gar nicht auf den Weg gebracht zu haben. Sie kann sich nicht erinnern. Oder sie habe es dem Kurierdienst gegeben, aber Irida Sawati sagt, es sei zu diesem Zeitpunkt keine Lieferung vermerkt, und die Kollegin, die an diesem Abend Dienst hatte, erinnert sich auch nicht. Die Kliniken leiten eine interne Ermittlung ein. Alle Beteiligten sind bereit, eine eidesstattliche Versicherung zu unterschreiben, dass das Paket schon auf dem Weg verloren gegangen sein muss.«

Frauke verschränkte die Arme hinter dem Kopf. »Du willst mir also sagen, dass eine ganze Reihe von Frauen sich entschieden hat, Eva Mares und die Proben im Archiv zu schützen, indem sie lügen und sich gegenseitig decken?«

Mina gab die Fassade auf und grinste schief. »Scheint so.«

Frauke schnaubte. Dann musste sie ebenfalls lächeln.

ENDE

NACHWORT

Vor rund fünfundzwanzig und über einen Zeitraum von fünf Jahren vergewaltigte ein Mann in Bremerhaven mehrere Frauen in ihrem Zuhause. Sieben Jahre nach dem ersten Übergriff klopften Beamte an die Tür eines Verdächtigen in Dresden und forderten eine Speichelprobe. Der Mann hatte sich in Bremerhaven einer DNA-Reihentestung entzogen und passte in das von der operativen Fallanalyse erstellte Profil. Dank seines genetischen Fingerabdrucks wurde er überführt und zu neun Jahren Freiheitsstrafe verurteilt. Wer den Mann damals in Bremerhaven kannte, hatte ihn als umgänglichen Menschen erlebt. Er war jung, gebildet. Niemand in seinem Umfeld hätte geglaubt, dass er zu solchen Taten fähig sein könnte. Während er sich vielleicht längst in Sicherheit wog, war ihm die Kriminalpolizei auf der Spur. Denn Vergewaltigung ist ein Kapitalverbrechen, ein Offizialdelikt. Bekommt die Polizei Kenntnis einer solchen Tat, folgt daraus ein Ermittlungsauftrag und Strafverfolgung. Und das ist richtig. Ebenso richtig ist, dass Opfer sich kurz nach dem erlittenen Grauen womöglich nicht fähig fühlen, sich diesem Prozess zu stellen. Dass sie Zeit brauchen, zu begreifen, was ihnen angetan wurde, Scham, Angst und Ohnmacht kommen hinzu. Oft ist der Täter Teil des sogenannten Nahfeldes. Aber Zeit bedeutet, dass Spuren vernichtet werden. Ärztinnen und Ärzte in den Gewaltambulanzen und Krankenhäusern sichern in ganz Deutschland Spuren vertraulich und leisten medizinische Hilfe, bei sexuellen Übergriffen ebenso wie bei häuslicher Gewalt. Es hatte viele Jahre gedauert, bis Frauenverbände, Politik, Justiz und Polizei sich auf das Verfahren der anonymisierten bzw. vertraulichen Spurensicherung geeinigt hatten, nun ist sie seit 2020 Teil der gesetzlich verankerten Krankenkassenleistungen, die Anonymität der Versicherten wird gewahrt.

Laut des Bundesamtes für Familie ist jede dritte Frau in Deutschland von sexueller oder körperlicher Gewalt bedroht. Holen Sie sich Hilfe, wenn Sie betroffen sind, helfen Sie anderen Betroffenen, sich jemandem anzuvertrauen. Unter der bundesweiten Notrufnummer 116 016 ist das Hilfetelefon »Gewalt gegen Frauen« rund um die Uhr besetzt und bietet Beratung in achtzehn Sprachen. Auf der Website www.hilfetelefon.de gibt es das Hilfeangebot auch in Gebärdensprache, per Chat oder E-Mail. Ein Vergewaltiger sollte sich auch Jahre nach seiner Tat nicht in Sicherheit wiegen.

Ich danke meinen Gesprächspartnerinnen im Kommissariat 32 der Bremer Kriminalpolizei für ihre Auskünfte. Bei einer Vergewaltigung, wie sie im Roman geschildert wird, würden rund zehn Personen der Ermittlungsgruppe angehören, aus dramaturgischen Gründen musste ich Personal reduzieren. Ich danke Dr. Sabine Gaiser, die mit mir ihre Erfahrungen mit der anonymisierten Spurensicherung teilte. Ich danke Richterin a. D. Ellen Best, die mich bei juristisch komplexen Feinheiten dieses Falles unterstützte. Ich danke Jacob Walden, Allgemeinarzt und Krimiautor, der mich über Postexpositionsprophylaxe und verschiedene Betäubungsmittel aufklärte. Ich habe größte Hochachtung vor ihrer aller persönlichem und beruflichem Engagement, das sie immer wieder mit den grausamsten Seiten der Gesellschaft in Berührung bringt. Für alle Fehler in den Darstellungen bin allein ich verantwortlich. Ich danke meiner Lektorin Karin Schmidt und den Mitarbeiter:innen bei Bastei Lübbe, die mich mit großer Herzlichkeit im Verlag willkommen geheißen haben. Des Weiteren danke ich dem Bremer Senat für Kultur für das Projektstipendium, das die Arbeit an diesem Roman maßgeblich vorangebracht hat.

Und ich danke meiner Familie, die mir Kraft und Geborgenheit schenkt. Zuletzt, aber auch zuerst und für immer, danke ich meinem Agenten Lars Schultze-Kossack. Dein viel zu früher Tod schmerzt mich zutiefst, ich werde dich immer vermissen.